JEAN-JACQUES DEBOUT

La couleur des fantômes

TALENT ÉDITIONS
115 rue de l'Abbé Groult, 75015 Paris

Photo de couverture : © Jean-Marie Périer

ISBN : 978-2-37815-240-6

JEAN-JACQUES DEBOUT

La couleur des fantômes

Talent Éditions

Je dédie ce livre à Chantal Goya,
venue toute petite avec sa famille française
de Saïgon alors meurtrie par la guerre.
Sa présence auprès de moi a enchanté ma vie,
comme celle de son public, toujours fidèle.

Nous avons eu deux enfants, Jean-Paul
et Clarisse, qui nous ont à leur tour donné
Samantha, Sanjay, Alexandre et Noé,
qui font notre joie au quotidien.

Jean-Jacques

Sommaire

PRÉFACE

Jean-Jacques Debout.

Je ne sais pas quels sont aujourd'hui ses rapports avec Sylvie Vartan, mais je me souviens de lui du temps où ils ne se quittaient pas.

Voilà certainement le type le plus gentil, drôle, intelligent et parmi les plus doués de sa génération. Fidèle de Sylvie il était un des rares vrais amis de Johnny. Cultivé comme peu d'artistes des années 1960, il connaît par cœur le répertoire de la chanson française, Brassens, Ferré, Bécaud, Aznavour, et il peut passer des nuits à vous chanter seul au piano tout le répertoire de Charles Trenet.

Si l'esprit consiste à rire des autres, en revanche l'humour est l'apanage de ceux qui savent se moquer d'eux-mêmes, c'est pourquoi Jean-Jacques est une rareté, il est capable des deux.

Le jour de la cérémonie pour Johnny à la Madeleine, j'étais heureusement à côté de lui et pendant ce triste moment il n'a cessé de me décrire en détail l'assemblée au risque de me faire éclater de rire, ce qui m'aurait fâché avec beaucoup de monde mais dont je peux vous assurer que ça aurait beaucoup plu à Jojo.

C'est un être poétique au sens étymologique du terme, je ne le vois pas assez souvent et je le regrette.

Si vous le croisez un jour, s'il vous plaît, dites-le-lui de ma part.

Jean-Marie Périer

REMERCIEMENTS À JEAN-MARIE PÉRIER

Salut à mon grand copain Jean-Marie Périer qui, pour moi, n'est pas qu'un simple photographe. Son travail ressemble à celui d'un grand peintre contemporain qui maîtrise avec sensibilité et humour toutes les personnalités qu'il a captées durant sa longue carrière. Ses œuvres ont su garder une fraîcheur ainsi qu'une poésie surréaliste. Ce cliché qu'il a fait de moi me rappelle la si belle chanson de Charles Trenet : « Que reste-t-il de nos amours, que reste-t-il de ces beaux jours, une photo, belle photo de ma jeunesse. » Jean-Marie Périer est un enfant de Man Ray, ses magnifiques portraits de Françoise Hardy et de Mick Jagger, Johnny et Sylvie, nous parlent de ce temps béni. Encore merci et de tout cœur, cher Jean-Marie.

Jean-Jacques Debout

Chapitre 1

SAUVÉ PAR UN PROFESSEUR ALLEMAND

J'ai toujours aimé l'inconnu et ce qui n'était pas écrit d'avance.

J'ai vécu une très longue vie.

Je ne me suis jamais arrêté.

J'ai rencontré des millions de gens et développé des multitudes de passions.

« Rocambolesque » est un adjectif qui pourrait correspondre au déroulé de ma vie. Et je n'ai pas attendu d'être un adulte pour ne rien faire comme tout le monde…

Je suis né le 9 mars 1940 à Paris, cours de Vincennes, derrière le lycée Hélène-Boucher, dans les immeubles en brique rouge réservés à tous ceux qui ont servi dans l'armée.

À l'âge de cinq semaines, j'ai commencé à aller très mal. Ma tête penchait sur le côté. Je ne me nourrissais plus. J'étais atteint d'une sténose du pylore et d'une occlusion intestinale. Je maigrissais jour après jour car mes boyaux étaient noués. On devait m'opérer d'urgence. Le problème, c'est que la Seconde Guerre mondiale venait d'être déclarée. En tant que soldat français, mon père était emprisonné en Allemagne. Ma mère m'a emmené à l'hôpital Trousseau. On lui a répondu qu'il n'y avait aucun médecin pour opérer. Seul un professeur allemand était présent pour soigner les militaires allemands qui se faisaient tirer dessus dans Paris. C'est l'époque de ce qui a été appelé « l'exode de 1940 », quand les populations ont fui vers le sud après l'envahissement de l'armée allemande lors de la percée de Sedan. Évidemment, le médecin allemand en faction à Trousseau avait interdiction de soigner tout patient français. Nous étions leurs ennemis ! Ma mère était dans tous ses états. Elle a eu la chance de tomber sur une gentille infirmière qui comprenait l'allemand et qui a accepté de parler de mon cas à mon futur sauveur.

« Je vous en supplie, faites le maximum », a imploré ma mère. « Si mon fils ne s'en remet pas, je ne m'en remettrai pas non plus. »

Attentif à la demande de cette infirmière française qui lui servait parfois d'interprète, le professeur Brett a accepté de m'examiner. Il a aussitôt compris l'urgence de la situation :

« Il n'y a pas une seconde à perdre ! Son état est très avancé. Je vais l'opérer. »

Ma mère a signé un papier indiquant qu'elle acceptait qu'un médecin allemand opère son enfant.

Le professeur Brett m'a opéré en fin d'après-midi avant de prononcer une inquiétante prophétie :

« Si à minuit il se met à pleurer, cela voudra dire qu'il est sauvé. Sinon, je ne pourrai plus rien faire pour lui. »

C'était une opération délicate. Il fallait m'ouvrir le bas du ventre, sortir tous mes boyaux et les dénouer. Et je n'étais, je le rappelle, qu'un nourrisson de cinq semaines.

À 0 h 10, j'ai pleuré !

J'étais sauvé…

Voilà comment ma vie a commencé.

Ma première péripétie : être sauvé par un ennemi.

Ma mère a chaleureusement remercié le professeur allemand, lequel lui a adressé un courrier en retour : « J'ai en Allemagne un fils du même âge que le vôtre. S'il lui arrivait un jour la même chose, j'aimerais qu'un médecin français lui sauve la vie. »

Les mois ont passé et Paris était de plus en plus envahi. C'était le début de l'exode. Comme il y avait des risques de bombardements et que j'avais été malade, mon père avait eu une permission exceptionnelle pour rentrer en France le temps de nous emmener – avec ma mère et mes deux sœurs – à la campagne chez ma grand-mère, à Saint-Aignan-sur-Cher. Elle y habitait un petit presbytère, précisément à Seigy, une toute petite commune. Il y avait des petites fermes autour de l'église. Pendant la guerre de 14-18, ma grand-mère avait été une infirmière assez importante. Elle avait servi à Verdun, coupant les jambes des soldats qui avaient la gangrène. C'était une femme de tête qui savait tout faire. Ainsi, comme il n'y avait qu'un seul médecin à Saint-Aignan-sur-Cher, il était fréquent qu'on vienne chercher ma grand-mère pour réaliser un accouchement. Le fermier d'à côté la conduisait avec son tombereau et sa petite jument. Parfois, elle m'emmenait avec elle pour me distraire.

Ce sont mes premiers souvenirs.

Sur les bords du Cher, il y avait un lieu de détente qui s'appelait L'Île-Plage, avec un plongeoir, des déversoirs. J'y ai vécu les balbutiements de l'enfance, suivant mes deux sœurs et un cousin, qui étaient tous plus grands que moi. On y faisait de la périssoire, l'équivalent d'un canoë. Cela me passionnait ! Ma mère avait la trouille que je tombe à l'eau. C'était la guerre… chacun s'arrangeait comme il pouvait. En captivité, mon père était reparti dans sa prison allemande, près de Cologne.

Dès l'âge de quatre ans, tout ce qui était musical m'intéressait. J'aimais autant les opérettes que les conneries. Quand on est gosse, on ne se rend pas compte. Il y avait des tangos, André Claveau qui chantait *La petite diligence*,

Henri Salvador qui descendait en parachute avec sa guitare dans *Nous irons à Paris*, de Ray Ventura. Je connaissais tout par cœur.

Ma grand-mère m'emmenait au cinéma à Saint-Aignan-sur-Cher. Le directeur s'efforçait de programmer des films gais car les Allemands rôdaient partout. Ce n'était pas une époque joyeuse. Tout ce qui pouvait sortir les gens de la torpeur de la guerre fonctionnait. Pourquoi Trenet a-t-il connu le succès ? Parce qu'en chantant *Y a d'la joie* et *Douce France*, il donnait de l'espoir aux gens. C'était la guerre !

À Blois, on était allés voir *La Romance de Paris*, dans une grange où un grand drap avait été tendu en guise d'écran. Charles Trenet en était l'acteur principal. J'étais fasciné par ce fou chantant, sans me douter à l'époque que je le rencontrerais !

Parmi mes idoles d'enfance, il y avait également Tintin, Laurel et Hardy et les Marx Brothers.

Un peu avant la fin de la guerre, nous sommes rentrés à Saint-Mandé. Mais ces trois ans dans le Cher ont été décisifs : c'est là que j'ai découvert la vie. Surtout, je n'ai jamais cessé d'y retourner, lors des vacances d'été mais aussi l'hiver, pour les week-ends.

Mon père a été libéré en 1945. J'étais inscrit à l'école paroissiale, où j'ai rencontré à l'âge de trois ans mon ami de toujours : Jean-Paul Goude. Sa famille habitait en face de chez nous. Sa maman avait été danseuse étoile à

New York. Sur son phonographe, elle me faisait écouter les airs des grandes comédies musicales de Broadway et du Radio City Music Hall. Ça me passionnait. Grâce à Jean-Paul et à sa maman, j'ai été allaité au music-hall. *Le Magicien d'Oz*, Judy Garland… Vous comprenez pourquoi je n'ai jamais été à court d'arguments lorsqu'il m'a fallu travailler pendant onze ans pour les Carpentier.

Sur la plage, un orchestre dirigé par Roger Guillet jouait tous les samedis soir. Professeur de musique et violoniste, il enchaînait les succès de l'époque : *Ma guêpière et mes longs jupons* d'Yvette Giraud, *Mademoiselle de Paris* de Jacqueline François, *La chanson du maçon* de Maurice Chevalier. Guillet, qui n'était pas bête, avait repéré ce petit garçon qui restait toujours assis sur une chaise, à regarder et écouter l'orchestre. Il disait à ma mère :

« J'ai un bon client avec votre fils, il nous écoute pendant des heures.

— Oh ! Pareil à la maison, répondait-elle. Il n'écoute que les chanteurs à la radio. Il connaît tout par cœur.

— Au début de l'été, je vais organiser un concours de chant avec des enfants. Ce serait bien qu'il s'inscrive. »

C'était l'époque du film de Gary Cooper, *Quand le train sifflera trois fois*, avec la ravissante Grace Kelly, et la chanson de Frankie Lane, *Si toi aussi tu m'abandonnes*. Je l'avais apprise par cœur. À quelques mois près, nous avions tous une quinzaine d'années. Il y avait même un jeune boutonneux de dix-huit ans. C'était un concours de chant de campagne. Et j'ai gagné ! D'un coup, j'étais devenu le roi de la plage de Saint-Aignan. Sans arrêt, on me demandait de la chanter. Tout le monde me connaissait. J'étais heureux sur cette plage, avec la périssoire de mon cousin. On faisait des blagues : on avait fait monter une vache dans une barque de pêche, pour traverser le Cher. La vache était tombée à l'eau ! Heureusement, de braves paysans avaient réussi à la sortir in extremis. Je ne vous dis pas comme on s'était fait engueuler ! Ce n'était pas la vache qui riait…

Ma grand-mère m'avait acheté une clarinette d'occasion. J'ai appris à en jouer tout seul, sans le moindre professeur, dans le grenier du presbytère. Ce sont mes débuts de musicien. Ensuite, j'ai appris le piano à l'oreille. Je n'ai jamais pris un cours de musique. Ma mère m'avait en outre inscrit à la fanfare de Saint-Aignan. Je jouais du tambour.

J'étais également sensibilisé à la musique quand j'allais chez ma grand-mère maternelle, rue du Croissant à Paris. Elle dirigeait l'imprimerie du journal *L'Humanité*. Le samedi, tous les manutentionnaires poussaient les machines et apportaient des instruments de musique, du saucisson et du pâté. C'était la récréation de fin de semaine. Comme j'étais déjà un fou de musique, je me mêlais à l'orchestre improvisé avec un petit accordéon. Bon, je ne parvenais pas à jouer toutes les notes mais j'essayais de m'en sortir. J'avais neuf ans et je voulais déjà faire de la musique. Je me rendais compte que les chansons étaient tout ce qui m'intéressait. C'était l'époque de morceaux comme *Le Gamin de Paris* d'Yves Montand. Les manut' de *L'Huma* voulaient sans arrêt que je la chante, assurant que j'étais le seul à l'interpréter aussi bien. Ils disaient que je leur donnais des frissons. Moi, ça m'a donné le virus de la chanson.

Mon père était l'opticien du Général de Gaulle. Il avait ses bureaux rue des Archives, dans le Marais. Comme j'étais son seul fils, il voulait que je reprenne l'affaire. Il avait prévu de m'envoyer en école d'optique à Morais, au milieu des chamois ! Je n'avais aucune envie d'aller là-bas. Je voulais chanter, point. Mon père me rétorquait : « Dans la chanson, seul un sur mille réussit. C'est triste à dire, mais tous les autres sont à la solde de la société. J'aurais souhaité pour toi un métier stable. » Il n'y croyait pas du tout. Il m'avait même envoyé m'installer dans une chambre de bonne de l'immeuble. J'avais juste le droit de bouffer chez moi. Rien de plus.

Je n'avais plus aucune envie d'aller à l'école communale de Saint-Mandé. J'avais trois ans de retard, ce qui me complexait par rapport aux autres élèves. De plus, j'avais l'impression de ne rien comprendre à ce qu'on m'apprenait.

Quand ma grand-mère paternelle était à Paris, elle fréquentait le cabaret *Le lapin agile*. Là-bas, j'avais sympathisé avec le patron nommé Paulo avec qui j'apprenais des chansons d'Aristide Bruant. Et comme elle vivait près des grands boulevards où se trouvait l'ABC, qui était l'Olympia de l'époque pour le music-hall, on s'y rendait très souvent, d'autant qu'elle connaissait les gardiens qui nous offraient des entrées gratuites. Je n'avais qu'à taper à la loge de la gardienne pour obtenir un ticket. C'est à l'ABC qu'Annie Cordy avait joué avec André Bourvil et Georges Guétary (le rival de Luis Mariano) une opérette restée dix ans à l'affiche : *La route fleurie*. Ainsi, je me trouvais souvent sur le chemin de Bourvil. Dans les coulisses, il me parlait.

« Tu ne vas pas à l'école, mon petit garçon ?

— Non, je suis un retardataire et un cancre.

— Oh, tout s'arrange. Fais confiance à l'école de la vie car c'est la plus précieuse qui existe. »

J'avais vu aussi Charles Trenet à l'ABC, et les premiers récitals d'Yves Montand au théâtre de l'Étoile.

J'ai commencé à parler très jeune avec des artistes. Ceux-ci ont remplacé mes professeurs. Je trouvais qu'il était infiniment plus intéressant d'écouter Montand ou Cordy qu'un vulgaire professeur de mathématiques. Les professeurs s'en rendaient compte et ils l'avaient dit à mon père :

« Nous aimons beaucoup Jean-Jacques, mais en maths, c'est zéro. En français, il fait des fautes à tous les mots. En revanche, il a une mémoire terrible, il est le meilleur en poésie. La seule chose qu'il aime, c'est chanter. »

J'étais dernier ou avant-dernier dans toutes les matières, sauf en cours de chant où j'avais systématiquement la meilleure note.

Je collectionnais tous les petits formats des succès de mon enfance et je m'entraînais à les jouer « d'oreille » sur le piano droit de ma sœur. Je suis un autodidacte. Loin de moi l'idée de me comparer à lui, mais Paul McCartney m'a dit un jour qu'il n'avait jamais appris à jouer de la guitare. Comme moi, il est devenu musicien tout seul. Plein de musiciens sont dans ce cas : Dimitri Tiomkin, le compositeur d'*Autant en emporte le vent*, ne connaissait pas la moindre note. Il était incapable de lire ou d'écrire une partition, tout en inventant des musiques de film géniales. Francis Lai était dans ce cas. Avec son accordéon, il jouait tout d'oreille. Je m'en souviens car il a été mon premier accompagnateur chez Patachou. Il jouait de l'accordéon comme les manouches jouaient de la guitare. Du reste, Django Reinhardt a révolutionné la musique sans l'avoir jamais apprise. Il a carrément inventé le style du jazz manouche. Au contraire, il y avait des musiciens comme Michel Legrand qui avaient des prix de conservatoire et qui auraient pu être de grands professeurs de musique.

Dans les coulisses du théâtre de l'Étoile, j'observais aussi un type qui fumait des cigarettes de maïs et qui s'appelait Jacques Prévert. Je plaisantais sur son nom avec Simone Signoret :

« Dites-moi, Simone, cet homme habite-t-il à la campagne ?

— Non, pourquoi ? tombait-elle dans le panneau.

— Il doit avoir des grands prés très verts. »

Ça la faisait rire. J'adorais une chanson écrite par Prévert : *Les Feuilles mortes*. Je la connais évidemment toujours par cœur.

Oh ! je voudrais tant que tu te souviennes
Des jours heureux où nous étions amis
En ce temps-là la vie était plus belle,
Et le soleil plus brûlant qu'aujourd'hui
Les feuilles mortes se ramassent à la pelle
Tu vois, je n'ai pas oublié...

J'étais conscient de ma chance de serrer la main à des artistes qui avaient une telle plume. Ce n'était pas écrit d'avance que je rencontre Jacques Prévert, Yves Montand et Simone Signoret si jeune. C'est parce que j'avais fui Saint-Mandé et ses volets clos à 18 heures. Moi, j'aimais l'agitation des grands boulevards. On y croisait des types qui vendaient des lapins, des souris, qui faisaient des tours de magie.

Chapitre 2

PREMIÈRES NOTES

Charles Trenet a été l'accélérateur de ma carrière.
À l'âge de quinze ans et demi, je travaillais comme coursier aux éditions Raoul Breton, au 3 rue Rossini, dans le neuvième arrondissement de Paris.

J'avais lu la petite annonce sur la vitrine d'une petite boutique. J'avais trois ans de retard dans mes études, c'était une catastrophe. Je voulais travailler et voler de mes propres ailes. Il était inscrit : « Si possible motorisé ». Ma grand-mère avait donc acheté un Solex d'occasion au charbonnier de la rue du Croissant. J'avais menti sur mon âge car l'âge requis était dix-huit ans.

Je livrais notamment les « petits formats » chez Pathé-Marconi : on pouvait écouter la musique et chanter les paroles qui étaient marquées en dessous. Aujourd'hui tout est sur Internet, ça n'existe plus. Les éditions Breton avaient beaucoup de succès avec Trenet, Piaf, Bécaud, Les Compagnons de la chanson.

Un jour, j'ai été envoyé place Dauphine pour porter deux petits formats du *Chant des Partisans* de Joseph Kessel à Yves Montand. Montand était l'une de mes idoles. Je l'avais vu plusieurs fois en récital au théâtre de l'Étoile. C'est lui qui m'a ouvert ! Il habitait une ancienne librairie avec Simone Signoret.

« Vous tombez bien », me dit Montand. « Mon pianiste Bob Castella est là. »

Ils ont déchiffré la partition devant moi.

Ami, entends-tu le vol noir des corbeaux sur nos plaines
Ami, entends-tu les cris sourds du pays qu'on enchaîne

Yves Montand se tourne vers moi :

« Vous ne trouvez pas que c'est une chanson qui me va bien ?

— Monsieur Montand, vous êtes capable de tout chanter. C'est vrai que ce chant des partisans vous va comme un gant. »

Ma phrase l'a fait rire. J'étais étonné car normalement, une vedette ne parle pas à un coursier. C'est ce que j'aimais dans le milieu artistique. Il y avait des connards, oui, mais aussi des gens très surprenants. Face à Montand, je n'avais jamais été aussi heureux. Moi qui avais toujours été bercé dans ce milieu de music-hall, de revues, d'opérettes… J'avais même assisté aux adieux de Mistinguett et de Maurice Chevalier avec ma grand-mère.

Tous les soirs, je venais rendre compte à M. Raoul Breton de mon travail de la journée.

Ce soir-là, je lui remets en outre un mot écrit de la main d'Yves Montand : « Cher Raoul Breton. J'ai bien reçu la partition du *Chant des partisans* et votre petit coursier me dit qu'elle me va comme un gant. »

Et tout d'un coup, on cogne à la porte de son bureau.

« Entrez ! »

Je me retrouve face à Charles Trenet, fraîchement débarqué de Montréal où il était la plus grande vedette. Il portait une veste écossaise en madras.

« Alors, Charles, comment ça s'est passé à Montréal ? demande Raoul Breton.

— Merveilleusement ! Du reste, j'en ai rapporté une chanson qui va vous faire rire. Mon hôtel était à côté d'une pharmacie dans laquelle j'ai passé ma vie tellement j'y riais.

— Je n'avais jamais entendu quiconque me dire qu'une pharmacie était un endroit drôle.

— Mais si ! Dans les pharmacies canadiennes, on vend de tout. Même des jouets pour les enfants. »

Et il se met à chanter *Dans les pharmacies.*

Dans les pharmacies
On vend du nougat et du chocolat
Des bonbons au citron des stylos
Des poupées gentilles
Pour les petites filles
Et pour les garçons
Des lapins qui sont
Sauteurs et polissons
On vend de tout
Des toutous blancs

« Il n'y a que toi pour écrire des trucs pareils ! s'exclame Breton. Tiens, je te présente mon nouveau coursier, Jean-Jacques Debout.

— Qu'est-ce que vous faites ce soir ? C'est mon anniversaire. Tous mes amis m'attendent au *Grand Véfour*, au Palais-Royal. Cela m'aurait fait plaisir de vous inviter. »

Je croyais rêver. Charles Trenet m'invitait à son anniversaire. Le Fou chantant en personne !

Raoul Breton était un peu pris de court et bredouille que je dois rentrer chez ma grand-mère. Arrive la femme de Raoul Breton, que Trenet surnommait « La Marquise » :

« Oh ! Charles ! Vous êtes magnifique ! Le Canada vous réussit.

— Je viens de rencontrer votre jeune coursier, il est formidable.

— Ne commencez pas à dévergonder notre personnel !

— Ce jeune homme ne peut pas faire partie de votre personnel. On dirait un ange tombé du ciel dont vous êtes la mère et moi le père.

— Charles, vous êtes toujours aussi fou !

— Cela me ferait plaisir qu'il vienne ce soir à mon anniversaire.

— Mais ce n'est pas prévu.

— C'est simple : soit on l'emmène, soit je l'invite dans une pizzeria et vous direz à mes invités que je suis malade.

— Charles, si vous saviez qui sont les gens qui seront là ce soir, vous auriez honte de dire cela ! »

Et voilà comment je me suis retrouvé, en simple blouson, à l'avant de la Rolls-Royce Silver Cloud de Charles Trenet. « J'aime ce genre de voiture car on n'entend pas le moteur », me dit le Fou chantant. « On a l'impression de rouler dans un fer à repasser. Et ça se conduit avec un doigt. »

Tout le restaurant avait été mobilisé pour l'anniversaire de Charles Trenet.

En ce qui me concerne, je n'étais pas vraiment en tenue pour ce genre de réception.

C'était rempli de grandes vedettes : Colette, Jean-Pierre Aumont, Joseph Kessel, Jean Cocteau, Charlie Chaplin…

Et Charles Trenet me présentait à tous ces grands noms ! « Vous entendrez parler un jour de ce jeune Jean-Jacques Debout, il se passionne pour la musique, cela ne m'étonnerait pas qu'il se mette un jour à chanter. » Il disait tout ça sans jamais avoir entendu ma voix. C'était invraisemblable. Sur un nuage, je me demandais dans quel monde j'étais tombé.

À la demande de Trenet, Mireille m'a donné sa carte afin que j'intègre le Petit Conservatoire, pour prendre des cours de chant. J'y suis resté pendant un an. Bon, je m'y ennuyais un peu, je n'apprenais pas grand-chose, sauf ce chef-d'œuvre *Puisque vous partez en voyage,* repris par la magnifique Françoise Hardy et son mari Jacques Dutronc.

Lors des jours suivants, j'ai revu Charles Trenet aux éditions Breton. Il venait tous les soirs pour faire écouter ses nouvelles chansons à Monsieur Breton, avant de l'emmener dîner avec sa femme. C'était comme un rite. Ils allaient souvent à la Cloche d'or, qui était ouverte jusqu'à six heures du matin à l'époque.

Un jour, Mme Breton me convoque dans son bureau. Elle savait que je préparais mon tour de chant. J'avais écrit 4 ou 5 titres. Elle voulait me présenter à Patachou. Devant cette dernière, assis au piano, je lui ai chanté *Les boutons dorés* et elle m'a proposé de me faire débuter dans son célèbre cabaret. C'était devenu un endroit très couru après l'éclosion de Brassens et celle de Brel. J'y ai donc chanté en lever de torchon, avant le tour de chant de Patachou. Le soir de mes débuts, Raoul Breton était dans le public avec Charles Trenet, Charles Aznavour et Gilbert Bécaud.

À la fin de mon tour de chant, Trenet m'a dit : « Tu chantes beaucoup mieux que moi, tu devrais reprendre mes chansons. » Quand il m'a dit ça, j'avais seize ans ! Mme Breton lui a répondu de ne pas exagérer. « Il a une voix juvénile que je n'ai plus », a insisté le Fou chantant. Ça m'a mis le pied à l'étrier dès le plus jeune âge. Dès cet instant, j'ai commencé à écrire des chansons pour les uns et pour les autres, et à multiplier les cabarets. J'ai chanté à la Galerie 55, puis à l'Alhambra, en première partie de Patachou. Je chantais trois morceaux en début de programme. L'orchestre du jeune Michel Legrand m'accompagnait, avec une vedette au piano : Gilbert Bécaud ! Maurice Chevalier était assis au premier rang, ce qui avait valu cette chronique dans *France-Soir* le lendemain : « Maurice Chevalier se met debout pour Jean-Jacques Debout ». Cette soirée-là est la première à avoir vraiment fait parler de moi. C'était un music-hall important. Dans la foulée, des émissions télévisées comme *Disco Parade* ont commencé à m'appeler pour chanter *Les boutons dorés*. Le soir de la première, mon père est venu assister au concert. Raoul Breton lui a dit : « Je vous avais prévenu, votre fils a du talent. Ce soir, ce n'est pas moi qui vous le dis, c'est le public. » Il paraît qu'il y est allé de sa larme.

Ensuite, je suis parti en tournée avec un jeune chanteur nommé Claude Nougaro. On écumait toutes les villes de France en voiture. Quel succès ! C'était plein partout.

Ma grande proximité avec Charles Trenet et le couple Breton m'a valu beaucoup de jalousies dans le métier. Cela me faisait de la peine, mais M. Breton me persuadait de ne pas m'en faire, m'expliquant que les artistes avaient tous l'air de copains qui se tapaient sur l'épaule, mais qu'en réalité ils étaient tous jaloux les uns des autres. Raoul Breton était un grand éditeur. Il avait lancé Édith Piaf, Charles Trenet, et Patachou qui était sa... secrétaire. Elle s'appelait encore Henriette Ragon et tapait les manuscrits des chansons de Trenet avant de devenir la grande chanteuse de cabaret.

Breton, un ancien danseur mondain, avait découvert Trenet alors que celui-ci exposait ses toiles d'artiste-peintre à Perpignan. Raoul Breton avait profité d'un voyage dans le sud où il accompagnait Jean Cocteau chez le Dr Nicolo pour ses addictions à l'opium. L'exposition du jeune Trenet était particulière : elle faisait concilier chaque toile avec une chanson de sa composition. Pour illustrer un tableau qui représentait l'étang de Thau, Trenet avait chanté *La Mer*. Entendant cela, Raoul Breton n'a pas hésité un seul instant et a acheté tous les tableaux, et toutes les chansons ! Et l'arrivée de Charles Trenet dans la chanson a été un événement considérable en France.

Charles Trenet savait écrire. Ses textes étaient drôlement bien ficelés. Brassens disait : « Trenet nous a ouvert la porte. » Brel renchérissait : « Sans l'arrivée de Trenet dans la chanson, nous serions tous des employés des PTT. » Brassens avait aussi une phrase mystérieuse (« J'ai mis vingt ans à me débarrasser de Trenet ») qui m'intriguait tant que je lui avais demandé des explications, que je vous retranscris ici : « J'avais de l'admiration pour Trenet, j'allais le voir chanter quand il passait à Sète. Il m'a donné envie d'écrire des chansons, mais je trouvais que cela ressemblait trop à du Trenet. Il m'a fallu vingt ans pour trouver mon véritable style et m'imposer avec ma guitare. » Voyez le talent de Brassens… il ne pouvait pas avoir de l'admiration pour n'importe qui.

Toute la jeunesse de l'époque se passionnait pour Trenet. C'était le Hallyday de son époque. Jean Cocteau l'avait surnommé « Le Fou chantant » et on appelait ses fans les Trénétistes. Ils s'habillaient comme lui, portant des cravates blanches, des chemises bleues et des œillets rouges.

Né en 1913, Trenet avait appris à écrire avec sa maman, professeure de français à Narbonne. Au collège de Perpignan, son professeur avait remarqué qu'il était très poète. À l'âge de quinze ans, il était effectivement déjà un authentique poète. Il écrivait des textes incroyables pour son âge. Je les connais toujours par cœur : « Les soirs de repassage dans la maison qui dort. La bonne n'est pas sage mais on la garde encore. On l'a r'trouvée hier soir derrière la porte de bois.

Avec une passoire se donnant de la joie. » Magnifique ! Formidable ! À quinze ans ! Quand je les récite par cœur à plus de quatre-vingts ans, on me félicite pour ma mémoire, mais je trouve qu'il est normal qu'on se souvienne de l'œuvre de son maître. Certains textes de Trenet sont aussi bien écrits que les poèmes de Verlaine ou de Rimbaud.

Trenet était un génie. Un créateur. Au contraire de beaucoup d'artistes dans les années 1960 qui se sont contentés d'adapter Presley ou Buddy Holly.

Plus tard, Charles Trenet était pour moi comme un grand frère. Quand on reparlait de mes débuts, il riait et s'exclamait :

« Tu vois, tout ça, c'est grâce à moi !

— Comment ça, grâce à toi ?

— Je voyais bien que tu emmagasinais tout ce que je te racontais. En fait, tu es mon fils ! Finalement, tu es allé à meilleure école que si tu étais resté à l'école communale de Saint-Mandé. J'ai été ton école. »

C'est vrai que j'avais appris à écrire des chansons en l'écoutant. Un refrain, un couplet, un refrain, un couplet, une partie jouée par l'orchestre, puis un nouveau couplet et un refrain. J'ai tout appris sur le tas comme ça, en l'écoutant, sans véritable professeur.

Tout au long de notre vie – Charles est décédé en 2001 –, dès qu'on se voyait, il voulait qu'on dîne ensemble, même si je n'avais pas le temps.

« Ah ! Jean-Jacques ! On dîne ensemble ce soir ?

— Euh, je chante au cabaret ce soir, c'est compliqué, je ne peux pas manger avant de me produire...

— Mais si ! On ira manger trois fois rien chez Lipp, puis je t'accompagnerai, je t'écouterai chanter et ensuite on ira finir la soirée dans une discothèque, et je te dirai comment je t'ai trouvé. »

Nous allions généralement au *Nuage*, une boîte de Saint-Germain-des-Prés. Vous ne pouvez pas savoir tout ce que Charles Trenet buvait... Chaque soir, il terminait la soirée avec sa petite bouteille carrée de Cointreau. Si j'en voulais un verre, il refusait et commandait plutôt une seconde bouteille.

« Appelons plutôt le garçon car tu vois, cette bouteille carrée, c'est exactement la dose qu'il me faut. »

Il est complètement timbré, pensais-je intérieurement.

Je pensais naïvement que le Cointreau sonnerait la fin des réjouissances. Quelle erreur ! Dans la foulée, il attaquait le cognac, celui avec le visage de Napoléon dessiné sur la bouteille.

« Tu te rends compte, c'est le cognac que buvait Napoléon !

— Tu en es bien sûr ?

— Je te le garantis ! Quand il a été dans la région de Cognac, on lui a fait des bouteilles spécialement à son intention. »

Avec son cognac, Trenet réclamait du sucre en poudre et le versait dans son verre. Et il touillait comme dans une tasse de café, avec un glaçon dedans et un cigare.

« Oh ! Comme c'est bon de boire glacé après un Cointreau », disait-il…

À la fin, sa tête tournait dans tous les sens… Avec son secrétaire, on l'allongeait à l'arrière de sa voiture et on le raccompagnait chez lui à La Varenne Saint-Hilaire, dans le Val-de-Marne. Pour retirer ses chaussures et le monter dans sa chambre, ce n'était pas un petit travail. Il était si grand qu'il pesait lourd… Comme il était toujours impeccablement habillé, il fallait lui retirer veste et cravate avant de l'étendre sur son lit. Dans l'état dans lequel il se mettait, on avait peur qu'il s'étrangle avec sa cravate. Ah… Il m'en a fait voir ! Le grand jeu de Charles Trenet, aussi, était la provocation. Il aimait aller chez Lipp, s'asseoir sur la banquette et dire des choses insensées pour observer la réaction des gens.

Avant de vous raconter l'histoire qui suit, laissez-moi vous préciser que Charles avait rencontré Adolf Hitler, en 1942, à l'occasion d'un concert en Allemagne avec Tino Rossi et Édith Piaf. Pendant deux minutes, il avait échangé seul à seul avec le dictateur allemand mais cela s'était arrêté là.

Chez Lipp, Trenet entame la conversation à voix (très) haute :

« Tu sais que j'ai très bien connu Hitler ?

— Charles, ne le dis pas trop fort car il y a des gens à qui cela ne va pas plaire d'entendre ça.

— Si, si ! Je l'ai connu deux ans avant la déclaration de guerre. Il m'est arrivé deux ou trois fois de dîner avec lui dans une brasserie à Berlin. Avec moi, il était très gentil, c'était même un brave type.

— Charles…

— Un brave type ce Hitler ! »

Juste en face de nous, il y avait un israélite. Charles le savait-il ? Je l'ignore… En tout cas, il poursuivait sa provocation…

« Je vais t'expliquer pourquoi Hitler est devenu si méchant. Te souviens-tu de sa moustache ?

— Évidemment, je suis né en 40, on voyait sa photo dans les journaux quotidiennement. Ça ne s'oublie pas…

— Sa moustache l'agaçait. Elle ne poussait pas verticalement mais horizontalement. Comme les poils des sangliers ! Ça l'énervait tellement qu'il en a voulu à la Terre entière et c'est pour cette raison qu'il a déclaré la guerre à tout le monde. »

Trenet parlait de plus en plus fort. L'israélite fulminait et s'est mêlé à notre conversation.

« Monsieur Trenet, allez-vous arrêter de parler ainsi du Führer ? Ce n'est pas drôle du tout. Regardez mes mains. Regardez mes ongles. On me les a arrachés dans un camp de concentration. Vos plaisanteries ne m'amusent guère.

— Veuillez m'excuser, je ne pensais pas vous rencontrer ce soir. Si j'avais su ça, je n'aurais pas raconté cette histoire… »

Le patron de chez Lipp, M. Cazes, est vite arrivé pour éviter l'esclandre. Le pauvre mec aux ongles arrachés était un bon client.

« Je connais bien Charles Trenet, il ne dit pas ça pour vous embêter mais il a beaucoup bu. Malheureusement, c'est un homme qui boit beaucoup quand il est à table et il y a des moments où il ne sait plus ce qu'il dit. »

Mais une fois le patron reparti derrière son bar, Charles a recommencé…

« Du reste, ma mère connaissait aussi Hitler. Il l'avait même invitée dans son bunker avec Eva Braun. Elle s'y est rendue avec une amie avec elle dont il était un peu épris. »

Là-dessus, le pauvre gars aux ongles arrachés n'en pouvait plus. Il a soulevé notre table, renversant ainsi le cognac et le sucre. J'ai cru qu'ils allaient se battre alors je suis intervenu, intimant l'ordre à Georges, son secrétaire, d'exfiltrer Charles pour le ramener à la Varenne. On n'était plus très loin de transformer chez Lipp en saloon de western, quand tous les cow-boys se battent entre eux sans vraiment savoir pourquoi. J'ai vu cette image-là, furtivement, dans mon esprit. Mais d'autres péripéties nous attendaient. Une fois sorti, Charles voulait conduire ! Dans son état, c'était une pure folie. En plus, c'était une Rolls-Royce Silver Cloud.

Pas l'engin le plus maniable quand on est ivre… Son secrétaire et moi lui avons interdit de conduire mais cela a provoqué l'ire du Fou chantant.

« Ça suffit ! Je veux conduire ma voiture et personne ne m'en empêchera ! »

La Rolls était garée au troisième sous-sol d'un parking souterrain. Trenet s'installe au volant et s'engage en direction de la sortie. Tout à coup, je vois des flammes et des étincelles partout sur les côtés. Grâce au puissant moteur, la Rolls est sortie du parking, mais il roulait en frottant la voiture contre le mur en béton. Arrivés en haut, nous sommes tous descendus pour constater les dégâts : plus d'aile, plus de pare-chocs, plus rien… il ne restait que les phares et les roues, qui en avaient aussi pris un coup.

« Dans quel état est ma voiture ! Dans quel état est ma voiture ! »

Il nous a fallu appeler un garagiste de nuit pour ouvrir les portes qui étaient bloquées. On a installé Charles à l'arrière, et Georges est passé au volant pour ramener tant bien que mal la Rolls et le chanteur à la Varenne.

Quelle soirée… Trenet n'aurait jamais osé ni imaginé se comporter ainsi sans être sous l'emprise de la boisson. Mais il était complètement ivre.

Ce soir-là, il ne m'avait pas fait rire. Au contraire, le déroulé de cette soirée m'avait plutôt effrayé. Mais parfois, il était particulièrement drôle. On était une bande, avec notamment le journaliste Jacques Pessis. L'humour de Trenet était connu : quand tu écoutes son œuvre, ça saute aux oreilles.

Un autre soir, toujours chez Lipp, un journaliste pas très sympathique et un peu ivre ose lui dire :

« Quand je pense que vous avez été une grande vedette et qu'on vous appelait le Fou chantant, autrefois, vous étiez un chanteur plus dynamique avec le jazz. Aujourd'hui, vous chantez des chansons trop raisonnables.

— Écoutez, mon cher ami. Je n'ai pas besoin de travailler. J'ai ma *Mer* qui travaille pour moi aux États-Unis et dans le monde entier. Je continue simplement de chanter car c'est ma gymnastique quotidienne. Je souhaite à tous les artistes du monde de connaître le même succès que ma *Mer*.

— Votre maman est si riche que ça ?

— Oui, elle pourrait même vous entretenir. Cela vous rendrait peut-être plus aimable et moins bête. »

Le journaliste n'avait rien compris. Il pensait que Trenet parlait de sa maman, alors qu'il parlait de *La Mer*, sa chanson, qui l'avait rendu riche à partir du moment où Bing Crosby l'avait reprise en anglais. Charles ne savait plus quoi faire de son argent. Mais qu'est-ce qu'on avait ri ce soir-là…

Chapitre 3

HISTOIRE D'UN TUBE : LES BOUTONS DORÉS

« En casquette à galons dorés
En capote à boutons dorés
Tout au long des jeudis sans fin
Voyez passer les orphelins »
Jean-Jacques Debout, 1958

Je suis comme un couturier. Mon moteur, c'est d'habiller les artistes avec de jolies chansons.

Je préfère en effet écrire pour les autres plutôt que de chanter moi-même. Quand j'étais jeune, avant de monter sur scène, j'avais le trac. Systématiquement. Je m'en rendais malade. Je dois vous avouer que je n'ai jamais été fou de moi. Je ne suis pas mon type d'homme. Je me sens ainsi plus à l'aise en écrivant pour un artiste qu'en interprétant moi-même mes propres chansons.

Je suis plus heureux dans l'écriture.

Je marchais pourtant bien comme interprète. J'avais beaucoup d'engagements.

Et surtout, j'avais *Les boutons dorés*, mon premier succès.

Cette chanson est née de mon enfance au collège de Juilly. J'y suis entré à l'âge de six ans. Il s'agissait d'un collège de France et à l'époque, le Général de Gaulle avait demandé à tous les collèges de France d'accueillir des orphelins de guerre, qui pullulaient sur tout le territoire. La Seconde Guerre mondiale venait seulement de se terminer. J'avais six ans et j'observais mon ami Jacky Mesrine, chef de bande des orphelins. On portait tous des uniformes, avec des pèlerines à boutons dorés, des pantalons courts gris et des longues chaussettes grises avec des galoches noires, ainsi que des casquettes à boutons dorés.

En 1955, j'ai rencontré le compositeur Jacques Datin et le parolier Maurice Vidalin. Ce dernier écrivait des textes pour Gilbert Bécaud. J'ai également fait la connaissance du compositeur Francis Lai. Ils étaient les auteurs « maison » des éditions Raoul Breton. Moi, j'avais quinze ans, je n'étais encore qu'un simple coursier. Je leur ai raconté mon histoire au collège de Juilly, les orphelins, les blagues de Jacky…

Bon, Mesrine n'était pas encore à la mode à cette époque. Il n'était pas devenu l'ennemi public n° 1.

De mon côté, je débutais aussi. Raoul Breton m'avait demandé de préparer quatre chansons pour un futur 45 tours, mais j'avais besoin d'être guidé. Écrire des chansons, c'est un vrai métier. Comme je m'entendais bien avec Datin et Vidalin, je leur donnais mes idées, et *Les boutons dorés* sont nés.

C'est le point de départ de mon premier tour de chant, que j'ai joué pour la première fois chez Patachou à seize ans et demi. Elle m'avait prêté son orchestre et son accordéoniste, Joss Baselli, un excellent musicien. Pour le reste, c'est Charles Aznavour qui m'a aidé, en m'écrivant *Gosse de Paris*. Christiane Verger, une amie d'enfance de Jacques Prévert, m'avait écrit *Clémentine*. Je prenais des cours de chant chez elle. Ce n'était pas pour la voix car je n'avais pas de problème à ce niveau-là. J'ai toujours eu une bonne voix. Mais Christiane m'apprenait à me tenir en scène ainsi que la construction d'une chanson, l'équilibre entre un couplet et un refrain.

J'ai aussitôt perçu la réussite de ce disque, qui avait plus que du succès. Chaque soir chez Patachou, j'étais drôlement applaudi.

Mon éditeur, Raoul Breton, a alors organisé un rendez-vous rue d'Hauteville avec le patron des disques Vogue, Jacques Wolfsohn. Cette maison de disques, qui sera connue plus tard en tant que première major de Johnny Hallyday, pressait déjà les disques de nombreux grands artistes de jazz, tels que Sidney Bechet. Ils étaient spécialisés dans les orchestres instrumentaux. Je suis ainsi devenu le premier chanteur à signer chez Vogue ! Ensuite, m'ont rejoint Jean Ferrat, Pierre Perret, Colette Renard… et donc, Johnny.

Si la chanson *Les boutons dorés* a été un succès, son enregistrement n'a pas été un long fleuve tranquille. La chance n'était pas avec moi puisque les musiciens de studio français étaient en grève. J'avais besoin d'une grande formation musicale avec violons et cuivres. La grève de l'Opéra de Paris durait depuis deux mois. C'étaient toujours les violonistes de l'Opéra qui assuraient les séances en fin d'après-midi pour arrondir leurs fins de mois. Impossible, donc, de trouver le moindre musicien disponible !

Heureusement, Raoul Breton avait des bureaux à Bruxelles. Nous sommes donc partis en Belgique en voiture, avec les Breton et mon arrangeur Jean Leccia. C'était l'arrangeur des premiers succès de Charles Aznavour. Nous sommes descendus à l'hôtel Amigo, dont Gilbert Bécaud était le parrain. Bécaud ne se plaisait qu'à l'hôtel, il y dormait tous les soirs, tournée ou pas tournée. Il était du reste une grande vedette dans le plat pays, se produisant souvent à l'*Ancienne Belgique* d'Anvers ou de Bruxelles. Et chaque soir, il rentrait à l'hôtel Amigo. Le soir, je buvais donc des coups avec lui, à tel point qu'il est venu au studio Kluger pour assister à l'enregistrement des *Boutons dorés*. Il connaissait aussi Maurice Vidalin car celui-ci lui avait écrit *Le Mur*, une chanson que je connais toujours par cœur à plus de quatre-vingts ans. Pour s'amuser, Gilbert Bécaud s'est installé au piano pendant l'enregistrement des *Boutons dorés*. C'est donc ce grand artiste confirmé qui assure une simple partie instrumentale de mon premier disque !

Comment pourrais-je expliquer le succès des *Boutons dorés* ? D'abord, les gens étaient étonnés de voir un jeune garçon chanter la vie des orphelins. Je l'interprétais à ma façon, ça plaisait. On était en 1956, j'ai vendu beaucoup de disques et tout s'est enchaîné. Cabaret, music-hall, tournée… Et surtout, l'écriture pour les autres, mon moteur.

Chapitre 4

JOHNNY, MON PETIT FRÈRE

Il n'y a pas un jour où je ne pense pas à Johnny. J'ai échangé mes derniers mots avec lui le 1er septembre 2017, en l'église Saint-Sulpice, lors des obsèques de Mireille Darc. Ce jour-là, nous n'avons pas prévu de nous voir, mais il s'assied à côté de moi. C'est sa dernière sortie publique.

« Je pense que c'est la dernière fois que je t'embrasse, me dit-il d'une voix grave.

— Ne dis pas de bêtises… Je te trouve bien.

— Je sors de la Pitié-Salpêtrière, je leur ai dit que c'était ma dernière séance. J'en ai marre, je laisse tout tomber. »

Malgré ses yeux tristes, quand il prononce cette phrase, je n'y crois pas un seul instant. Johnny s'était toujours sorti de toutes les situations. Rien ne m'étonnait avec lui. Je le trouvais plutôt bien, et même s'il avait du mal à s'asseoir, il n'avait pas besoin de canne pour marcher. Et puis je connaissais son côté « comédien ». Je ne pensais pas qu'il partirait aussi vite…

À la fin de la cérémonie, Johnny s'est levé pour aller prendre Delon – qui était en pleurs – dans ses bras. Ils sont partis tous les deux vers la sacristie, dans les contre-allées, pour éviter les photographes. C'est la dernière fois que je l'ai vu. Je vous jure que je n'y croyais pas.

Trois mois plus tard, quand il est mort, ça m'a fait un choc. J'ai eu beaucoup de peine. Comme je dors avec la radio, j'ai entendu la nouvelle en direct. La veille de son décès, Claude Bouillon[1] m'avait téléphoné pour m'informer que c'était la fin. Johnny lui avait dit qu'il ne prenait plus ses médicaments et qu'il allait attendre la mort dans sa chambre, réclamant que personne ne vienne le faire chier. *Je vais attendre la mort et je veux surtout que personne ne vienne me faire chier.* Ce sont ses mots.

J'ai revu toutes mes jeunes années défiler…

J'ai toujours considéré Johnny comme mon petit frère.

Je n'oublierai jamais notre première rencontre. C'était en décembre 1959. Il n'était encore qu'un adolescent de seize ans inconnu. Je partageais un cheeseburger aux

---

1. Claude Bouillon, restaurateur et ami intime de Johnny, avec qui il a fondé le restaurant *Rue Balzac* dans les années 2000, dans une rue perpendiculaire aux Champs-Élysées.

Pierrots de Montmartre avec Jacques Brel. Desta Hallyday, la cousine de Johnny, faisait un numéro de playmate au *Elle & lui*, le cabaret d'à côté. Johnny patientait en amusant la galerie avec sa guitare devant le jukebox. Le patron lui donnait des pièces et il les insérait en choisissant toujours *Rock Around The Clock* de Bill Haley. Et vous savez quoi ? Le gosse chantait plus fort que le jukebox ! C'était déjà un phénomène. Intrigués, tous les clients se retournaient. Avec ses cheveux blonds, on aurait dit un archange. Il était extraordinaire !

Avec Jacques Brel, nous décidons d'aller lui parler. Jacques le trouvait rigolo. Ils se sont parlé et ont découvert qu'ils étaient Belges tous les deux. Brel lui dit :

« Moi je bois de la bière… mais toi, ce n'est pas de ton âge !

— Oh si, je bois un petit coup avec vous…

— Une bière pour mon ami ! »

Et je me souviens d'une phrase de Brel, qui n'était pas encore la vedette qu'il deviendra avec *Quand on n'a que l'amour*.

« T'as une sacrée présence. Moi, je suis un auteur-compositeur, j'essaie d'imposer mes petites chansons. Toi, tu vas faire du rock'n'roll. »

J'ai aussitôt téléphoné à Jacques Wolfsohn, le patron de la maison de disques Vogue, pour lui faire part de ma découverte de cet OVNI. Quelque temps plus tard, nous sommes conviés dans son bureau rue d'Hauteville et il lui fait signer un contrat. Johnny lui dit :

« Je n'aime que le rock. J'adore Elvis Presley, Bill Haley, Gene Vincent… »

Le hasard faisait qu'Europe n° 1 m'avait engagé pour faire un *Musicorama*. Et c'est Gene Vincent qui chantait ce soir-là. J'ai donc emmené Johnny aux répétitions. Dans les coulisses, je tombe sur Bruno Coquatrix, le patron de l'Olympia, avec son gros cigare.

« Bruno, je vous présente un jeune qui va bientôt faire un disque.

— Dès que vous avez votre disque prêt, emmenez-le-moi et je l'écouterai. On vous trouvera une petite place à l'Olympia. »

Gene Vincent était assis sur une chaise devant sa loge. Il attendait son tour pour chanter. Johnny lui a demandé un autographe. Plus tard, il m'a dit que cela restait l'un des plus beaux moments de sa vie.

Dès notre rencontre, j'ai agi comme un frère pour Johnny.

J'assurais ses premières parties lors de la tournée 1962. Vous auriez vu le monde qu'il déplaçait ! C'était ahurissant. Aux arènes de Béziers, ils avaient refusé 3 000 personnes. Pourtant, au départ, l'organisateur Georges Leroux ne savait pas à quoi s'attendre. Les moyens étaient très limités. Johnny me prêtait ses musiciens pour mon tour de chant. En trois semaines, son nom est monté. Ça n'a pris que trois semaines ! Seule une pauvre affiche placardée devant l'entrée d'un chapiteau suffisait pour vendre 10 000 billets un dimanche en matinée.

Dans certaines villes, je me suis fait virer. Les gamins ne me laissaient pas chanter. Ils voulaient Johnny ! Je commençais : *On suit le mur de l'hôpital / On passe le pont sur la rivière*... Et là : *JOHNNY ! JOHNNY !* Ils me lançaient des bouteilles de verre, des canettes de bière, des melons... À la fois, je les comprenais. Johnny commençait à exploser. Je me mettais à la place de tous ces fans qui se moquaient de voir Jean-Jacques Debout, même s'ils me connaissaient de nom pour mes deux succès. Pour eux, j'étais plus un chanteur qu'écoutaient leurs parents. Je ne faisais pas de rock'n'roll. Eux, ils voulaient Johnny. Ce dernier me regardait dans les coulisses. Il riait ! Et il me laissait me débrouiller avec ça. Au lieu de finir ma chanson, je présentais Johnny et j'annonçais son arrivée. C'est la seule chose que je pouvais faire !

Son public était composé de gamins de quatorze, quinze ans. Ils s'habillaient tous comme lui. Je les revois avec des chemises bleu marine avec des petits pois blancs, des Perfectos... Les filles lui jetaient leurs culottes pour les lui envoyer sur scène ! Johnny aimait cette folie. Tout au long de sa vie, c'est resté son obsession : que la folie de ses débuts perdure toujours autour de lui. Il a constamment soigné ça.

C'est pour ça qu'en 2012, il a adoré son spectacle au Royal Albert Hall de Londres, où le public avait assiégé la scène, faisant fi des barrières de sécurité. « C'est bête que tu ne sois pas venu car tu m'aurais vu dans mon vrai élément », m'a dit Johnny au téléphone quelque temps plus tard. Il m'avait invité au concert mais j'étais en pleine préparation d'un spectacle de Chantal au Palais des Congrès.

Georges Leroux a été le premier tourneur de Johnny, avant que la folie ne débute. Quand Johnny Stark a senti qu'Hallyday deviendrait l'Elvis Presley français, il lui a mis la main dessus. À l'époque, Johnny avait besoin d'argent pour s'acheter une maison à la campagne, à proximité de celle d'Aznavour à Montfort-l'Amaury. Évidemment, Stark lui a trouvé l'argent pour qu'il achète une maison à Grosrouvre. En échange d'un contrat de six ans renouvelable… et donc Johnny s'est séparé de Leroux, alors que celui-ci avait déjà organisé des spectacles et vendu les places. Stark retenait Johnny à Paris pour l'empêcher d'aller chanter. Sur place, les pauvres mômes qui avaient payé leur billet attendaient Hallyday en vain… Et devinez qui chantait à sa place ? Moi ! Et je me prenais tout dans la gueule ! Alors comme je savais où joindre Johnny – chez sa tante Hélène Mar –, je l'appelais à la rescousse :

« Tu sais tout ce que je me prends dans la gueule ? Un jour, je vais recevoir un pavé et ce sera fini ! Qu'est-ce que tu comptes faire ? Ça m'amusait au début mais je vais finir par me barrer…

— Patiente encore deux concerts et j'arriverai pour celui de Marseille ! »

À Marseille, je n'ai pas pu en placer une. Je revois encore la salle. C'était une espèce de palais des sports, avec des bancs pour s'asseoir. Je voyais les bancs voler dans les airs ! Les mômes les cassaient en deux ! *JOHNNY ! JOHNNY !* Les quatre ou cinq gendarmes chargés d'assurer la sécurité étaient évidemment dépassés. Arrivé de Paris, Johnny était dans les coulisses. Enfin ! Stark avait accepté car il avait réussi à écarter Leroux. C'étaient – déjà – des histoires de fric.

À l'époque, les hôtels ne servaient plus à dîner au-delà d'une certaine heure. C'était pénible. On ne rigolait pas tous les soirs. À lui seul, Johnny déclenchait une folle effervescence, mais ce n'était pas encore la vie de luxe.

À chaque fin de concert, Johnny sortait directement dans un panier à salade affrété par la gendarmerie. Il était dans un de ces états… Chemise déchirée. On aurait dit une vieille serpillère ! Deux motards ouvraient la route, c'était la seule solution pour quitter une salle de spectacle. Sinon, les gamins l'auraient déchiqueté ! Un jour, il a fini en slip devant moi… J'avais dû lui passer l'un de mes pantalons.

Inutile de dire que le lendemain, les journaux s'en donnaient à cœur joie : « Concert de Johnny Hallyday : trois jeunes de 15 ans blessés. Une fille sort de la salle le thorax enfoncé, étouffée par la foule. » Les gendarmes étaient obligés de monter sur scène pour soulever les filles qui étouffaient, poussées par la foule. Il y avait beaucoup d'accidents. Moi, planqué sur le côté, j'assistais à tout. À Vaison-la-Romaine, dans un amphithéâtre en pierre, j'ai vu les fans arracher un bas-relief ! En pierre ! Je ne sais toujours pas comment ils ont fait pour porter ça. Ils l'ont jeté sur scène et ça a cassé la sonorisation. Le bas-relief est tombé à dix centimètres de moi. Si je l'avais pris sur la gueule, je mourais sur le coup.

Johnny était content. Cette hystérie l'amusait. Il réalisait son rêve de gosse. Il ne savait pas exactement ce qu'il allait être, mais il avait toujours voulu faire comme Elvis Presley. Il se cherchait encore. C'était un tour de chant hybride, un peu bizarre. Il reprenait des standards de Presley, Bill Haley, Buddy Holly, Gene Vincent… mais il avait un tel charisme que les gens n'écoutaient même pas ce qu'il chantait ! Ils venaient découvrir le phénomène… et ils n'étaient pas déçus. Plus Johnny se roulait par terre, plus les gens hurlaient ! Les gosses se jetaient par terre et reproduisaient absolument tous les gestes de leur idole. Alors Johnny en rajoutait ! Il allait même parfois un peu trop loin. Et dans ces cas-là, tout était cassé dans la salle. Les journaux listaient tous les dégâts. Je me souviens d'une phrase : « Passage de Johnny Hallyday : plus fort qu'Attila. » On disait d'Attila que l'herbe ne repoussait pas après son passage. Forcément, certaines municipalités prenaient peur, car les assurances refusaient de couvrir les spectacles du « Prince du Tumulte ». Par exemple, Saint-Laurent-du-Var avait annulé deux jours avant alors que tous les billets avaient été vendus.

Ce tumulte faisait vraiment rire Johnny. Je ne l'ai jamais vu s'angoisser ou se tourmenter pour ça. Plus la mayonnaise montait, plus il était content. Dans le public, certains étaient parfois surpris. Ils pensaient qu'il allait chanter seulement des morceaux calmes comme *L'idole des jeunes*. Ils ne s'attendaient pas à voir un théâtre détruit ! Dans son public, il y avait aussi des espèces de babas cool, des vieux qui se déplaçaient à moto avec des foulards rouges et des Harley-Davidson d'occasion. Surtout dans le sud. Des passionnés de rugby, avec un côté vieux rocker. Ils étaient à fond derrière Johnny, content qu'un mec arrive pour tout casser. Johnny avait un côté Ivanhoé.

Plus je me faisais siffler, plus je me faisais engueuler, plus je recevais des projectiles… et plus Johnny riait ! Alors comme j'aimais beaucoup Johnny, ça ne me dérangeait pas. C'était tellement agréable de le voir enfin heureux. J'ai connu l'époque où Johnny a eu beaucoup de peine avec son père qui était devenu un clochard. Le succès lui a fait oublier tous les emmerdements liés à l'enfance. Tout ce qui lui collait à la peau.

Moi, je n'avais pas d'amour-propre, je me foutais de me faire huer. J'avais seulement peur d'être blessé. D'ailleurs,

Johnny me disait quand même de faire gaffe, de ne pas m'approcher du bord de la scène pour que les jeunes ne puissent pas me viser. Lui, un soir, avait reçu une pierre sur l'épaule. Les gamins devenaient tellement fous qu'ils visaient même Johnny ! Ils étaient prêts à tout pour monter sur scène, le toucher et lui arracher ses vêtements. C'était de l'hystérie complète, comme je n'en ai vu pour aucun autre artiste.

Quand on était en tournée, on roulait dans la Buick couleur miel de Johnny, et on écoutait des chansons dans son mange-disques : Percy Sledge, Françoise Hardy, Elvis Presley, Georges Brassens… Quand il passait *La mauvaise réputation*, Johnny chantait par-dessus et me disait :

« Au moins, Brassens avait les couilles de dire qu'il avait mauvaise réputation ! Eh bien, MOI AUSSI j'ai mauvaise réputation. Et si ça dérange des gens, je le crie haut et fort ! »

Et à propos des disques de Françoise Hardy :

« Françoise a de belles chansons. Mais surtout, j'adore sa voix. Qu'est-ce qu'elle est douce ! Elle a une voix qui me fait du bien. »

Johnny l'aimait beaucoup et me disait : « Si j'étais célibataire, Françoise Hardy me plairait beaucoup. » Il la contemplait de ses yeux d'enfant. Quand il chantait avec elle, il prenait une petite voix car il n'osait pas la couvrir. Lors des débuts de Johnny, elle venait souvent le voir en concert avec son ami Jean-Marie Périer. J'ai moi-même fait une tournée de deux mois avec Françoise. Quel succès elle avait ! Elle montait sur scène avec sa robe de chez Courrèges ou celle de Paco Rabanne. Elle était sublime, avec beaucoup de charme.

En outre, Johnny me faisait écouter ses « flans »[2] pour me demander son avis. Parfois, je trouvais que sa voix était trop couverte. C'était le drame de l'époque. Alors il retournait à Londres pour refaire le mixage ! Peu importe ce que ça coûtait, Johnny voulait que ses disques soient parfaits.

En voiture, je me souviens qu'il me parlait sans arrêt de Nashville et de l'Amérique. Je ne suis jamais allé aux États-Unis avec lui. On a failli aller à New York un jour mais le petit David était malade. Johnny m'avait dit : « Je ne peux pas laisser Sylvie toute seule. »

Johnny était d'une immense générosité. Un jour, il m'a prêté quelques milliers de francs car j'étais en difficulté financière. Je m'apprêtais à lui signer une reconnaissance de dette…

« Qu'est-ce que tu fais ?

— Je te signe une reconnaissance de dette.

— On s'en fout, non ?

— Mais si je meurs, il faudra bien que l'on sache ce que je te devais.

— Si tu meurs, tu ne me devras plus rien et puis voilà. »

2. Maquette de disque servant à l'écoute avant la sortie d'un album.

Ça, c'était tout Johnny. Né avec la grâce. Un fonceur plein de candeur. Je suis certain que Johnny Hallyday aurait plu à Voltaire. Hallyday, c'était Candide.

À l'automne 1962, Johnny a fait son premier Olympia. Comme je venais d'assurer la première partie de Marlene Dietrich dans la salle du boulevard des Capucines, je l'ai emmenée assister à la première représentation de Johnny. Bruno Coquatrix l'a placée au premier rang. Avec ses gants en peau blanche, elle s'était mise sur son trente-et-un, toute en jean, avec sa Légion d'honneur et ses lunettes à verres bleu ciel. Quelle allure ! Elle était folle de Johnny et le trouvait extraordinaire.

À l'entracte – je l'entends encore avec son accent allemand – elle me dit :

« Si ce garçon était né aux États-Unis, il aurait détrôné Elvis Presley ! »

Dans la bouche de Marlene Dietrich, cela veut dire quelque chose. S'il y en a une qui était professionnellement au point et qui ne disait jamais de conneries, c'était Marlene.

À la fin du spectacle, j'ai emmené Marlene dans la loge. À peine sorti de scène, Johnny était en peignoir, cheveux collés sur le visage.

« Madame Dietrich, cela ne vous ennuie pas que je vous reçoive ainsi ? Vous devez avoir l'impression de rencontrer un boxeur.

— Non, Johnny, répond Marlene en épongeant le front du jeune chanteur de sa main gantée. Vous êtes tellement beau. Vous êtes formidable ! Venez que je vous embrasse ! »

Gêné, Johnny a baissé les yeux. Et c'est à ce moment-là qu'il découvre les chaussures de Marlene : des bottes en crocodile noir avec des jolies attaches en cuivre.

« Est-ce que je peux me baisser pour voir vos bottes de plus près, demande Johnny ?

— Elles sont faites sur mesure en Californie par l'un de mes amis. Donnez-moi l'une de vos paires. Je vous en ferai fabriquer quatre paires. »

Et elle l'a fait ! Johnny les a mises très longtemps (même s'il s'en était fait voler deux paires).

Lorsqu'ils parlaient mode, Marlene et Johnny se comprenaient. Ce qui n'était pas le cas de Sylvie Vartan !

Le jour où j'ai présenté Sylvie à Marlene Dietrich, cette dernière avait été très surprise par son style vestimentaire.

« Mais qui peut bien la conseiller pour qu'elle s'habille ainsi ? Mettre un pantalon en soie blanche avec des bottes noires et un pull-over en angora rose sur lequel on a envie de donner des coups de ciseau ? Non mais vous vous rendez compte comment elle s'habille ? Si je sortais ainsi, je me fâcherais avec tous mes amis ! »

Avec son accent berlinois prononcé… J'étais mort de rire ! Sylvie marchait devant et n'entendait pas. Elle ne l'a jamais su. Johnny riait aussi et expliquait à Marlene :

« Quand Sylvie entre dans une boutique, tous les connards veulent lui vendre n'importe quoi et elle prend tout ! Et ensuite elle assortit tout et son contraire. Ne vous en faites pas, je vais lui en parler ce soir. »

Et Johnny s'est exécuté le soir même :

« Tu sais, Sylvie, Marlene Dietrich t'a trouvée très mal habillée. Elle dit que tu mets des vêtements qui ne te vont pas et qui ne flattent ni ton visage ni ton corps. Elle te trouve pourtant jolie, mais dit que tu as l'air d'un soldat de plomb de Napoléon sorti d'un jeu pour enfants. »

Évidemment, ça n'a pas plu à Sylvie. Quelque temps plus tard, lors d'un dîner, je l'avais trouvée très désagréable vis-à-vis de Marlene. Même Johnny l'avait engueulée :

« Mais tu peux pas fermer ta gueule, un peu ! »

Au cours de la conversation, Sylvie avait provoqué Marlene Dietrich, la faisant passer pour une « vieille » :

« On vous maquillait avec quoi dans vos beaux films en noir et blanc ? »

Johnny, lui, ne cessait de faire du charme à Marlene en lui disant qu'elle était la plus belle femme du monde. Vous savez peut-être que plus les femmes vieillissent, plus elles sont contentes de séduire un beau jeune homme. C'est ce que m'avait expliqué Chantal. Alors Marlene avait aussi une attitude « dragueuse ». Elle fascinait Johnny, car en tant que passionné de cinéma, il avait vu tous ses films. Il était très fier de lui parler. Et ça rendait jalouse Sylvie…

Plus tard, je les avais tous invités – Chantal, Marlene, Sylvie et Johnny – à la *Méditerranée*, un restaurant en face de l'Odéon où se rendaient tous les poètes. Johnny avait droit à toutes les faveurs. Et Marlene recommençait avec les tenues de Sylvie !

En 1971, Johnny a carrément vécu chez moi pendant plusieurs mois. Sylvie l'avait jeté dehors. C'est l'époque où ils vivaient avenue du Président-Wilson, à Neuilly. Elle ne voulait plus de lui ! Johnny avait trouvé refuge à l'hôtel « L'Hôtel », où vivait à l'époque Jim Morrison – il y est plus tard décédé, dans la chambre où est mort Oscar Wilde. Comme Johnny n'aimait pas vivre à l'hôtel, Chantal et moi lui avons proposé de s'installer dans notre chambre d'amis, dans notre appartement rue des Saints-Pères. Comme j'avais un garage, il y rangeait sa Harley-Davidson. Le problème, c'est que toute sa bande le suivait. Johnny avait semé un bazar monstre dans tout l'immeuble. Les voisins ouvraient leur fenêtre et se plaignaient des incessants bruits de moto dans la cour. Cela a duré près d'un an ! Johnny avait découvert Saint-Germain-des-Prés et s'y plaisait beaucoup. C'était nouveau pour lui qui connaissait plus la place Blanche ou celle des Ternes. Il s'émerveillait comme un enfant. C'était dans sa nature d'agir ainsi. En cela, il n'avait jamais grandi. Je lui avais présenté tous les gens du quartier, avec qui il était très aimable. La patronne du bureau de tabac – aujourd'hui très âgée – se souvient toujours des passages de Johnny.

Moi, j'étais surtout heureux quand je voyais mon Johnny avec le sourire. Car je l'ai connu lors de grands moments de désespoir. À cause de son père… Au tout début des années 1960, j'ai fait la connaissance de Léon Smet de façon impromptue. Ce jour-là, je me trouve dans la chambre de Johnny, rue de la Tour-des-Dames, chez sa tante Hélène Mar. Je me souviens de tous les posters qui recouvraient ses murs : Elvis Presley, James Dean… Et de son petit Teppaz avec lequel il écoutait les disques de rock américain que lui rapportait son cousin Lee. Tout à coup, Johnny commence à frapper la vitre avec son front, et désigne un homme assis sur un banc :

« Tu vois le clochard, en bas ? C'est mon père.

— …

— Tu te rends compte ? »

Il continuait son mouvement de balancier, je craignais qu'il ne s'ouvre le front en brisant la vitre ! Pas de double vitrage à l'époque…

Le pauvre Johnny était atterré car il faisait tout pour réinsérer son père. Il lui avait trouvé un emploi de magasinier chez Vogue, sa maison de disques. Mais on s'est vite aperçu que le magasinier Smet volait des disques pour les vendre à la sauvette dans la rue d'Hauteville. Juste devant chez Vogue. Et il s'est fait virer… Johnny en pleurait. Il avait conscience qu'il ne pourrait plus jamais lui retrouver un boulot. Il aurait aimé payer un logement à son père pour qu'il retrouve une vie normale. Voir son père sur un banc avec un litron lui faisait beaucoup de peine. Il en parlait très rarement. C'était horrible car j'avais compris qu'il aimait Léon, malgré tout. Il aurait voulu le sauver. « Il n'y a rien à faire, je n'y arriverai pas », a-t-il fini par me dire, résigné.

J'ai aussi bien connu sa mère, Huguette Clerc. Le 20 juin 1961, on chantait au Théâtre de Verdure de Grenoble. On avait chacun une caravane en guise de loge. Une demi-heure avant le gala, j'entends frapper à ma porte. Je découvre une très jolie femme blonde, tenant deux enfants par la main, avec un homme derrière, souriant.

« Vous êtes Jean-Jacques Debout, me demande-t-elle ?

— Oui.

— Je suis la maman de Johnny.

— …

— Je sais que vous êtes très ami avec lui. Est-ce que cela vous ennuierait d'aller le voir pour lui dire que je suis là et lui demander s'il veut bien me recevoir ? Je suis avec ses deux demi-frères, qu'il ne connaît pas. Quant à moi, il y a bien longtemps que je ne l'ai pas revu. »

Me voilà bien ! J'avais en tête une conversation récente avec Johnny : « Ma mère m'a abandonné au moment où j'avais le plus besoin d'elle. » Je vais cogner à la porte de la caravane de Johnny. Il commençait à se maquiller. Johnny aimait se peindre des étoiles sur le visage, comme faisaient les Américains.

Je lui annonce la nouvelle.

Long silence.

Et cette question :

« Qu'est-ce que tu ferais à ma place ? »

Tu parles d'une question ! J'ai tenté de répondre au mieux :

« Si j'étais à ta place, je la recevrais dans ma loge. Je l'embrasserais sans rien lui dire et je la laisserais parler. Comme si vous vous étiez quittés la veille. Elle va comprendre que tu ne lui en veux pas et que tu es beaucoup plus intelligent que ça.

— Oui, mais je lui en ai voulu !

— Tout ça, c'est derrière vous. Et les pauvres gosses n'y sont pour rien. En plus, ils te ressemblent ! Tu verrais comme ils sont mignons. Tu ne peux pas les renier.

— Ouais. T'as raison. Va la chercher. »

À cet instant, j'ai vu une tristesse envahir son visage, comme vous n'imaginez même pas.

Johnny la reçoit en peignoir, l'embrassant sur les joues.

« Ça va ?

— Johnny, je te présente tes deux frères, Olivier et Jean-Christophe. »

Johnny les embrasse tous les deux. Ensuite, je les ai laissés « en famille ». Plus tard, Johnny m'a remercié.

« Heureusement que tu m'as dit tout ça. Si ma mère avait frappé directement à ma porte, j'ignore la réaction que j'aurais eue. Finalement, cette solution était la meilleure. »

Une fois de plus, j'avais joué le rôle d'un grand frère pour Johnny Hallyday.

En revanche, je n'ai rien pu faire pour sauver son mariage. Après de multiples séparations, Johnny et Sylvie ont officiellement divorcé en 1980. Mais Johnny ne voulait pas divorcer ! Dans le bureau de l'avocat – Paul Lombard – il pleurait. Il suppliait l'avocat de convaincre Sylvie de revenir sur sa décision. Quand on écoute Sylvie, on a l'impression que c'est Johnny qui est parti. Alors que c'est l'inverse !

À la fin des années 70, Johnny habitait dans la maison de gardien du Moulin-aux-Corbeaux, où vivaient à l'époque Belmondo et Ursula Andress, qui appartenait au propriétaire des meubles Knoll. Il y a été très heureux avec Rosa Fumetto, Italienne d'origine et très jolie artiste-danseuse au Crazy Horse Saloon. Johnny m'invitait souvent pour dîner avec eux. Cette relation agaçait Alain Bernardin, le patron du Crazy Horse, qui menaçait de la virer si elle continuait de vivre avec Johnny. Elle a fini par le quitter pour vivre une histoire avec Belmondo. Et Bernardin a fini par se suicider…

Revenons à la musique. En 1984, c'est moi qui ai eu l'idée de faire entrer Johnny dans cette main géante, au Zénith. C'est l'une de ses entrées les plus spectaculaires, que l'on revoit dans chaque film réalisé sur Johnny à la télévision. Pour un spectacle de Chantal, j'avais imaginé avec mon décorateur un dragon qui prenait ma femme dans sa main. Comme il était sourd, le dragon lui criait « Plus près ! » pour écouter ce qu'elle chantait. Johnny avait trouvé ça formidable et avait demandé à rencontrer mon décorateur. Nous sommes allés dîner rue de La Montagne-Sainte-Geneviève, dans un restaurant que Johnny aimait bien car il y avait toujours des jolies filles.

« Qu'est-ce que tu verrais pour mon entrée en scène au Zénith ?

— Il faut ton bras ! La main s'ouvre… et tu apparais.

— Vous vous sentez capable de faire ça, monsieur Metzer ?

— Bien sûr ! Évidemment, ça va coûter un peu d'argent…

— J'm'en fous ! J'ai un producteur… »

Ils ont fini par casser un mur du Zénith de Paris pour faire entrer ce décor. Le décorateur était tellement heureux de travailler pour Johnny qu'il aurait accepté n'importe quoi, quitte à construire une tour Eiffel plus grande que l'originale !

D'ailleurs, Johnny adorait chanter à la tour Eiffel. C'est l'endroit qui lui correspondait le mieux.

J'ai vécu avec Johnny des moments que je ne revivrai plus.

Je me souviens qu'il aimait beaucoup le music-hall, les vrais théâtres. Tout ça, c'était son univers. Quand j'écrivais pour la revue de Zizi Jeanmaire au Casino de Paris, il venait tous les après-midis. Ça lui changeait les idées. Johnny lui avait même appris un pas de danse ! Il se comportait comme un vrai professeur. La revue avait été un immense succès, restant à l'affiche deux ans et demi.

J'aimais travailler avec Yves Saint Laurent, le créateur des costumes de la revue. Ceux-ci étaient magnifiques. Un jour, après les répétitions, il m'avait convié à dîner dans la suite de l'hôtel *Ritz* où habitait la grande Coco Chanel. Cette dernière m'avait accueilli très gentiment en me disant qu'elle avait demandé à Yves de venir dîner avec un ami qui ne lui couperait pas la parole comme avait l'habitude de le faire M. Pierre Bergé. Cela m'avait fait rire. Puis au cours du dîner elle m'a demandé si j'avais des attaches en province, et je lui ai répondu que ma mère était originaire d'Angers et que mon grand-père était, lui, de Saumur, et qu'il avait fait sa carrière au Cadre noir en tant que cavalier. En hochant la tête, avec ses yeux pétillants, elle m'a dit : « Voyez-vous, lorsque j'étais au pensionnat chez les religieuses à Saumur, le dimanche matin nous avions le droit de sortir sur le trottoir et nous regardions passer tous ces beaux cavaliers aux vestes parsemées de boutons dorés et aux képis galonnés de fil d'or. Il y en avait un qui m'intriguait et je m'imaginais qu'il était mon père. Je le guettais tous les dimanches tellement il me fascinait. » Je lui ai répondu : « Chère mademoiselle, je crois comprendre ce qui a inspiré vos célèbres tailleurs au col militaire et aux boutons dorés. » Elle m'a confirmé qu'effectivement, toutes ses créations avaient été inspirées par son enfance à l'orphelinat de Saumur. Cette confidence avait ému Yves Saint Laurent, qui m'a confié, en descendant les escaliers majestueux du *Ritz* : « Je la connais bien, elle était émue, et moi aussi. Je crois que j'ai eu raison de t'inviter, cela l'a changée de Pierre. »

Revenons à Johnny. Malheureusement, j'ai arrêté de le fréquenter régulièrement à partir de son mariage avec Lætícia, en 1996.

Je me demandais ce que Johnny trouvait à cette jeune fille, et parfois, je me demandais comment il faisait pour la supporter. Mais il avait besoin d'elle ! Johnny m'a dit un jour qu'elle était la seule femme à s'être occupée de lui dans sa vie. Il ne croyait plus aux mariages d'artistes. En vidant deux bouteilles de vin blanc sur la terrasse du *Maxim's*, en 2009, il s'était longuement confié à moi : « J'ai aimé Sylvie, j'ai aimé Nathalie, j'ai tout essayé mais il n'y a rien à faire. Je ne peux pas vivre avec une artiste. Je demande où est Sylvie, on me dit qu'elle est partie chanter à Rome. Le lendemain matin, je me réveille, on me dit qu'elle a posé ses valises avant de repartir dans le Sud pour un autre concert. Nathalie, c'étaient les tournages… Et moi, j'étais là tout seul comme un con. J'ai besoin d'une femme qui s'occupe de moi, de mes chemises, et qui me dise quelles chaussettes je dois mettre. » Lætícia ne le quittait pas, elle s'occupait de tout. Bon, parfois, elle l'énervait. Johnny était un peu soupe au lait alors il l'engueulait. Qu'est-ce qu'elle prenait ! En revanche, il n'osait rien dire à André Boudou, qui s'empressait de payer à Johnny la dernière Harley-Davidson ou des voitures de sport dès que Johnny en avait envie. Comme c'était un gosse, ça lui plaisait. Mais dès qu'il avait des rentrées d'argent avec une tournée ou un disque, il fallait rembourser… Et le Johnny n'avait plus jamais un rond. À la fin, je crois qu'il s'en foutait.

À compter du mariage avec Lætिcia, je n'ai vécu que deux vrais moments d'intimité avec Johnny. Le premier, c'était au *Royal Palm* de l'île Maurice où nous étions en vacances simultanément en 2002. Lætिcia avait une sorte de bronchite qui exaspérait Johnny. Ce dernier l'engueulait en permanence car il ne supportait pas d'entendre sa toux ! J'avais même pris la défense de Lætिcia, alors que je ne suis pas son plus grand avocat… Mais Johnny, n'en pouvant plus, avait réservé un bungalow additionnel pour Lætिcia, afin d'être tranquille dans sa chambre. J'avais donc passé beaucoup de temps sur la plage avec Johnny. Cela m'avait permis de retrouver mon pote. On discutait en déjeunant de clubs sandwiches.

Johnny m'a appris sur la plage de l'hôtel *Royal Palm* que son beau-père lui avait conseillé de faire un procès à Universal en lui mettant dans la tête qu'il allait gagner au minimum 5 milliards de l'époque. Moi, je savais que

Pascal Nègre, le PDG d'Universal, avait une véritable admiration pour Johnny et dépensait sans compter pour lui, pour sa maison à Ramatuelle, la Lorada, par exemple qui avait coûté la peau des fesses. Cela énervait certains autres artistes. Je lui avais ainsi conseillé de faire très attention, car j'étais persuadé qu'il ne pourrait pas gagner. Et le résultat a parlé, il a perdu tout son back catalogue et a été condamné à payer tous les frais du procès. En même temps, le fameux Boudou lui avait fait monter une discothèque dans un ancien parking face à la gare Montparnasse, du nom de l'*Amnésia*, où un mort par overdose avait été retrouvé dans les toilettes, ce qui avait entraîné la fermeture de l'établissement. Idem pour le restaurant *Le Balzac*, qui était géré magnifiquement bien par Claude Bouillon et qui ne désemplissait pas. Johnny dut s'en débarrasser pour partir vivre à Los Angeles avec Lætícia et leurs deux filles adoptives.

Sur l'île Maurice, on avait une voiture à disposition, ce qui ravissait Johnny puisque c'était une Jeep. Il roulait tellement vite qu'on a failli se renverser à plusieurs reprises dans les dunes. J'étais apeuré :

« Tu ne te rends pas compte qu'on a failli mourir sous cette Jeep ? Pourquoi diable roules-tu aussi vite ? »

Savez-vous à quelle réponse j'ai eu droit ? Des éclats de rire, tout simplement ! Et c'était reparti… il appuyait, appuyait sur l'accélérateur, ne faisant aucune différence entre des dunes et une autoroute. Johnny était un risque-tout.

Toujours à fond ! Je n'ai jamais pris le risque de monter sur l'une de ses motos, mais je sais qu'il a failli se tuer à leur guidon plusieurs fois. C'est Billon qui me l'a dit.

Mon dernier long moment de complicité avec Johnny remonte donc à l'année 2009, sur la terrasse du *Maxim's*, après le concert de Sylvie Vartan à l'Olympia. Ce soir-là, Sylvie et Johnny avaient chanté ensemble *L'hymne à l'amour* et *Non, je ne regrette rien*. Deux chansons de Piaf. C'était curieux comme Sylvie – qui n'aimait pas Lætícia – était pourtant capable de téléphoner à la nouvelle épouse de Johnny pour que celui-ci accepte de chanter avec elle. Bref…

À table, Johnny me donne un coup de coude.

« Je m'fais chier ici ! Tu veux pas venir dehors boire un coup ?

— Bien sûr », ai-je répondu, ne voulant pas le contrarier.

Il demande au garçon d'installer une table à l'extérieur avec une bouteille de vin blanc. On a beaucoup parlé. Et il a vite commandé une seconde bouteille !

On ne s'ennuyait jamais avec Johnny Hallyday. Jamais !

Figurez-vous qu'après avoir visité l'île de Ré avec moi, dans les années 70, il a voulu y acheter une maison. Il m'avait demandé d'aller chez le notaire pour la vente à la bougie. La maison avait coûté une brique et demie. Me croirez-vous si je vous dis que Johnny n'a jamais mis un pied dans cette maison ? Ça, c'était tout lui… Il était déjà passé à autre chose. Ensuite, il a donné la maison à David qui ne s'y est jamais rendu non plus. Ils ont fini par la mettre en vente. Aujourd'hui, ce genre de terrain d'un hectare sur les hauteurs de Saint-Martin-de-Ré, ça vaut une fortune ! Ce que Johnny aimait sur l'île de Ré, c'était ma maison planquée dans les bois, au calme. Il adorait aussi déjeuner dans le restaurant de mon ami Serge, qui cuisinait du poisson poché. Il se régalait de ses turbots. Un jour, nous y sommes allés avec Lætícia, qui n'avait rien compris à ce que disait Serge :

« Aujourd'hui, j'ai du turbot ou du mulet.

— Mais Serge, je ne veux pas de la viande, je veux du poisson, répond Laeticia.

— ...

— Mais t'es con ou quoi ? lance Johnny de son air pétardier. Le mulet, c'est du poisson.

— Oh, Mamour, excuse-moi. »

La force de Johnny, c'était aussi son sens de l'improvisation, dans la vie comme sur scène. Sur scène, il s'appliquait à jouer comme il jouait dans sa propre vie. C'est le secret de sa longévité à travers les modes. Et il avait un côté magique. Je connais et j'apprécie beaucoup d'autres artistes, tous très talentueux. Mais il y en a un qui est magique et les autres qui ne le sont pas. La différence est là. C'est tout.

Johnny était un perfectionniste, qui avait parfois un côté jaloux. Quand des gens avaient du succès, il les félicitait, mais ça l'agaçait aussi. Car il avait toujours peur de plus connaître le succès. Quand je l'accompagnais à Londres pour les enregistrements à l'Olympic Sound Studio, il avait toujours peur que la chanson ne marche pas, que sa voix ne soit pas comme il voulait. Il ne paraissait pas inquiet, mais il était constamment miné par les doutes.

Il avait été très surpris du succès de Michel Sardou, qu'il avait connu enfant. Il ne s'y attendait pas du tout.

Je n'ai jamais vraiment compris la brouille entre Johnny et Michel Sardou. Mais je me souviens d'une anecdote racontée par Johnny qui montre à quel point ces deux vieux copains étaient devenus différents avec l'âge.

« Michel m'a invité en Corse avec Lætícia, m'explique Johnny. À six heures du soir, il est parti se coucher, prétextant qu'il dormait très tôt quand il était en vacances. Moi je m'faisais chier alors on a pris un taxi pour dîner au restaurant et trouver une boîte. Il a refusé de venir ! Je lui ai répondu : "C'est les vieux qui vivent comme ça. Moi, je refuse cette vie." Une fois arrivé au restaurant, je l'ai rappelé dans sa chambre pour insister et il m'a rétorqué qu'il regardait un match de foot à la télévision dans son lit ! »

Johnny était très mécontent de la façon dont Sardou l'avait reçu.

Pourtant, ensemble, ils ont fait les quatre cents coups...

Même s'ils ne se sont jamais réconciliés et qu'il n'était pas présent le jour de l'enterrement, je pense que Michel Sardou a ressenti de la peine après le décès de Johnny. Michel est un pétardier mais il est très sensible et très intelligent. Toutes ces histoires devaient le peiner. Je l'ai parfois au téléphone. Il a eu peur d'attraper le Covid, mais il est en paix avec sa décision d'avoir arrêté la chanson, et heureux en Normandie avec ses chevaux. Il aimerait jouer encore quelques pièces de théâtre.

Johnny, lui, est mort de l'alcool et des cigarettes. Comme Brel. Comme Gainsbourg. Tous pareils ! Ainsi que Gilbert Bécaud, dont Johnny a repris en 2009 *Et maintenant*.

Johnny a eu une belle vie, même s'il a beaucoup souffert à la fin. Il s'est vu mourir.

Pour tout ce que j'ai vécu avec lui, Johnny est dans mon cœur. Ma peine ne me quittera jamais.

En revanche, ne me parlez pas de cette horrible structure érigée à Bercy en son honneur. Comment ont-ils pu faire une chose pareille ? Qu'est-ce que c'est laid ! On ne peut même pas prétendre qu'il s'agisse d'une structure, avec cette moto posée au sommet d'un manche de guitare. Pourtant, je connais de nom l'artiste qui en est l'auteur et je sais qu'il a fait de belles choses par le passé. Là, c'est raté et ce n'est pas à la hauteur de Johnny Hallyday. Ça n'a aucun sens. C'est dommage car un autre projet aurait pu voir le jour, infiniment plus artistique. Quelque temps après la mort de notre Johnny, la maire du neuvième arrondissement Paris, Delphine Bürkli, m'a téléphoné. Elle cherchait à joindre David Hallyday pour lui proposer de renommer le square de la Trinité – là où Jean-Philippe Smet avait grandi adolescent – en square Johnny-Hallyday. Johnny n'ayant eu qu'un fils, elle estimait qu'il était le bon interlocuteur. Je lui ai aussitôt communiqué le numéro de téléphone de David et j'en ai profité pour l'orienter vers un excellent sculpteur que je connaissais bien. Le projet s'est mis en route avec la sculptrice Marie-Ève Bréguet, elle a préparé une superbe maquette. Je peux vous dire qu'il s'agissait là d'une véritable statue représentant Johnny Hallyday. Hélas, la maire de Paris a connu beaucoup de difficultés pour joindre David, qui était toujours par monts et par vaux. Il a fini par lui répondre et un premier rendez-vous a été fixé à Paris. David n'est pas venu au rendez-vous, sans mot d'excuse. Ils ont fixé un second rendez-vous et il ne s'est pas présenté non plus. Delphine Bürkli a laissé tomber… C'est dommage. J'avais l'impression que David s'en moquait un peu. Puis j'ai appris plus tard que seule Lætícia Hallyday avait le droit de décider.

Quoi qu'il en soit, le plus bel héritage de Johnny reste ses magnifiques chansons et la meilleure façon de lui rendre hommage est de continuer à l'écouter.

Chapitre 5

HISTOIRE D'UN TUBE : POUR MOI LA VIE VA COMMENCER

« *Pour moi la vie va commencer*
En revenant dans ce pays
Là où le soleil et le vent
Là où mes amis mes parents
Avaient gardé mon cœur d'enfant »
Jean-Jacques Debout, 1963

Laissez-moi vous raconter l'histoire impromptue de cette chanson, née dans un hôtel de Castelnaudary, et retranscrite sur un menu de… cassoulet !

Ce soir-là, Johnny chante en concert aux arènes de Vaison-la-Romaine et nous faisons la route vers Castelnaudary dans le panier à salade des flics. Nous avons rendez-vous à onze heures du soir à l'Hôtel de France avec Ray Ventura et Abel Gance, respectivement producteur et réalisateur de *D'où viens-tu Johnny ?*, premier long-métrage de l'Idole des jeunes. Abel Gance ressemblait à un Léo Ferré sans âge : on avait l'impression qu'il avait 300 ans. Comme dans les films où un personnage semble sorti d'une autre époque. Johnny se penche vers moi :

« C'est qui ce vieux qui accompagne Ray Ventura ?

— Abel Gance, le grand metteur en scène qui a réalisé *Napoléon*.

— Tu crois qu'il l'a connu ? »

Abel Gance faisait tellement vieux que la question de Johnny était sérieuse. Dans sa tête, il y croyait. Évidemment, je retiens un éclat de rire en pensant : il n'y a que Johnny Hallyday pour me sortir un truc pareil !

« Bien sûr que non, il ne peut pas l'avoir connu. Mais tu as raison, on dirait qu'il sort d'une autre planète.

— Je ne vais quand même pas tourner avec un vieux comme ça ? »

Je n'ai pas le temps de lui répondre car Ray Ventura entame la conversation et donne le scénario à Johnny, lui expliquant qu'il peut faire modifier des passages qui ne lui conviendraient pas. Ventura aborde ensuite le sujet de l'air principal qu'il interprétera dans le film – un air que le public retiendra, et Johnny propose que je m'en charge. Spontané, son choix m'a rendu très fier et très heureux. Seul problème : Ray Ventura repartait le lendemain matin à Paris avec le train de neuf heures, et voulait mettre la chanson dans ses bagages. Peu importe, je propose de m'installer au piano du hall de l'hôtel avec mon magnétophone Sony. Mais la patronne de l'hôtel – qui n'était pas très sympathique – refuse qu'on utilise le piano pour ne pas réveiller ses clients, venus nombreux à l'occasion du Salon du cuir.

« Si vous faites ça, vous allez me vider l'hôtel ! »

Je regarde le piano : un piano droit avec la pendule et le petit napperon blanc en crochet. Une idée me vient.

« Madame, me permettez-vous d'ouvrir votre piano ? Si on retire la pendule et les deux bougeoirs, on peut mettre des serviettes de bain à l'intérieur. Et là, je vous garantis que seuls MM. Ventura, Gance et Hallyday entendront ce que je vais jouer. Johnny, peux-tu aller chercher tout ça ? »

Pauvre chou, je le revois encore se ruer dans l'escalier et courir jusqu'à sa chambre. Il a pris toutes ses serviettes… y compris sa sortie de bain ! Notre camouflage a très bien fonctionné. Ray Ventura s'assied à côté du piano et attrape le menu des cassoulets – la spécialité locale – afin d'écrire au dos la chanson au fur et à mesure de mon avancement. J'insère une cassette neuve et branche mon magnétophone, avant d'interroger Ray Ventura :

« De quoi parle le film au moment de la chanson ?

— Johnny arrive en Camargue en provenance de Paris. Il est dégoûté car il s'est fait piéger avec de la drogue. Il en a assez et veut retrouver son pays d'origine, la terre de ses parents, la petite amie qu'il avait laissée, etc. »

Le souhait de Johnny m'avait fait tellement plaisir que cela m'avait conditionné à écrire une bonne chanson. Tout comme mon admiration pour Ray Ventura. Quand j'étais gosse, j'allais voir tous ses films musicaux : *Nous irons à Paris*, *Nous irons à Monte-Carlo*. Juste après la guerre, dans les années 1946-47, ses films chantants avaient un succès fou dans les campagnes. Henri Salvador, par exemple, a débuté ainsi.

Je commence à jouer une introduction au piano. *Dam-da-dam-tatatadam-da-dam, Dam-da-dam-tatatadam-da-dam*... Et je me mets à chanter :

« Pour moi la vie va commencer
En revenant dans ce pays
Là où le soleil et le vent
Là où mes amis mes parents
Avaient gardé mon cœur d'enfant »

Comme une musique de western ! Je m'arrête après ce premier couplet et j'attends la réponse des intéressés.

« C'est formidable, s'enthousiasme Ray Ventura ! Ça va entrer dans l'oreille des gens.

— C'est bien, ça ressemble à une chevauchée, poursuit Johnny, emballé aussi. Avec les taureaux qui vont courir dans les étangs de Vaccarès, on va mettre des cuivres. Comme dans les films américains !

— Chut, pas trop fort, on va se faire virer.

— On s'en fout ! Merde, après tout ! On est des bons clients, regarde tout ce qu'on a bouffé comme cassoulet. »

C'est un trait de personnalité que j'aimais chez Johnny. Ce n'est pas qu'il était un voyou, mais il s'est élevé lui-même dans la rue. Il a toujours gardé ça en lui. Il n'a jamais changé de personnage ni de costume. Comme un peintre qui reste fidèle toute sa vie au même style. Johnny n'a jamais été un tricheur. Même ses conneries, il les faisait de bon cœur.

Johnny s'adresse ensuite au producteur :

« Ce serait bien qu'une partie de la chanson soit instrumentale. Les cuivres joueraient le thème pendant que je m'accroche à mon cheval, au galop, au milieu des taureaux. »

Johnny aimait beaucoup les westerns américains, qu'il allait voir tout gosse dans les cinémas de Pigalle. Des films comme *Quand le train sifflera trois fois* avec Gary Cooper… Je me suis inspiré de cet univers et j'ai écrit le reste de la chanson pendant la nuit, avec le fameux pont musical réclamé par Johnny. Une fois terminé, j'ai déposé le menu des cassoulets avec les paroles et la cassette dans une enveloppe au nom de Ventura, et celui-ci l'a retirée le matin même avant d'aller prendre son train. Et Johnny a remonté ses serviettes et sa sortie de bain dans la chambre !

Voilà comment est né un tube…

C'est Eddy Vartan et l'Américain Bill Byers qui ont réalisé l'orchestration de la chanson. En tant que fan de jazz américain, j'en étais très flatté. Cet orchestrateur US avait travaillé pour Sinatra, Billie Holiday, Ella Fitzgerald, Louis Armstrong… tous des artistes que j'admirais.

L'album s'est vendu à plus de quatre millions ! Pour une musique de film, ce n'était jamais arrivé. Le soir de l'avant-première à l'Olympia, Maurice Jarre était assis à côté de moi.

« Votre chanson est très bien », m'a-t-il dit. « On la prend dans l'oreille aussitôt. »

Quel beau compliment de la part de ce grand nom de la musique de film.

Tout gamin, Michel Sardou a été marqué par *D'où viens-tu Johnny ?*. Son père Fernand y tenait le rôle de Gustave, dit « Le Shérif ». Michel, à peine âgé de quinze ans, était présent sur le tournage, et m'a raconté son ressenti bien des années plus tard :

« Tu sais, Jean-Jacques, c'est en regardant ta chanson avec Johnny sur le cheval que j'ai eu envie de me lancer dans la chanson. »

Pour l'anecdote, si vous regardez *D'où viens-tu Johnny ?* – qui a été magnifiquement restauré –, vous pourrez me reconnaître au début du film, lors des prises de vue en noir et blanc tournées à Paris, dans le rôle de « L'Ancien », un musicien de la bande de Johnny. Je remets un revolver à Johnny en lui disant : « On ne sait jamais, tu pourrais en avoir besoin ! »

Si vous êtes attentifs aux crédits du film, vous remarquerez l'absence d'Abel Gance. Huit jours avant le tournage, il a subi un infarctus. Les assurances ont refusé de le suivre. Ray Ventura a contacté Noël Howard, le cinéaste de Gene Kelly, notamment dans *Un Américain à Paris*. Il avait l'habitude des comédies musicales, forcément, et parlait notre langue puisqu'il vivait avec une Française (une cousine de la famille Bolloré !).

Chapitre 6

HISTOIRE D'UN TUBE : DEUX AMIS POUR UN AMOUR

« *On aimait la même fille et toujours on s'était dit*
C'est pas grand-chose une fille, lorsque l'on a un ami
On s'était fait la promesse tous les deux de l'oublier
Mais j'ai trahi ma promesse, je n'ai pas su m'en aller »
Jean-Jacques Debout, 1970

Cette chanson, c'est mon histoire avec Johnny et Sylvie. Tout commence à Marseille au théâtre du Gymnase.

Alors que je suis dans la cité phocéenne avec Johnny, Sylvie me téléphone pour me dire qu'elle termine la tournée de Gilbert Bécaud à Aix-en-Provence. Je lui propose de me rejoindre à Marseille, et je réserve deux chambres à l'hôtel de Noailles, pour elle et pour son frère – Eddie Vartan. Je voyais beaucoup Sylvie à l'époque. J'avais eu un coup de foudre pour elle… Johnny, au contraire, ne manquait pas de dire un mot désagréable sur elle dès qu'il en avait l'occasion. Il ne se gênait pas ! Par exemple, quand je lui faisais écouter une chanson que j'avais composée pour Sylvie, il me disait que j'aurais mieux fait de la lui donner, qu'elle aurait mieux marché avec lui ! Pourtant, plusieurs de mes chansons pour Sylvie sont devenues des tubes, à l'image de *Tous mes copains*. Comme j'aimais beaucoup Sylvie, j'écrivais beaucoup pour elle…

Lors du dîner au sous-sol de l'hôtel dans la pizzeria, j'installe Sylvie en face de Johnny. Moi, je suis à côté d'elle. Et là… Tout d'un coup, le Johnny ne parle plus à personne. Il n'y en a que pour Sylvie. *Sylvie, est-ce que vous voulez ci, est-ce que vous voulez ça*… J'ai aussitôt compris que j'avais perdu l'affaire. Comment lui en vouloir ? Sylvie était une petite Marylin Monroe à la française.

Après le dîner, Johnny propose d'aller sur le Vieux-Port, au *Whisky à gogo*, tenu par Mémé Guérini, le plus grand voyou de Marseille. Il avait une passion pour Johnny, comme tous les voyous. Dans le bar, Johnny commande des bouteilles de champagne, met son bras autour du cou de Sylvie et commence à l'embrasser. Pour moi, c'était fini ! Après tout ce qu'il m'avait dit sur elle dans la voiture, j'étais pris de court…

Johnny a toujours été comme ça. Dès que je trouvais une fille bien… c'était sa nature !

La situation était trop dure pour moi alors j'ai réfléchi. Et j'ai pris une décision. Sylvie allait me remplacer dans la tournée de Johnny pour assurer la première partie. Je suis retourné à pied à l'hôtel de Noailles. J'ai fait ma valise et sorti ma voiture du parking. J'ai écrit une lettre à Johnny dans laquelle je lui souhaitais d'être heureux, et une autre à Sylvie pour lui conseiller de me remplacer sur la tournée. À l'époque, les autoroutes n'existaient pas. On roulait sur la route « Napoléon », la fameuse nationale 7. Le trajet était interminable ! Je suis rentré à Paris à trois heures de l'après-midi. Johnny Stark, l'impresario de Johnny Hallyday, avait téléphoné chez ma mère, m'enjoignant de prendre un avion pour rejoindre la tournée. Je l'ai rappelé pour refuser, et il m'a engueulé comme du poisson pourri :

« T'es pas fou ? tonne Stark. Ton nom est sur les affiches. Je vais avoir l'air de quoi ?

— Dis à Johnny de prêter son orchestre à Sylvie Vartan. Il a de bons musiciens, elle leur donnera ses partitions. Ce sera plus facile pour eux deux…

— J'en ai rien à faire de tout ça ! J'appelle mon avocat !

— Fais ce que tu veux, moi je suis fatigué, je vais me coucher. Sois gentil, oublie-moi. »

Quelque temps après, *France-Soir* affiche en première page une photo de Sylvie et Johnny : « Lors de leur passage à Genève, Johnny offre une très belle montre avec des diamants à Sylvie en prévision de leurs fiançailles. » J'avais deviné toute l'histoire !

Pendant plus de deux ans, je n'ai plus reparlé à Johnny.

On s'est retrouvés par hasard dans un bar parisien. J'étais sur la banquette du *New Jimmy's* avec Juliette Gréco et Françoise Sagan. La porte s'ouvre : Johnny. Il m'aperçoit et se dirige vers moi. Et il m'engueule, en hurlant !

« Ah, ben dis donc ! Il faut vraiment qu'on se rencontre par hasard… Allez, viens boire un coup. C'est fini, maintenant ! Fais une bise à Sylvie, elle sera contente. Tu nous as emmerdés avec ton histoire.

— Si tu veux, mais je ne veux pas vous déranger…

— Mais comment tu nous déranges ! Mais ça ne va pas ? »

Je me suis donc assis à leur table. J'ai commandé un scotch-Coca, comme d'habitude. Johnny a pris des nouvelles de Chantal, que j'avais connue entre-temps. Notre brouille ne l'avait pas du tout amusé. Il m'a confié que Sylvie en était attristée. Et on s'est rabibochés en une soirée… Je l'avais connu tellement gosse que je ne pouvais pas lui en vouloir.

Sylvie m'a demandé une chanson en me donnant carte blanche. C'est là que j'ai écrit *Comme un garçon*.

Ensuite, Johnny m'a demandé un titre. J'ai donc décidé d'écrire *Deux amis pour un amour*, qui raconte notre histoire, même si elle n'était plus d'actualité. C'était un clin d'œil. Malheureusement – et même si le disque a très bien marché –, le mixage a été raté. On a l'impression que tout est étouffé, sans relief. Universal a publié en début d'année une version remixée, et Yvan Cassar y ajoutera peut-être des violons. Les gens vont la redécouvrir. Johnny avait très bien chanté dessus. On l'avait enregistrée au Studio Des Dames. Ce jour-là, Barbara était dans le studio d'à côté et elle était venue écouter *Deux amis pour un amour*. Elle avait adoré.

« Oh, Johnny, disait-elle en riant, tu ne veux pas que j'écrive quelques phrases pour chanter ce morceau avec toi ?

— Si tu veux, Barbara, si tu veux, répondait Johnny. Mais faut demander à Jean-Jacques, c'est sa chanson !

— Oh, je fais ce que je veux avec Jean-Jacques, c'est mon petit frère ! »

Barbara aimait beaucoup Johnny. Elle avait compris son côté sauvageon et « déconne ». On pouvait rire avec Johnny. Ce n'est pas le cas de tous les artistes. On n'avait jamais peur de lui dire une blague. Il riait toujours de bon cœur. Dès qu'il était lancé, on ne l'arrêtait plus. Et ensuite, il aimait raconter à l'infini les histoires qui nous avaient fait rire précédemment. Et il riait encore ! Dans les boîtes de nuit, les gens se demandaient ce qui nous faisait hurler de rire à ce point. C'étaient les histoires de Johnny…

Une autre belle chanson que je lui ai composée : *Je t'écris souvent*, en 1964. Johnny apprend qu'il part au service militaire à Offenburg, en Allemagne. Et il n'a pas trop le moral. Il voulait vraiment faire son service, mais il aurait aimé le retarder un peu, car il venait de tomber très amoureux de Sylvie. Il ne voulait pas s'éloigner d'elle. Ça lui faisait peur. Je n'invente rien, il me l'a dit :

« Ce n'est pas le coup d'aller au service militaire, mais laisser Sylvie toute seule, ça m'angoisse. Du reste, peux-tu m'écrire une chanson qui raconte l'histoire d'un militaire obligé de partir à la caserne ? Un soldat qui passe son temps à écrire à sa fiancée et lui raconte tout ce qu'il fait. »

J'étais chez lui à Grosrouvre. Sur son petit orgue Hammond, j'ai composé la chanson. Il l'a chantée à l'Olympia et enregistrée la veille de son départ, avec un arrangement de Jacques Denjean.

Je suis allé le voir trois fois à Offenburg, au volant de ma petite MGB. Il adorait les voitures de sport. Quand j'arrivais, il me disait :

« Bon, on va aller dans un hôtel que je connais, on y mange bien. C'est dans la montagne, prête-moi ta voiture. »

Dès que j'allais voir Johnny, je n'avais plus de voiture. Systématiquement, il prenait le volant ! Il roulait à fond, passait les vitesses comme un fou, doublait les tracteurs… on n'était jamais loin des ravins ! Je ne sais pas comment je n'ai jamais eu d'accident avec Johnny. Avec tous les kilomètres qu'on a parcourus ensemble… En tournée, il adorait rouler la nuit. On partait juste après le dîner très arrosé qui suivait le concert. Une nuit, il m'a fait faire un Bordeaux-Montpellier. Je ne vous dis pas dans quel état on est arrivés… On avait fait une pause à Salon-de-Provence dans la pizzeria de Gu, un copain de Johnny qui servait tous les artistes en pleine nuit. Les Compagnons de la chanson étaient là. Johnny leur avait dit qu'il les regardait à la télévision étant petit et qu'il voulait chanter avec eux. Ils étaient très émus. Johnny était sincère en leur disant ça. À chaque fois qu'il mentait, je le voyais. Johnny discutait surtout avec Fred Mella, le soliste. Il lui racontait qu'il écoutait le disque *Les trois cloches* avec sa tante Hélène Mar.

« Vous m'avez fait rêver avec vos chemises blanches. Je rêvais de chanter comme vous ! »

Finalement, ils n'ont jamais eu l'occasion d'enregistrer ensemble. Johnny avait toujours énormément de projets. Quant à *Deux amis pour un amour*, vous remarquerez en l'écoutant qu'heureusement, la fin est moins tragique dans la vraie vie que dans ma chanson…

Pour être honnête, je dois dire que l'histoire d'amour construite par Johnny et Sylvie a été une magnifique histoire. Cela n'a pas été toujours facile entre eux, mais leur rencontre est belle, car ils ont bâti quelque chose ensemble. Ils ont donné l'image d'un couple emblématique pour les Français. Artistiquement, aussi, ils ont enregistré des duos qui ont marqué le public, comme *J'ai un problème* ou *Te tuer d'amour*, ou quand ils portaient le même costume en jean bleu orné de pierres précieuses argentées, dessiné par Yves Saint Laurent, en 1973.

Aujourd'hui, je n'ai plus aucun contact avec Sylvie Vartan. C'est grâce à elle que j'ai assisté à l'hommage de la Madeleine, car Lætícia n'avait pas pensé à moi – ni à Jean-Marie Périer, le photographe de *Salut les copains* et témoin de mariage de Sylvie et Johnny. Malheureusement, Sylvie n'a pas apprécié l'une de mes déclarations à la télévision. Elle m'a reproché d'avoir dit la vérité, puisque je n'avais fait que retranscrire les confidences de Johnny, au sujet des mariages d'artistes qui ne le rendaient pas heureux. J'avais expliqué que Johnny aimait le fait que Lætícia soit tout le temps auprès de lui, contrairement à ses précédentes compagnes (Sylvie qui était chanteuse, Nathalie Baye qui était actrice…). Ça l'a rendue folle et elle a aussitôt téléphoné à Chantal en lui disant : « Jean-Jacques est un traître ! » Franchement, vous qui connaissez toute l'histoire puisque vous êtes en train de lire mon livre, je pense mériter tous les noms sauf celui de traître. J'ai donc décidé de couper les ponts et je ne veux plus entendre parler de Sylvie Vartan. Je ne veux même plus écouter les chansons que je lui ai écrites. Ce n'est pas une question de rancune, mais elle a été trop loin.

Chapitre 7

MA FÉÉRIQUE CHANTAL GOYA

Johnny Hallyday m'a demandé un jour :

« Ça fait combien de temps que t'es avec Chantal ?

— Ça va faire pas loin de cinquante ans…

— Quoi ? Ça ne risque pas de m'arriver ! »

Le secret de notre longévité, c'est qu'elle m'a laissé vivre ma vie d'artiste, et que je l'ai laissé vivre la sienne, sans jamais qu'aucun de nous n'interfère dans la carrière de l'autre.

La séduction de Chantal n'a pas été un long fleuve tranquille. Au contraire, je peux dire qu'il s'est agi d'une affaire à rebondissements.

J'ai rencontré Chantal grâce à Eddie Barclay. Il produisait le concert de Fats Domino au palais des Sports. J'étais invité avec Sacha Distel, Henri Salvador, Michel Legrand…

Après le spectacle, nous étions conviés aux fiançailles du fils d'Albert Debarge, patron de laboratoires pharmaceutiques et propriétaire de *Chez Castel.* Lors de la cérémonie, il y avait une petite scène avec un piano. J'ai chanté *Les boutons dorés.* En plein morceau, je repère une petite brune avec une robe rouge cerise. Je l'ai aussitôt trouvée magique. Une fois ma chanson terminée, je vais m'asseoir à côté d'elle et voici notre première conversation :

« Je me présente, je m'appelle Jean-Jacques Debout. Que faites-vous dans la vie ?

— Je suis des études de journalisme à Londres. J'aimerais devenir correspondante en Angleterre pour des médias français.

— C'est incroyable, j'ai l'impression que je me marierai un jour avec vous, qu'on aura deux enfants et que vous serez célèbre à trente ans, et que vous chanterez à l'Opéra de Paris. »

Éclats de rire de Chantal !

« Avoir des enfants, ça fait partie de la vie. De là à ce que je chante à l'Opéra de Paris... Rassurez-vous, je ne suis pas Maria Callas ! Vous semblez être un drôle de dragueur !

— Non, non, je le pense. Et vous savez, quand j'ai des prémonitions, elles se réalisent. »

En réalité, j'étais déjà tombé très amoureux d'elle mais je ne savais pas comment lui dire. Elle ne me prenait pas au sérieux.

Elle me demande ensuite de la raccompagner chez elle, mais je ne lui avais pas du tout tapé dans l'œil. Ce soir-là, rien n'était joué. Elle me laisse simplement le numéro de téléphone de son frère à Paris et son numéro en Angleterre. Je ne l'ai jamais appelée, j'avais même perdu les numéros.

C'est un grand hasard qui nous a réunis. Au début de l'année 1964, mon ami Jean-Paul Belmondo m'invite à l'avant-première de *L'Homme de Rio*, le film qu'il a tourné avec Françoise Dorléac. C'était au *Balzac*, un cinéma des Champs-Élysées. Après la représentation, j'entreprends quelques pas sur l'avenue. Et je me trouve nez à nez avec Chantal ! Elle était rentrée à Paris après le décès de sa grand-mère. Je l'invite à dîner le soir même dans un restaurant des Champs-Élysées : le *Quick'Élysée*. Le problème, c'est qu'il existait un autre *Quick'Élysée*, rue Chambiges. Et Chantal s'est trompée ! Après deux heures d'attente, j'ai cru qu'elle m'avait posé un lapin. Tout à coup, un taxi arrive :

« Jean-Jacques ! Jean-Jacques ! »

Chantal s'était rendu compte de sa méprise et avait fini par me rejoindre.

Ensuite, je l'ai emmenée au *Saint-Hilaire*, rue de Ponthieu. Là-bas, Eddie Barclay avait sa table, et Johnny Hallyday enseignait le twist à Jean Marais.

En fin de soirée, j'ai proposé à Chantal de venir boire un dernier verre chez moi. J'habitais dans un appartement rue de Courcelles. J'ai essayé de flirter avec elle, sans succès. Cela m'a agacé et je me suis énervé.

« Puisque c'est ça, je vais vous mettre dans un taxi et on ne se verra plus ! »

Je l'ai emmenée à une station de taxis et lui ai donné un billet de 500 anciens francs pour régler la course.

Une heure après, elle me rappelle :

« Il ne faut pas m'en vouloir. J'ai fait arrêter le taxi et pris le métro pour rentrer chez moi. Je n'ai pas dépensé les 500 francs. »

En moi-même, je me suis dit : *elle est un peu bizarre, cette fille*.

Deux mois plus tard, son frère m'appelle :

« Jean-Jacques Debout ?

— Oui.

— Ma sœur, Chantal, est à côté. Je vous la passe. »

On s'est retrouvés au pub *Churchill*, pour déjeuner d'un club sandwich, puis nous avons marché à pied jusqu'à la salle Pleyel, où je lui ai présenté Mme Legrand, la maman de Michel. Retenez bien ce détail qui a beaucoup d'importance !

À ce moment-là, je devais concourir à la *Rose d'Or* à Antibes-Juan-les-Pins. Je n'y tenais pas particulièrement car je n'aimais pas les concours. Mais en pensant à Chantal, j'ai écrit *Nos doigts se sont croisés*.

Nos doigts se sont croisés
Pour la première fois
Lorsque tu as dansé
Près de moi, près de moi,
Nos yeux se sont aimés
Pour la dernière fois
Lorsque tu as dansé
Loin de moi, loin de moi.

J'avais trente concurrents.

Je devais aller chercher Chantal pour l'emmener en avion mais je n'ai pas eu le temps d'aller la chercher car je devais me rendre en urgence chez le copiste pour récupérer des partitions à la Porte Dorée, avant de prendre l'avion. Chantal est donc venue me trouver chez moi mais elle n'y a vu que mon père qui lui a dit : « Jean-Jacques est déjà parti ! » La pauvre Chantal a donc cru que je lui avais posé un lapin… décidément ! Heureusement, elle savait que Mme Legrand se rendait aussi à Antibes. Ainsi, elle lui a téléphoné et Mme Legrand a pu l'emmener à la *Rose d'Or* ! Lorsqu'elles sont arrivées, j'étais en train de répéter ma chanson. À cet instant, j'étais en plein questionnement quant à ma participation à ce concours. Je voulais presque abandonner. Mais quand j'ai vu Chantal… ça m'a conditionné !

Le premier soir, lors des éliminatoires, je me suis classé dans les trois premiers.

Le deuxième soir, nous n'étions plus qu'une quinzaine en compétition.

Pourtant, j'ai failli me retirer. Dario Moreno n'aimait pas la chanson qu'il défendait mais adorait la mienne. Nous étions à la piscine du grand hôtel de Juan-les-Pins.

« Avec une chanson comme la tienne, c'est sûr que je gagne la Rose d'Or ! s'exclame-t-il.

— Tu sais quoi ? Si mon amie Chantal – qui vient d'arriver – est d'accord, je vais l'emmener visiter Saint-Tropez pendant trois jours et tu vas prendre ma chanson. »

Je me moquais de ce concours. Sauf que Jacqueline, la femme d'Henri Salvador, avait tout entendu et s'était empressée de le répéter à Claude Tabet, l'organisateur. Celui-ci m'a interdit de lui faire faux bond au dernier moment. Et Chantal m'a dit : « Tu vas rester et tu vas gagner. »

Et j'ai gagné !

Chantal était au premier rang pour m'écouter.

Nous ne nous sommes plus jamais quittés.

Mon appartement boulevard de Courcelles étant trop petit, on ne savait pas où s'installer. Ainsi, nous avons loué une maison à Nogent-sur-Marne, en bordure du bois de Vincennes.

Lors de notre deuxième été de vie commune, je suis allé passer des vacances dans sa famille, à Guéthary, au Pays basque. J'avais remarqué depuis longtemps que Chantal avait un joli timbre de voix et je l'incitais à chanter. Sa voix ressemblait à celle des chanteuses brésiliennes qui font de la bossa-nova, un peu comme Astrud Gilberto, qui avait chanté *A Girl From Ipanema* avec Stan Getz, un artiste américain que j'adore et que je voyais souvent dans une boîte de nuit brésilienne à Paris.

Près de Biarritz, on peut admirer le château d'Arcangues. C'était un château du XVIIIe siècle rénové époque XIXe. C'est dans ce village que se trouve le cimetière où est enterré Luis Mariano. Sa tombe est fleurie toute l'année par ses nombreuses admiratrices. J'étais ami avec Guy d'Arcangues, le fils du propriétaire, Pierre d'Arcangues, qui possédait presque tout le village. C'est assez amusant car avant de connaître Chantal et d'être invité chez sa maman, je descendais déjà au château d'Arcangues pendant mes vacances.

Un soir de cet été-là (1963), nous sommes invités au château pour une soirée avec notamment Luis Mariano et Darry Cowl. Il y avait aussi le patron de Coca-Cola, Pat de Sico, qui logeait à l'Hôtel du Palais de Biarritz. Il arpentait les routes du Pays basque au volant d'une Rolls-Royce flambant neuve toute rouge avec écrit *Coca-Cola* sur les portes, de chaque côté. Son meilleur ami était… Frank Sinatra ! Ce dernier l'accompagnait en tenue de cow-boy, en daim bleu ciel, chapeau et revolver aux hanches. Le château d'Arcangues était sublime. Sur la côte basque, c'est l'endroit à visiter, et là où tout le monde rêve d'être invité. Quand ils recevaient un carton d'invitation pour le château d'Arcangues, les gens ne se sentaient plus pisser. Comme si Louis XIV vous invitait dans son château. C'était le Versailles du Pays basque.

La soirée commence dans le salon avec champagne, petits-fours… Et Guy d'Arcangues m'invite à m'installer au piano pour jouer quelques morceaux. Je joue quelques airs en les choisissant soigneusement en fonction des invités. *La belle de Cadiz, Le chanteur de Mexico* pour le pauvre Luis Mariano qui était malade ; *Strangers In The Night* pour Frank Sinatra ; une chanson pour Neil Diamond. Sur la gauche du piano, il y avait un grand tableau immense avec un fond noir qui représentait tout un tas de petits pages. C'était un tableau original du peintre espagnol Francisco de Goya. Le genre de tableau que le Louvre aurait adoré afficher dans son musée… À l'issue de mon mini spectacle, je prends un verre avec Luis Mariano, à qui je suis heureux de présenter ma fiancée Chantal.

« Enchanté, chère Chantal, vous êtes très jolie. Malheureusement ma carrière est un peu derrière moi, mais j'aurais adoré jouer un film avec vous. »

Guy d'Arcangues nous rejoint autour du piano, toujours à deux pas du piano.

« Chantal, est-ce que vous chantez également ?

— Oh, Jean-Jacques souhaiterait que je chante, mais je n'en sais rien. En tout cas, mon père l'a prévenu qu'il ne voulait pas de chanteuse dans la famille. »

Nous racontons alors l'âpre conversation tenue la veille dans la salle à manger de Guéthary, en plein dîner.

Le vrai nom de Chantal, c'est de Guerre. Chantal de Guerre. Elle est issue d'une vieille famille française, originaire des Vosges. Ce n'est pas que les Vosgiens sont renfermés, mais ce sont des gens plutôt raides. Avez-vous déjà vu un Vosgien vous taper sur le ventre lors d'une première rencontre ? Son père était très gentil, donc, mais c'était un Vosgien. Et dans sa famille, il y avait un général, qui avait porté haut son nom de général de Guerre. En outre, le grand-père de Chantal était le propriétaire de la Cristallerie de Saint-Louis, la plus ancienne de France. Elle appartient désormais au groupe Hermès. C'étaient les concurrents de Baccarat. Toutes les plus belles verreries de Louis XIV étaient faites à Saint-Louis-lès-Bitche. Ainsi, le père de Chantal a été très franc à mon égard :

« Mon cher Jean-Jacques, cela ne m'amuserait pas que ma fille se mette à chanter. Voyez-vous, il n'y a jamais eu de chanteuse – ni de chanteur – dans la famille.

— C'est dommage, car Daniel Filipacchi m'a demandé de lui écrire des chansons. Il pense que Chantal a un avenir dans la musique. Il voudrait la produire.

— Si Chantal y tient, je ne le lui interdis pas. Toutefois, il est hors de question qu'elle porte le nom *de Guerre*. Imaginez que cela ne marche pas, on aurait bonne mine… Vis-à-vis de ma famille et de mon frère général, cela ferait mauvais genre d'avoir une chanteuse qui porte notre nom. »

Alors que j'exposais notre problème à Luis Mariano et Guy d'Arcangues, j'étais toujours assis sur le tabouret du piano. Me faisant face, mes deux amis observaient l'immense tableau de Goya qui s'étendait du haut du piano jusqu'au plafond. Comme il était très intelligent, Luis Mariano repérait tout.

« Regardez ces petits pages ! J'en remarque un qui vous ressemble. C'est troublant. »

Luis prend Chantal par l'épaule et l'installe devant le tableau, avant de prendre Guy d'Arcangues à témoin.

« Ce page, c'est la fiancée de Jean-Jacques ! N'êtes-vous pas d'accord avec moi ? On dirait qu'elle a été le modèle de Francisco de Goya. Chantal, vous êtes un Goya vivant.

— Puisque son père ne veut pas qu'elle porte son nom, pourquoi ne l'appellerait-on pas Chantal Goya ? propose Guy d'Arcangues.

— Oh ! quelle idée formidable, répond Mariano. C'est très facile à retenir, même pour un enfant. »

Quand on y repense aujourd'hui, cette dernière phrase de Luis Mariano était une véritable prophétie.

« Ce n'est pas bête, dis-je. Qu'en penses-tu, Chantal ?

— Écoute, pourquoi pas…

— Je t'assure, Chantal Goya, c'est formidable », insiste Guy.

Et voilà comment, le lendemain, à table, nous avons annoncé au père de Chantal qu'elle s'appellerait désormais Chantal Goya.

C'est assez fou que Luis Mariano soit l'instigateur du nom de Chantal Goya !

Jean-Luc Godard a engagé Chantal pour *Masculin-Féminin* en 1966, dans le rôle de Madeleine, et elle a entamé une belle carrière cinématographique : *L'amour c'est gai, l'amour c'est triste* de Jean-Daniel Pollet, *L'Échelle blanche* de Robert Freeman, *Tout peut arriver* de Philippe Labro, *Les Gaspards*, sous la direction de Pierre Tchernia. Dans ce film, Chantal tournait avec Philippe Noiret, Michel Serrault, Bernadette Lafont et Gérard Depardieu dans son premier rôle… tous mes vieux copains ! Cela m'a permis, le temps du tournage, de renouer avec le milieu du cabaret que j'avais bien connu à la fin des années cinquante.

Chantal m'a présenté Jean-Luc Godard, qu'elle avait rencontré au bar des Théâtres avenue Montaigne. Dès leur premier échange, il lui a proposé de jouer dans son film, *Masculin-Féminin* dont le tournage commençait… trois jours plus tard ! Il m'a demandé d'écrire quinze chansons pour le film, chantées par Chantal. Je n'aurais jamais cru à l'époque que l'une de mes chansons serait reprise des années plus tard par le rappeur américain DMX, décédé d'une overdose au printemps dernier, qui a samplé la voix de Chantal dans *J'ai le cœur en peine* et en a fait un hit vendu à des millions d'exemplaires. Godard est aujourd'hui incontournable aux États-Unis, et jamais je n'aurais pensé, en le rencontrant la première fois, lui qui était si spécial, tournant ses films sans scénario, que mon texte serait joué dans le monde entier.

Pendant que Chantal tournait pour le cinéma, je lui écrivais quelques chansons (*C'est bien Bernard*, *Une écharpe, une rose*). Elle a même failli tourner sous la direction d'Alfred Hitchcock. Et un beau jour, elle m'annonce qu'elle est enceinte. Nous nous sommes mariés à Nogent-sur-Marne et Jean-Paul est né. Nous avons ensuite déménagé pour la rue des Saints-Pères, et nous avons eu notre fille, Clarisse.

Je n'ai pas vraiment eu le temps de m'occuper de mes enfants. Vous savez, tous les enfants d'artistes ressentent un manque par rapport à leurs parents. Soit ils leur ressemblent trop et on leur reproche. Soit ils s'en écartent et on dit qu'ils ne s'occupent pas d'eux. En dehors de Claude Brasseur et son père, je n'ai connu que des enfants d'artistes qui n'avaient pas d'excellentes relations avec leurs parents. Il n'y a qu'à voir les relations entre Johnny et David Hallyday. En ce qui me concerne, ma fille Clarisse m'en a voulu car elle trouvait que je ne m'occupais pas assez d'elle.

Je vais être franc : si Chantal était une mère poule, très présente pour nos enfants, moi je n'ai pas été un père exemplaire. J'aimais beaucoup Clarisse et Jean-Paul, mais ils ont grandi à une époque où je n'étais jamais à la maison : cabaret, tournées... alors c'est Chantal qui s'occupait de tout. Ce n'était pas une nouveauté pour elle, puisqu'elle était l'aînée de cinq frères et sœurs, avec des parents malades à leur arrivée d'Indochine. Garder des enfants, elle savait le faire. Quand je l'ai épousée, sa petite sœur avait huit ans. Une chose est certaine : je n'oublierai jamais la beauté de mes petits bébés dans les bras de Chantal. Il n'existe rien de plus beau au monde que la vision de la femme que vous aimez regardant dans les yeux son enfant.

L'année 1975 est un tournant dans la carrière de Chantal. À cette époque, je travaillais pour Maritie et Gilbert Carpentier. J'étais chargé d'inventer les sketches et d'écrire des chansons pour leurs émissions *Top à...* J'avais proposé aux Carpentier de dédier une émission aux enfants, avec Carlos en vedette. Son côté truculent me faisait rire. J'avais choisi Brigitte Bardot pour interpréter une chanson et jouer le rôle de la femme de Carlos, mais atteinte d'une grippe, elle s'est désistée au dernier moment. Je ne savais pas comment m'en sortir... Et c'est Maritie qui a eu une idée géniale, me proposant de solliciter ma femme pour remplacer Bardot. Chantal a accepté, et je lui ai écrit une chanson : *Adieu les jolis foulards*. Ce morceau racontait l'histoire de la grand-mère de Chantal en Martinique.

Adieu mes petits élèves de la Martinique
Je fais la classe aujourd'hui pour la dernière fois
On me renvoie vers la France, adieu la Martinique
Mais tout là-bas je ne vous oublierai pas
Adieu les jolis foulards
Adieu tous les madras
Si ce n'est qu'un au revoir
On se retrouvera

Cela a été un très grand succès ! Le lendemain de l'émission, la deuxième chaîne a reçu des dizaines de coups de fil de gens qui voulaient savoir comment retrouver la chanson, et des monceaux de lettres affluaient chaque jour au courrier des studios des Buttes-Chaumont. Ce n'était pas l'époque d'Internet où tout est en ligne en quelques minutes… Nous avons fait presser le disque et en un mois et demi, on en a vendu plus de 300 000. La prestation de Chantal a attiré le regard des téléspectateurs. Étais-je surpris ? Non ! J'avais toujours imaginé Chantal sur scène. Je savais qu'il se passerait quelque chose avec le public. Elle, pourtant, ne comptait pas là-dessus. Chantal était une maman poule qui élevait nos enfants et courait les magasins pour acheter des casseroles. Elle ne rêvait pas de la lumière des projecteurs. Son succès est arrivé malgré elle.

Moi, cela m'amusait beaucoup. Chantal avait un côté « gosse » qui m'enchantait.

Devant ce succès populaire, les Carpentier ont consacré une émission entière à Chantal, qui a fait un tabac. Et Bruno Coquatrix m'a téléphoné avec une idée en tête : concevoir un spectacle pour enfants à l'Olympia, les mercredis et samedis après-midi.

« Votre femme a quelque chose qui plaira aux enfants et aux familles. Elle est très débrouillarde sur scène. Je vous donne un petit budget pour les décors et on fonce ! »

Nous avons déjeuné ensemble afin que je lui présente Chantal.

Les locations ont ouvert à l'Olympia. En une heure, tout était complet ! Cela s'appelait *La forêt magique.*

André Torrent, animateur de RTL, a présenté le spectacle, qui a marché du feu de Dieu. Et nous avons donné la recette au Variétés Club de France, dont les responsables étaient ravis.

Initialement, seules quelques représentations étaient prévues, mais cela marchait tellement bien que l'Olympia a été bourré jusqu'à Noël ! C'était le début d'un grand succès jamais démenti.

L'Olympia devenant trop petit pour elle, Chantal a investi le palais des Congrès.

C'est à cette occasion que j'ai écrit *Le soulier qui vole.*

Au total, j'ai écrit dix spectacles pour Chantal. Figurez-vous qu'ils ont tous fonctionné, ce qui est rare dans ce milieu. Aucun échec !

Nous avions signé pour quinze jours au palais des Congrès, mais le spectacle a été prolongé pour trois mois, et encore trois mois l'année suivante. Nous avons d'ailleurs repris *Le soulier qui vole* cinq ou six fois. Chantal le joue encore en tournée en 2022 ! C'est devenu un classique. D'ailleurs, je vais vous raconter comment cette idée m'est venue. Nous étions dans le vol inaugural du Concorde qui reliait Paris et New York. Chantal devait renouveler son contrat avec RCA, sa maison de disques, dont la maison mère est américaine. Je me souviens de la présence de Noureev dans l'avion, il partait danser à l'opéra de New York. Il en a d'ailleurs profité pour nous inviter à son spectacle. Durant tout le vol, je n'arrêtais pas de cogiter : « Mais qu'est-ce que je vais trouver pour Chantal pour le palais des Congrès ? » Comme il restait quelques places vacantes à l'arrière de l'avion, je m'étais installé plus confortablement pour travailler. Je réfléchissais et prenais des notes sur mon cahier… quand tout à coup, j'ai vu un gosse à genoux dans l'allée du Concorde. Son père avait retiré ses chaussures pour dormir. Le gamin avait son soulier à la main… et le faisait voler, pour tromper l'ennui. Moi, intérieurement : « Voilà le truc ! C'est tellement joli. Pas besoin de t'emmerder plus longtemps. Je vais faire voler une chaussure avec Chantal dedans. » En une seconde, ce gamin m'a montré le spectacle. C'était le point de départ d'un triomphe. C'est la preuve qu'il faut toujours rester curieux.

Je me méfie des gens qui se disent « créateurs » mais qui ne font preuve d'aucune curiosité. En ce qui me concerne, tout m'intéresse. J'ai écrit tout le scénario en arrivant à l'hôtel Pierre de New York.

Puis un jour, alors que Chantal jouait à Bruxelles au Forest National, Hergé, le célèbre père de Tintin, est venu voir le spectacle. Lorsqu'il est venu nous saluer dans la loge, moi qui avais toujours eu une vénération pour Tintin, je n'ai pu m'empêcher de lui proposer d'écrire cinq tableaux sur les aventures de Tintin aux côtés de Chantal. Cette idée a amusé Hergé, qui nous a répondu : « Après cela, on ne pourra plus dire de Tintin qu'il est misogyne ! » J'ai mis en scène la Castafiore qui donnait un concert inénarrable dans le grand salon du château de Cheverny, qu'Hergé avait surnommé Moulinsart, et ce fut un souvenir inoubliable, où Chantal, habillée comme Tintin, interprétait avec lui un charleston endiablé du nom de *Comme Tintin*.

Lorsqu'on nous a proposé le palais des Congrès, on prenait la suite de *Starmania* et Henri Salvador. Tous les gens de ce milieu se marraient… L'air de dire : « Après Plamondon et Berger, la petite Chantal Goya et Debout à la mise en scène, ça ne fait pas le poids. » J'ai deviné beaucoup de sourires derrière mon dos. Même les Carpentier n'y croyaient pas. On m'avait rapporté des propos de Maritie, dont voici la substance : « Je suis très inquiète pour Jean-Jacques, j'espère qu'il va réussir, mais se rend-il compte qu'il s'agit d'une lourde tâche ? Saura-t-il mettre en scène un si grand spectacle ? » Tous ces gens oubliaient mes années d'apprentissage. Mes huit ans avec Marlene Dietrich, mes années avec Roland Petit au Casino de Paris (j'ai écrit la revue de Zizi Jeanmaire qui est restée deux ans et demi à l'affiche, quand même !), sans oublier mon travail avec Jean-Louis Barreau et Jean Poiré pour faire de la musique de scène à la Comédie-Française… Je n'étais tout de même pas nul en théâtre et en mise en scène. J'avais aussi été comédien avant de chanter. J'avais suivi toutes les répétitions de *Cyrano de Bergerac* au théâtre des Nations avec Raymond Rouleau. J'observais sa façon de diriger et de mettre en scène. Mais les gens s'imaginaient que je ne savais faire que des *Numéro Un* à la télévision. Les soi-disant spécialistes pensaient que je ne comprenais rien au théâtre, alors qu'en réalité je m'y connaissais autant qu'eux… sinon plus !

De plus, je me suis entouré d'un très bon chorégraphe, Arthur Plasschaert, qui faisait des ballets à l'Olympia. J'ai engagé Roger Ragoy, le meilleur des éclairagistes qui avait travaillé à New York avec Jules Fischer. J'ai choisi un décorateur de la Scala de Milan, Pierre Simonini. Je passais ma vie entre mon piano pour l'écriture des chansons et les ateliers de mes collaborateurs, afin de leur expliquer précisément mes envies pour les décors et les costumes. J'étais aussi aidé par ma nièce Christine Métois à qui je dictais l'histoire, et qui se chargeait de relever le scénario. Je savais que j'avais assez peu de temps. Pour monter une bonne comédie musicale, il faut une année. Je vous avoue que je ne voulais pas effrayer les gens avec mon projet : plutôt que de dire que j'écrivais une comédie musicale, j'employais le terme de « spectacle musical ». Sinon, on m'aurait traité de prétentieux. La seule à y avoir vraiment cru était Monique Lemarcis, la programmatrice de RTL, avec Roger Kreicher, le directeur artistique de la station. J'avais ainsi le soutien de la radio qui assurait la publicité. Mais cela ne plaisait pas à tout le monde. Quand les affiches du *Soulier qui vole* de Chantal ont été placardées dans Paris, beaucoup de gens ont rigolé. « Pour qui se prend ce Jean-Jacques Debout ? Pour Maurice Béjart ? » C'est ce genre de phrases qu'on me rapportait. Henri Salvador le disait ouvertement : « Ils vont se ramasser un bon bide ! »

Sauf que les locations ont cartonné dès l'ouverture.

Moi, tout cela m'excitait. Plus les gens prétendaient que j'allais me casser la gueule car je n'avais jamais fait de mise en scène, plus cela me donnait envie de travailler. Intérieurement, je me disais : « Jean-Jacques, tu vas y arriver. » Comme j'habitais près de la Médaille miraculeuse rue du Bac, j'allais chaque jour faire une prière à la Vierge Marie.

Surtout, j'avais confiance en Chantal. Je savais qu'elle serait formidable. Elle avait fait un peu de danse dans sa jeunesse, je n'avais pas besoin de lui expliquer dix fois ce que j'attendais d'elle. Surtout, elle transportait une dose de magie à chacune de ses apparitions sur scène.

Chantal est féérique.

Sa petite taille est absolument parfaite pour ce rôle. Je n'aurais pas pu écrire le même spectacle pour une trop grande fille. 1,66 m, c'est la mensuration parfaite.

Quand on a monté *le Soulier qui vole*, j'étais en admiration devant Chantal. Toutefois, elle ne m'impressionnait pas. Pour d'autres artistes, c'était l'inverse : leur stature m'impressionnait sans que je les admire pour autant. Je ne parvenais pas à expliquer mon admiration sans bornes pour Chantal, mais c'était très fort.

Et le spectacle a été un triomphe !

Peu après, je me suis retrouvé à côté d'Henri Salvador chez Régine. Il a été très honnête : « Tu sais, quand j'ai appris que tu montais ce spectacle au palais des Congrès, j'étais inquiet pour toi. Bien que connaissant ton talent, je trouvais que c'était un trop gros défi pour toi. Et franchement, je l'ai vu : chapeau ! Bravo ! Je n'en croyais pas mes yeux. »

En vérité, je me moquais des avis des uns et des autres. Seuls les mots et les réticences des Carpentier m'avaient fait de la peine. Moi, je me défonçais pour leurs émissions, et pendant ce temps ils avançaient que j'allais me ramasser à la tête du spectacle de Chantal. Peut-être étaient-ils vexés que je ne leur aie pas demandé de travailler avec moi sur le spectacle. Je ne sais pas. Avaient-ils peur pour nous ?

J'ai toujours aimé le monde des enfants, le cirque, le bon music-hall…

Bouba le petit ourson, *Bécassine*, *Babar*, *Pandi Panda*, *Snoopy*, *Ce matin un lapin*…

Les idées de chansons me venaient naturellement.

Je vais vous raconter l'origine du célèbre tube *Ce matin un lapin*, que j'ai écrit pour Chantal avec Roger Dumas. Nous étions à la campagne avec les enfants. Des chasseurs avaient tiré des plombs sur la maison, manquant de casser les carreaux. J'appelle donc les gendarmes. Et les gosses se mettent en colère contre les chasseurs. Jean-Paul, alors âgé de dix ans, leur dit de sa voix enfantine : « Et si les lapins ils avaient un fusil, ils vous tireraient dessus ! » Je me suis aussitôt mis au piano, j'ai imaginé la chanson et j'ai suggéré à Chantal de mimer les oreilles du lapin sur scène.

Ce matin
Un lapin
A tué un chasseur
C'était un lapin qui avait un fusil

On dit que Chantal interprète des chansons pour enfants, mais en réalité, je vois autant d'adultes – voire plus ! – que d'enfants dans chaque salle de spectacle.

Bouba, mon petit ourson a aussi été un franc succès. Figurez-vous que ce joli nounours devait initialement s'appeler… Jacky ! C'était le choix du producteur. Franchement, Jacky l'ourson, c'était nul. Vous voyez Chantal en train de chanter « Jacky mon petit ourson qui se roule dans la neige ». Ça ne sonnait pas bien. Bouba est un prénom russe, comme une fille française qu'on appelle Mimie. La maman d'un de mes amis – Jean-François Bergerie – était surnommée Bouba. Comme je la trouvais sympathique, j'ai pensé à elle pour le prénom du petit ours. Cela a été un grand succès.

Un jour, le PDG d'Universal Music, Pascal Nègre, m'a téléphoné en compagnie d'un jeune rappeur. Ce dernier m'explique qu'il a passé son enfance à écouter la chanson de Chantal, et qu'il aimerait choisir Bouba comme pseudonyme pour sa carrière dans le hip-hop. Évidemment, je lui ai répondu que je n'y voyais aucun inconvénient. Et Booba est né !

Le deuxième grand spectacle que j'ai écrit pour Chantal s'appelait *Le Mystérieux voyage de Marie-Rose*… C'était pour le palais des Congrès. Quand j'étais gosse, j'étais un inconditionnel de Tintin. Je me disais : J'aimerais bien rencontrer une fille qui soit comme Tintin. Un personnage qui plaise autant aux enfants qu'aux adultes. Tout public ! J'avais décidé de créer ce personnage, que j'appellerais Marie-Rose. Ma grand-mère m'avait emmené à

Mogador voir une opérette qui s'appelait Rosemary. *Oh ma Rosemary, les fleurs de la prairie…*

Mais il fallait trouver la bonne personne. Quand j'ai rencontré Chantal, j'ai su qu'elle était Marie-Rose.

Vous souvenez-vous de ce que j'avais dit à ma future femme quelques secondes après notre rencontre ? « J'ai l'impression que je me marierai un jour avec vous, qu'on aura deux enfants et que vous serez célèbre à trente ans, et que vous chanterez à l'Opéra de Paris. » Eh bien, j'aurais pu ajouter : « Et votre personnage s'appellera Marie-Rose ! » Bon, déjà qu'elle m'avait pris pour un fou… ç'aurait peut-être été un peu trop. Bien que pour l'Opéra de Paris je ne m'étais pas trompé non plus, elle y a joué *Le Soulier qui vole* pour le Noël offert par Jacques Chirac au personnel de Matignon.

Les spectacles de Chantal battaient tous les records de remplissage des salles dans lesquelles elle se produisait, à Bruxelles c'étaient 100 000 spectateurs, 200 000 à Paris, 50 000 à Marseille… Et Chantal commençait à s'attirer de sérieuses jalousies de certains producteurs de spectacles et maisons de disques. Lorsqu'elle a été trahie par son propre agent et un animateur malsain, ayant été sollicité par une nouvelle chaine, qui cherchait à faire de l'audience à tout prix… Pour tout vous dire, à cette occasion, j'avais été enfermé à double tour par la régie dans une loge avec une bouteille de whisky. Puis, nous avions aussi découvert grâce à notre producteur Roland Hubert que notre célèbre agent et attaché de presse achetait nos espaces publicitaires à une société qui était à lui, et il en profitait pour gonfler terriblement les prix. J'étais effondré de me rendre compte de ce que des gens en qui j'avais confiance étaient capables de faire. Je suis resté cinq années sans créer la moindre chanson, car cela m'avait fait tellement de mal que mon cœur n'y était plus. Seule Chantal me remontait le moral en m'annonçant qu'elle partait en tournée dans tous ces lointains pays en Afrique, Tahiti, Madagascar... qui la réclamaient et où elle n'avait pas encore eu le temps d'aller. Je me suis éloigné de Paris pour essayer d'oublier ce mauvais rêve qui venait de mettre fin à tous mes projets pour Chantal. Je passais ma vie à la campagne, chez le mime Marcel Marceau qui était mon voisin et avec qui j'avais de très bons rapports d'amitié. Je voyais très peu ma femme qui était toujours très demandée en Afrique et ailleurs. J'ai vécu sur l'Île de Ré où nous possédions une petite maison en évitant de revenir à Paris car il y avait des visages que je n'avais pas envie de revoir. Avec Marcel, je parlais théâtre, c'est lui qui avait appris à Michael Jackson la marche contre le vent. C'est lui qui m'a gardé la tête hors de l'eau pour que je ne me noie pas complètement. Je peux maintenant le dire, c'est en son hommage que l'idée m'est venue de mettre tous les enfants en petits fantômes blancs dans le château hanté, car ils me faisaient penser à des petits mimes qui auraient pu être les enfants du mime Marceau.

À un moment Chantal a constaté que les producteurs français ne croyaient plus en elle, puis subitement, elle est devenue très populaire au Liban et ne cessait pas d'y être invitée pour se produire. Du reste, une maîtresse d'école nous avait dit que pendant la dernière guerre elle faisait apprendre le français à ses élèves dans les abris avec les vidéos de Chantal et tous les enfants du Liban la réclamaient à Beyrouth et dans tous les villages. Le président Émile Lahoud et sa femme lui ont remis la Grand Croix d'honneur.

Et un jour, ma femme est revenue dans la maison que nous avions désertée et elle m'a annoncé qu'il fallait que je me remette au travail, le producteur Roland Hubert venait de lui resigner un contrat pour un nouveau spectacle au Palais des Congrès de Paris. Savoir que j'allais retrouver mon équipe qui commençait à me manquer ainsi que notre public que je croyais à jamais disparu me fit retrouver le sourire. Le grand rideau du palais devait se relever sur *L'étrange histoire du château hanté*. J'avais pu m'en donner à cœur joie en invitant une vingtaine de fantômes qui allaient charmer enfants, parents et grands-parents. Ce nouveau spectacle venait me ramener à la réalité et me dire qu'il faut toujours garder l'espoir même lorsqu'un mauvais rêve vous tombe dessus. Une petite fée peut vous en éloigner en vous prenant tout simplement par la main sur le chemin du retour.

Chapitre 8

LES CARPENTIER ONT OUVERT LES PORTES DU SUCCÈS À DE NOUVEAUX TALENTS

Maritie et Gilbert Carpentier étaient un couple fusionnel et auraient pu habiter au n° 1, rue de la tendresse. Je me souviens qu'ils m'avaient invité chez eux, rue Pierre Nicole à Paris, accompagné de ma fidèle amie Claudine Keirgener qui était du reste une de leurs assistantes à Radio Luxembourg. Ils étaient alors de tout jeunes producteurs d'émissions de radio et supervisaient une émission qui avait un succès fou l'après-midi, *Le passe temps des dames et des demoiselles,* animée par André Claveau. Ensuite, en direct du théâtre de l'Étoile ils ont créé *Les Grandes*

Cavalcades, *Superboom* et ils réalisaient pour la radio des portraits de vedettes comme Henri Salvador, les débuts fracassants de Gilbert Bécaud, Georges Brassens, Roger Pierre et Jean-Marc Thibault, Jean Poiret et Michel Serrault, Jacqueline Maillant, Bourville, etc. La liste serait trop longue pour tous les énumérer : disons toutes les vedettes de ces années-là. C'était inimaginable, tous les artistes voulaient passer chez eux. Ils réalisaient aussi des « dramatiques » radiophoniques, les fictions de l'époque, et des music-halls.

Et c'est ainsi que j'ai chanté pour la première fois de ma vie à la radio *Les boutons dorés.* Cela a été pour moi une consécration que je ne suis pas près d'oublier. Puis, au début des année 60 ils sont partis pour le Moulin de la Galette sur la Butte Montmartre, où ils ont monté un studio de télévision afin d'y réaliser les premiers *Sacha show.* Ce fut pour eux leurs grands débuts sur le petit écran. Et tout s'est enchaîné très vite : Pierre Sabbagh leur a confié en 1972 le Studio 17 aux Buttes-Chaumont et pendant onze années, ils ont apporté aux téléspectateurs les plus belles émissions de variété française. Ils étaient à eux deux les enfants du paradis des variétés, les Pierre et Marie Curie des artistes souvent en danger, que nous avons tous aimés. Et je sais que là-haut dans leur joli duplex du jardin du Luxembourg, ils continuent de penser à nous et à vous tous, téléspectateurs, qui les avez tant aimés.

Malheureusement, après les élections présidentielles la nouvelle Culture de l'époque avait décidé de mettre fin à la carrière des Carpentier. Cela aurait pu s'appeler la grande illusion ou l'arrivée des tontons flingueurs. Je me trouvais dans la régie du plateau 17, au studio de télévision des Buttes-Chaumont, lorsque Maritie est entrée dans la régie, en larmes, son mouchoir à la main, et nous a dit devant le réalisateur André Flédérick qui réalisait leurs plus belles émissions depuis leurs débuts : « Mes enfants, cette émission est la dernière, je suis venue vous dire au revoir. Gilbert n'a pas eu la force de venir avec moi et il m'a chargée de vous remercier pour tout ce que nous avons fait ensemble. » André Flédérick demande alors à Maritie ce qui est arrivé à Gilbert, les yeux un peu hagards. Maritie répond : « Eh bien, il est rentré à la maison, car il ne se sentait pas bien. »

À l'époque, Hervé Bourges avait remplacé Marcel Jullian, célèbre éditeur-écrivain et homme de communication, qui avait eu la charge de mener à bien la première chaîne en couleurs, ce qu'il avait magnifiquement bien réussi. Cet homme était d'une grande culture, il ne fonctionnait pas en filant des coups de coude à droite et à gauche, il était respectueux avec les gens de talent. Et même avec les autres, il restait abordable, toujours à l'écoute des bonnes et mauvaises critiques qui le concernaient et ce n'était pas un président magouilleur. Il fut avec Pierre Sabbagh et Jean-Louis Guillaud ce qu'il y a eu de mieux dans ce domaine. Je pense que ces trois directeurs n'auraient jamais arrêté l'émission des Carpentier d'un revers de manche, mais vous connaissez la suite, il n'y en a pas eu. Aujourd'hui certains producteurs de télé achètent à l'INA des extraits des émissions des Carpentier qu'ils citent maintenant en exemple, bien conscients que l'on ne revivra plus l'époque des *Numéro 1*, et que l'on ne reverra plus les beaux studios des Buttes-Chaumont qui ont été démolis et vendus aux promoteurs. On ne reverra pas non plus les somptueuses dramatiques qui faisaient travailler décorateurs, danseurs, musiciens, comédiens, chanteurs, créateurs de costumes... Tous ces enfants d'un paradis perdu durent se séparer, se disperser et, si nous regardons en arrière, adieu Vidoc, Stellio Lorenzi, Marcel Bluwal, Jean-Christophe Averty et malheureusement, *Le grand échiquier*.

Voilà le beau travail accompli, de toute cette époque il ne reste que de belles images orphelines, du temps béni des magnifiques studios des Buttes-Chaumont où quelques fantômes reviennent la nuit sur les lieux du crime.

Chapitre 9

DEUX MOIS À LA SANTÉ M'ONT RENDU LA SANTÉ

À l'âge de soixante-trois ans, j'ai passé deux mois derrière les barreaux, dans une cellule de la prison de la Santé.

Mais ne vous attendez pas à un récit larmoyant de ma part…

J'assume. Et surtout, j'ai traversé ce moment *a priori* éprouvant comme une cure de repos.

Tout a commencé à la brasserie *Le Rendez-vous*, près du lion de la place Denfert-Rochereau à Paris.

C'était le 11 juillet 2003, aux premières heures de la canicule. On lisait dans tous les journaux que les vieux mouraient de chaud les uns après les autres, dans les maisons de retraite.

Chantal était en tournée. J'avais donc emprunté sa voiture. C'était une Toyota Rav-4 avec un boîtier de vitesse automatique. Je ne savais pas conduire ce petit 4x4 car je roulais habituellement avec des vitesses normales. Bon. Je sortais de France Inter, où j'avais été interviewé dans une émission. Un ami m'avait invité à dîner au *Zebra Square*, juste à côté de la Maison de la Radio. Là-bas, j'étais tombé sur Henri Salvador, avec qui j'avais bu un certain nombre de verres, tout en discutant de tout, de rien et surtout du métier. Il me racontait qu'au début de ma carrière, je chantais plutôt bien malgré des chansons moyennes, tout en disant que j'avais fini par devenir un génie.

Prenant congé de Salvador, j'ai récupéré la voiture de Chantal pour rentrer à la maison. Nous vivions près du parc Montsouris, rue de l'Amiral-Mouchez. Comme personne ne m'attendait à la maison, je me suis dit que j'allais d'abord m'arrêter un peu au *Rendez-vous*, une brasserie ouverte jour et nuit. Je connaissais très bien le patron car je m'y arrêtais souvent pour boire un dernier verre, ou rejoindre des copains du quartier. Les artistes s'y rendaient régulièrement en sortant du théâtre pour se détendre quelques heures.

Je m'installe et commande les spécialités de la maison : des œufs au jambon et un rosé. Leur rosé était toujours très bon. J'avais garé la voiture juste en face de la brasserie.

Alors que ma collation touche à sa fin, une bande de jeunes entre dans la brasserie et l'un d'eux me reconnaît.

« Eh ! C'est Jean-Jacques Debout ! »

Ils étaient environ une quinzaine, âgés de dix-neuf à vingt-trois ans. Le chef de bande vient s'installer à ma table.

« Vous êtes bien Jean-Jacques Debout ?

— Oui.

— Nous sommes tous intermittents du spectacle. On s'est donné rendez-vous ici. On a loué deux camionnettes et on descend au festival d'Avignon pour y foutre le bordel. »

Cher lecteur, vous vous souvenez peut-être du grand mouvement social des intermittents lors de l'été 2003. Cette année-là, dans la nuit du 26 au 27 juin, un accord du gouvernement avait modifié les règles pour accéder au régime d'assurance-chômage spécifique aux artistes et aux techniciens du spectacle. Une longue grève avait touché tout le secteur de la culture.

Face au chef de bande, j'avais une idée derrière la tête.

« Écoutez, vous n'êtes pas encore à Avignon et vous avez de la route. Pour prendre des forces, je vous paye un coup de rosé. Il est très bon ici, on n'est jamais déçu. »

Je commande donc quatre bouteilles au garçon et les jeunes intermittents prennent place autour de moi, me remerciant chaleureusement. Puis, ils me prennent à partie, les uns après les autres.

« Que pensez-vous de la situation des intermittents du spectacle ?

— Ils se foutent de notre gueule !

— On n'arrive pas à se faire payer.

— Ils veulent se débarrasser de nous !

— On n'a pas droit aux allocs !

— On n'a pas le minimum qu'il nous faut pour vivre. »

Je n'avais même pas le temps de répondre à une question qu'une autre affluait.

Ils m'expliquent donc qu'ils veulent se faire entendre à Avignon. En ce qui me concerne, j'avais déjà connaissance de cette situation sociale tendue et des grèves qui commençaient à secouer des théâtres. Pensant à mes amis metteurs en scène et comédiens, j'ai donc essayé de les dissuader de se rendre dans le Sud pour tenter de sauver le festival.

« Ce que je dis n'engage que moi, mais je vous déconseille fortement d'aller à Avignon. Vous savez, les organisateurs éprouvent déjà des difficultés à maintenir leur festival chaque année car ils ont du mal à joindre les deux bouts. Ils n'ont pas de moyens. En dehors d'une ou deux grosses compagnies, les troupes de théâtre ne roulent pas sur l'or. OK, vous allez mettre le bordel, mais de quoi vont vivre les artistes à qui vous allez supprimer le peu de revenus qu'ils ont ? Je ne suis pas sûr que ce soit la bonne solution.

— Mais il faut bien qu'on se fasse entendre !

— Vous devriez demander un rendez-vous au ministère de la Culture.

— Ils ne nous répondront jamais.

— Mais qu'allez-vous faire à Avignon ? Crier ? Interrompre les représentations ? Les comédiens sont confrontés aux mêmes problèmes que vous. Vous allez vous taper la route, payer les frais, dormir dehors… »

J'essayais de me mettre à leur place. Avec toutes les tournées que j'avais sur le porte-bagages, je connaissais bien ce genre de galères.

Devant mon argumentaire, les réactions étaient variées.

« Il a peut-être raison, dis…

— Non ! non ! On a décidé d'y aller, on y va.

— Vous savez, je ne peux pas vous interdire d'y aller. Je vous dis juste que ce n'est pas la meilleure solution.

— On est obligés d'y aller, on a rendez-vous… »

M'apercevant que les bouteilles de rosé avaient perdu leur couleur, je rappelle le garçon pour en commander quatre de plus.

Ces jeunes garçons me faisaient de la peine.

On parlementait. Et on buvait. Et on parlementait. Et on buvait…

Huit bouteilles. Vides ! Je rappelle le garçon pour une nouvelle tournée de quatre bouteilles de rosé.

J'espérais arriver à convaincre mes nouveaux amis de rester à Paris. D'autant qu'ils ne partaient pas les mains vides. L'alcool aidant, ils m'ont montré leur attirail pour interrompre le festival : bâtons, sangles, battes de base-ball… Ils étaient prêts pour la castagne avec les flics.

« Surtout, écoutez mon conseil : évitez les démêlés avec la police. Ça n'arrangera rien à votre affaire. Vous devriez demander un rendez-vous avec le ministre de la Culture.

— Il ne nous recevra pas ! On n'est pas assez importants... »

Après douze bouteilles de rosé, je vois arriver leurs copains qui garent leurs estafettes devant le *Rendez-vous*, et tout ce petit monde prend la route vers Avignon pour faire annuler le festival.

J'étais assez énervé de ne pas avoir réussi à leur faire entendre raison. Ça me prenait la tête alors j'ai appelé le garçon pour régler l'addition. Gentiment, le patron me faisait cadeau des quatre dernières bouteilles. Derrière son comptoir, il avait bien vu toutes mes tentatives pour calmer les ardeurs des jeunes et belliqueux intermittents.

Le petit jour commençait à se lever.

Je remonte dans la voiture de Chantal et m'engage dans l'avenue René-Coty. Un panier à salade de flics se trouve juste devant moi mais je n'y fais guère attention. Au deuxième feu rouge, il freine net. Moi, connaissant très mal la voiture de Chantal, je m'efforce de freiner. Malheureusement, mon 4x4 fait encore un petit bond en avant et enfonce tout l'arrière du véhicule de police. Il y avait quatre flics à l'intérieur. Ceux-ci hurlaient comme des veaux car ils ne pouvaient plus ouvrir la porte arrière à cause du choc. C'est la chef qui était au volant. Elle est sortie comme une furie.

« Vous ne vous rendez pas compte ! Vous êtes un danger public ! Vous auriez pu tuer tout le monde ! Je vais vous déférer au Parquet ! »

Je ne pouvais pas en placer une. C'était infernal.

Seul l'un des agents à l'intérieur était conciliant avec moi, proposant même de me ramener à mon domicile et de me convoquer le lendemain au poste de police du XIVe arrondissement.

« Il n'en est pas question », tonne la chef avec son accent antillais. « Je vais le mettre en cellule de dégrisement. »

Il est vrai que j'avais bu quelques coups. Mon taux d'alcool s'élevait à 1,84 g/litre de sang. Mais franchement, ce n'est pas parce que j'avais bu du rosé au *Rendez-vous* que j'avais manqué mon freinage. C'est simplement que je ne maîtrisais pas le boîtier automatique du 4x4 de Chantal.

Je suis resté enfermé trois heures dans la cellule de dégrisement. Les menottes m'attendaient ensuite en guise de récompense. J'allais être jugé en comparution immédiate, dès le début de l'après-midi. Le commissaire m'a fait venir dans son bureau afin que je lui donne des explications. De mon côté, j'ai appelé mon avocat, Daniel Vaconsin. Il était aussi l'avocat de Johnny Hallyday. Vaconsin m'a rejoint directement quai des Orfèvres où se tenaient les comparutions immédiates. Là-bas, je suis tombé sur une femme juge très méchante, très dure. Le juge d'instruction ne voulait rien entendre non plus :

« Monsieur Debout, vous rendez-vous compte que vous auriez pu tuer les policiers présents dans le fourgon ?

— Non, je n'aurais pas pu les tuer puisque j'avais les pieds sur le frein.

— Taisez-vous ! De toute façon, on va vous incarcérer. »

Maître Vaconsin a fait du mieux qu'il pouvait dans sa plaidoirie mais c'était perdu d'avance. Le taux d'alcool élevé jouait contre moi.

J'ai été condamné pour conduite en état d'ivresse, à un an de prison dont trois mois fermes, plus une mise à l'épreuve de trois ans comportant une obligation de soins et une interdiction de fréquenter des établissements de débit de boissons. En outre, j'ai payé une amende de 500 euros et mon permis m'a été retiré pour trente mois.

Quand ils m'ont annoncé ça au quai des Orfèvres, je peux vous dire que je ne rigolais pas. C'était une lourde punition.

Le soir même, je montais dans un car de prisonniers qui allait faire le tour des pénitenciers franciliens. Dans le fourgon, j'étais comme un singe dans une cage. Le chauffeur donnait de grands coups de frein, si bien qu'à chaque arrêt, je me cognais la tête. Il m'était impossible de me tenir à quoi que ce soit. J'ai cru mourir dans ce panier à salade. Après un premier dépose-minute à Fleury-Mérogis pour laisser un autre futur détenu, j'ai été emmené à la Santé, où une place m'attendait au deuxième étage, dans le quartier

VIP. Pendant qu'on me retirait ma montre, mes lacets, mes chaussures et toutes mes affaires, pendant qu'on photographiait mon visage sous toutes ses coutures, je me posais vainement une question : comment annoncer ça à Chantal ?

J'ai finalement demandé à Daniel Vaconsin de la prévenir en lui disant bien qu'il n'y avait rien de grave, que j'en avais vu d'autres dans ma vie, qu'elle ne s'en fasse pas, et que surtout, elle ne vienne pas au parloir. Je ne voulais pas qu'on la prenne pour une bête curieuse et je préférais assumer moi-même ma connerie. À part mon avocat, je ne voulais aucune visite.

À la Santé, ils ont aussitôt été corrects avec moi. Mes affaires ont été déposées dans un casier et j'ai reçu un tee-shirt. Toujours menotté, j'ai été emmené dans le bureau du responsable du quartier VIP.

« Mais je vous connais ! Vous êtes Jean-Jacques Debout.

— Oui…

— Mais que vous arrive-t-il, mon pauvre vieux ?

— Figurez-vous que j'ai rencontré des jeunes qui partaient manifester à Avignon. Cela m'a fait de la peine et j'ai commandé douze bouteilles de vin rosé pour les calmer. Et j'ai bu en même temps qu'eux… J'ai embouti un camion de police, et la policière qui conduisait m'a semble-t-il pris pour un poisson rare. Je suis devenu l'affaire de sa vie.

— Bon, évidemment, ce que vous avez fait n'est pas bien, mais vous n'avez pas besoin que je vous le dise. »

Le responsable du quartier VIP, très conciliant, consulte alors un grand cahier.

« J'ai une cellule très tranquille, au fond du couloir, qui vient de se libérer. Maurice Papon vient de partir.

— Ça me va, merci. Mon seul problème, c'est de penser que je vais poser ma tête sur le lit où Maurice Papon a posé la sienne. En sachant le nombre de pauvres gosses qu'il a envoyés dans les camps de la mort pendant la guerre, je n'en dormirai pas de la nuit.

— Si vous voulez, je peux aller vous chercher quelques cartons et vous les poserez sur le lit, ainsi vous ne toucherez pas les barres de fer du lit. En attendant, je vous présente le surveillant en chef. Pour prévenir les suicides, il a l'ordre de passer vous voir toutes les heures en allumant la lumière. »

Je me souviens de cette lumière blanche. Ma cellule était petite et sommaire, avec un lavabo sans glace. On m'a expliqué que certains prisonniers pouvaient briser le miroir et se trancher les veines, donc c'était interdit.

« Je suppose que votre femme vous apporte des vêtements. Bleu marine et noir interdits car c'est la tenue des gardiens. Le beige et le blanc sont conseillés. »

J'ai ainsi fait la commission à mon avocat Daniel Vaconsin pour Chantal, en insistant encore pour qu'elle ne vienne pas. Elle était prête à venir au parloir, mais j'ai toujours refusé.

La nuit tombée, j'installe mes bouts de carton et j'essaie de m'endormir, quand j'entends frapper à la porte. Un maton me dépose alors un bol avec une petite carte :

« C'est de la part d'Alfred Sirven. »

Alfred Sirven était un homme d'affaires condamné pour une gigantesque affaire de corruption. Alors qu'il était numéro deux d'Elf Aquitaine, il aurait détourné plus d'un milliard de francs. Roland Dumas – l'avocat de Mitterrand – avait été également accusé.

En ce qui me concerne, je connaissais un peu cet Alfred Sirven. En voici la raison : j'avais accompagné Alain Demachy, un grand décorateur et antiquaire, qui avait acheté le château de Denon, près de la centrale nucléaire de Chinon. Plus tard, il a revendu l'édifice à Alfred Sirven, et j'avais été convié le jour de la visite.

Voici ce qui était inscrit sur la petite carte qui m'était adressée de la part d'Alfred Sirven :

Cher Jean-Jacques Debout,

Je suis Alfred Sirven, votre voisin de cellule. Sachant que vous êtes incarcéré à côté de moi, je vous ai cuisiné une soupe chinoise, avec de la poudre et de l'eau chaude. Les oignons sont frais car je les fais pousser dans ma cellule. Ici, on fait avec les moyens du bord. J'espère que cette soupe vous remontera le moral. Nous nous verrons demain pour la promenade dans la cour à 15 heures.

La soupe m'a fait un bien fou. En échange, j'ai griffonné une réponse que j'ai fait passer au gardien. Je dois dire que celui-ci était très sympathique. Il était là pour me surveiller, pas pour me faire la morale ni pour me poser des problèmes.

Voici ma réponse :

Cher Alfred Sirven,

Merci beaucoup pour votre gentille pensée à mon égard et cette délicieuse soupe chinoise. Dorénavant, on ne pourra plus appeler cet endroit le quartier VIP, mais le Plaza atténué.

Mon trait d'esprit l'a fait beaucoup rire. Il a conservé ce mot dans son portefeuille jusqu'à sa mort. Il le montrait à tous ses amis.

Le lendemain, mon avocat m'a apporté des affaires de toilette préparées par Chantal. On avait le droit de prendre une douche vers cinq heures de l'après-midi. J'avais loué pour trois fois rien une petite télévision qui me permettait de suivre les actualités : la canicule, et aussi un fait divers terrible, puisque j'étais en prison quand l'actrice Marie Trintignant, que je connaissais bien pour avoir dîné avec elle et Guillaume Depardieu à la sortie du Théâtre de l'Atelier où ils jouaient tous les deux *Le retour* de Pinter, nous a soudain quittés.

Surtout, j'avais mes livres. J'avais commandé quelques romans à mon avocat. Je lisais, lisais…

Le soir, c'était très amusant. En face du quartier VIP, il y avait un autre bâtiment, bourré de prisonniers de toutes sortes. Vers cinq ou six heures, je les entendais crier : « Debout ! Montre-toi ! » Le maton me disait : « Surtout, ne vous montrez pas sinon on ne s'en sortira pas. » Bon, cela m'intriguait, donc je me montrais quand même. Et dès qu'ils me voyaient, les détenus chantaient en chœur et avec divers accents les succès que j'avais écrits pour Chantal.

« Bécassine ! C'est ma cousine ! »

« Ce matin ! Un lapin ! A tué un chasseur ! »

Dès que je passais devant la fenêtre, c'était un festival. Cela me faisait beaucoup rire. Alfred Sirven était hilare. Mais cela ne plaisait pas à tout le monde, car cela provoquait un très grand chahut. Les gardiens ne supportaient pas ces cris qu'ils entendaient à longueur d'année. Alors ils me demandaient d'éviter de me montrer à la fenêtre.

Je ne peux pas dire que j'étais maltraité. Le gardien m'avait à la bonne. Le matin, il me préparait mon thé avec du pain, du beurre.

Dans un sens, cela m'amusait d'être là.

En plus, ma cellule était au frais, avec des murs de quatre mètres par quatre. En pleine canicule et alors que j'entendais que des vieux mouraient partout, c'était précieux.

Surtout, j'avoue que je prenais beaucoup de plaisir à lire ou relire tous les ouvrages que je n'avais jamais le temps de lire en tournée. *À la recherche du temps perdu* de Marcel Proust ; *À l'Ouest rien de nouveau* d'Erich Maria Remarque ; *Voyage au bout de la nuit* de Louis-Ferdinand Céline ; *L'écume des jours* de Boris Vian. La bibliothèque de la Santé était très bien achalandée. Une demoiselle passait en cellule, on lui donnait le titre d'un ouvrage et elle nous l'apportait une heure après.

C'est simple, j'avais l'impression de n'avoir jamais été aussi bien de ma vie, ni jamais aussi tranquille que durant ces deux mois en prison.

J'avais aussi du temps pour écrire. J'aime beaucoup répondre au courrier, et comme tous mes amis m'écrivaient pour me demander ce que je fichais en prison, j'avais du pain sur la planche… Je leur envoyais tous les dessins que je griffonnais en cellule.

C'est ainsi que j'ai passé deux mois formidables.

Je dois bien reconnaître que cette expérience en prison m'amusait. Je ne regrettais pas mon geste.

Un matin, j'ai été convoqué par le responsable du quartier VIP.

« Monsieur Debout, en raison de votre bonne tenue et votre gentillesse, on ne peut pas faire autrement que de vous relâcher. Simplement, pendant quinze jours, vous porterez un bracelet électronique. Il faudra nous dire si vous préférez le porter au poignet ou à la cheville. Demain matin à sept heures, vous êtes dehors. »

Il s'agissait des tout premiers bracelets électroniques. On m'a avoué en me le posant que je faisais partie de la phase de tests. J'avais choisi d'être bagué comme un pigeon à la cheville. Mais à contrecœur, car je ne voulais pas partir.

Cela peut paraître absurde, mais le fait d'apprendre que j'étais libéré me fichait un grand coup de cafard. J'avais le bourdon. C'était tellement bien… J'ai tenté de l'exprimer au directeur :

« Je vous remercie mais ne pourrais-je pas rester une semaine de plus ? »

Et je prononce cette phrase comme un vacancier tente de prolonger son séjour à l'hôtel.

« Vous vous foutez de moi ?!

— Non. Depuis que je suis arrivé, je n'ai jamais été aussi bien de ma vie.

— Non mais vous plaisantez ! Personne ne m'a jamais dit ça. Je vous supplie de vous taire, je ne veux surtout pas que mes supérieurs entendent une chose pareille.

— Mais je suis en train d'achever *Voyage au bout de la nuit* de Louis-Ferdinand Céline. C'est un livre assez épais et cela m'embêterait de partir sans l'avoir fini.

— Zut à la fin ! C'est comme ça et pas autrement. Quoi qu'il en soit, nous avons besoin de votre cellule. N'êtes-vous pas un peu fou ?

— Je ne pense pas être fou, mais je me sens très bien ici. »

Alors que je retourne en cellule et qu'on m'envoie un psychiatre pour me faire passer des tests incompréhensibles, mon avocat est convoqué dans les bureaux de la Santé.

« Votre client est-il normal ? lui demande-t-on.

— Oui.

— Mais vous savez qu'il veut rester ici parce qu'il a le temps de lire, écrire et dessiner ? Je n'ai jamais vu ça. Normalement, tous les détenus envoient des demandes pour être libérés. On ne peut pas le garder ainsi indéfiniment. »

Maître Vaconsin me rejoint dans la cellule.

« Jean-Jacques, il faut te préparer, tu t'en vas. Je sais que tu as demandé à rester mais ils te prennent pour un fou. Si tu continues, ils vont t'envoyer juste à côté à Sainte-Anne, chez les dingues. Je t'ai arrangé le coup mais il faut te ressaisir. Tu es libre ! »

J'ai donc quitté la Santé triste et à regret. Cela me faisait même de la peine de quitter Alfred Sirven avec qui j'avais vraiment sympathisé.

Une fois dehors, c'est mon ami Robert Ménard qui est venu me chercher en voiture et m'a conduit au restaurant *Rue Balzac*, propriété de Johnny Hallyday, lequel avait tout organisé. Ils voulaient me changer les idées. On a déjeuné là-bas jusqu'à cinq heures de l'après-midi.

Je leur ai fait le récit de mes deux mois fantastiques à la Santé. Johnny riait comme un fou et me bombardait de questions.

« Si tu veux, je les appelle et tu y retournes !

— Et pourquoi pas ? réponds-je en souriant.

— Sacré Jean-Jacques… Il n'y a que toi pour raconter de telles histoires… N'importe qui ferait des pieds et des mains pour sortir au plus vite de la Santé. Déjà, le simple fait d'être bouclé en prison, tu as dû mettre le paquet !

— Oh, c'est un concours de circonstances…

— Et en plus tu voulais y rester !

— Tu sais, avec la canicule et les gens qui mouraient partout. Moi j'étais au frais sans avoir besoin d'un ventilateur. J'adore dessiner, écrire, lire et répondre à mon courrier. Je ne pouvais pas me sentir mieux. »

Et le Johnny qui riait, riait…

Durant mon incarcération, Johnny m'envoyait un mot tous les trois jours. Il me rappelait toutes les conneries qu'on avait faites ensemble. Il signait les mots du nom d'une fille qu'on avait connue à Nice. Elle s'appelait Michelle Manguin. À l'époque, un article dans un journal prétendait que « la belle Michelle Manguin allait se fiancer avec Johnny Hallyday, l'idole des jeunes ». Il savait que cela me faisait rire, car parfois il m'arrivait dans une conversation sérieuse de lui lancer : « Au fait, Johnny, as-tu des nouvelles de la belle Michelle Manguin ? Te rends-tu compte que tu l'as abandonnée à Nice ? Dans quel état elle doit être… » Il me répondait : « Oh, mais où vas-tu chercher tout ça ? »

Plus sérieusement, Johnny a vraiment été très gentil durant cet épisode de prison, car c'était à l'époque où l'on se voyait très peu. Il n'était pas obligé de faire tout ça. Mais son bon cœur et sa fidélité en amitié ont parlé, une fois encore. Il avait tout préparé pour ma sortie, réservant le *Balzac* tout entier. Sentimentalement, cela m'avait beaucoup ému. Il est le seul de mes amis à avoir pensé à ça. Le restaurant *Rue Balzac* était tenu par le restaurateur Claude Bouillon, lequel était d'ailleurs un ami d'enfance de Chantal. Ils s'étaient connus à l'âge de quinze ans sur la plage de Saint-Jean-de-Monts, où elle avait gagné le concours de la plus jolie fille de la plage.

À propos de Chantal, savez-vous ce qu'elle a dit en apprenant mon incarcération ? À l'époque, elle était en tournée. Et tout à coup, quelqu'un lui apporte un exemplaire de *France-Dimanche* avec la pire photo de moi qu'on puisse trouver (je ressemblais à un vieux pirate qui sort de la brume au moment où on ne l'attend pas), et une photo d'elle épouvantable – on avait l'impression qu'elle pleurait. *France-Dimanche* titrait : « Jean-Jacques Debout en prison à cause d'un accident de voiture avec la police. » Ils en rajoutaient comme toujours, inventant que j'avais manqué de tuer quatre policiers, alors qu'en réalité, j'avais juste enfoncé le pare-chocs arrière d'un panier à salade.

La réaction de Chantal, donc : « Quand Jean-Jacques sort à Paris avec ses copains, je ne sais jamais où il est.

Pour une fois, je sais où il se trouve et où il va dormir. Je suis donc rassurée de savoir qu'il est à la Santé entre de bonnes mains. Je suis donc plutôt contente. J'aimerais aller le voir avec Clarisse et Jean-Paul mais il refuse toute visite. Même son avocat, il se plaint de le voir trop souvent, ça le dérange. Tel que je le connais, il va rapidement se faire des copains et ça va très bien se passer. »

Chantal me connaît parfaitement.

Finalement, tout le monde riait de cette histoire.

Quand Alfred Sirven est mort d'un malaise cardiaque à Caen en 2005, on a retrouvé dans son portefeuille mon petit mot évoquant le « Plaza atténué ».

Je vais être franc avec vous : la prison m'a longtemps manqué. À plusieurs reprises, si l'on m'avait dit « Tiens, Jean-Jacques, on t'a récupéré ta cellule, tu vas y repasser dix jours », je pense que j'aurais préparé mes affaires pour y retourner.

Je repense souvent à mon séjour derrière les barreaux. Dès que j'entends qu'un prisonnier est incarcéré à la Santé, je revois tous les arcanes de la prison, qui n'a aucun mystère pour moi. Je la connais de fond en comble, puisque je suis passé dans à peu près tous les services.

Je reviens sur la réaction de Chantal, ma femme. Il est certain que je n'ai pas toujours été un saint. Quand elle était en tournée, elle ne savait jamais où me joindre. Et même quand elle était à la maison, c'était pareil.

J'ai eu pendant très longtemps une vie décousue. J'allais au *Rock'n'roll Circus* pour retrouver Johnny. Celui-ci m'entraînait aux Halles pour aller déguster une soupe à l'oignon. Après la soupe, il connaissait encore une boîte où un after était donné. Alors là, j'appelais Chantal en lui disant : « Ne t'inquiète pas, tout va bien. » Mais elle, la pauvre, se disait : « Jean-Jacques est complètement fou. Un jour, on va m'annoncer que mon mari est mort et je ne pourrai rien y faire. » Ensuite, je rentrais à la maison et deux jours plus tard c'était reparti. Je sortais avec Serge Gainsbourg, il m'entraînait dans une tournée des boîtes. *New Jimmy's*, *Rock'n'roll Circus*, *Élysée-Matignon*… On terminait la nuit en mangeant au *Pied de cochon* aux Halles avec Gérard Depardieu. Et à six heures du soir (vingt-quatre heures après le début de la soirée, donc), on était toujours en train de picoler et de manger des moules et des langoustines. On allait aussi dans les clubs de jazz écouter de la musique. Au *Club Saint-Germain* ou au *New Morning*, je retrouvais mon vieux copain Claude Nougaro avec lequel j'avais fait deux tournées dans ma vie. On retrouvait nos amis jazzmen. On aimait cette musique plus que tout. Et puis c'était de nouveau l'heure de dîner et on allait à la *Maison de l'Alsace* pour manger une choucroute. À une époque, une soirée de fête pouvait durer quarante-huit heures, voire soixante-douze heures. Alors forcément, ça ne plaisait pas à Chantal, ce que je peux comprendre. Serge Gainsbourg, lui, s'en foutait car c'était toute sa vie. Encore que, Jane Birkin n'aimait pas trop ça, c'est un peu pour cette raison qu'elle l'a quitté. Je me souviens d'une aventure où Serge dévoilait déjà ses talents de provocateur. Nous venions de chanter ensemble dans le programme du cabaret le *Collège Inn*, dirigé à l'époque par l'artiste Cora Vaucaire. Le spectacle terminé, Serge me propose alors de m'emmener dîner à *La Coupole*, là où se retrouvaient beaucoup d'artistes de Montparnasse. À peine assis à la table que nous avions choisie, Serge a remarqué qu'en face de nous dînait le peintre Foujita. Serge, qui aimait sa peinture, était subjugué de le voir si près de lui. Et sur la nappe en papier qui recouvrait notre table, sortant son stylo de sa poche, il s'est mis en quelques traits à esquisser le portrait du peintre. Ce dernier, s'en rendant compte, s'est levé et lui a demandé la permission de regarder son portrait par ce jeune Gainsbourg qu'il ne connaissait pas encore. Foujita était émerveillé et cet homme, bienveillant et timide, lui a dit qu'il n'avait encore jamais vu un portrait de lui aussi intéressant. Serge, roulant la nappe entre ses doigts, lui a offert son œuvre, qui je dois le dire, était saisissante. Foujita le remercia chaleureusement et lui proposa à son tour d'exécuter son portrait afin de lui offrir en souvenir de cette soirée surréaliste. Après un moment, Foujita lui apporta le dessin qu'il avait fait de lui. Serge n'en revenait pas et remercia le maître pour ce somptueux cadeau qu'il n'attendait pas. À la fin du dîner, Serge m'a dit : « On va fêter ça au bar. » Il avait commandé une vodka peppermint et pour moi un JB Coca. Lorsque tout à coup, la barmaid qui venait de nous servir et qui était très jolie, s'est adressée à lui en lui demandant à regarder le dessin. Serge lui a demandé si elle voulait venir, une fois son travail terminé, dans une boîte de nuit, près du restaurant *Dominique* à Montparnasse. Celle-ci lui répondit que non, elle ne pouvait pas, car son petit ami venait la chercher. Serge lui rétorqua que si elle n'acceptait pas, il allait se suicider et se trancher la gorge à cause d'elle. C'est alors qu'il sortit de la poche de sa veste une lame de rasoir qu'il promenait sur son cou en se coupant légèrement. Ce qui faisait couler quelques gouttes de sang sur le col de sa chemise blanche. Gainsbourg répétait que puisqu'elle avait refusé son invitation, il avait décidé d'en finir. C'est alors que la jeune fille tomba à la renverse derrière son bar. Elle était tombée dans les pommes, comme on dit, ne le connaissant pas, traumatisée à la vue du sang. M. Frolafon, le patron de *La Coupole*, a accouru derrière le bar, afin de ramasser la pauvre fille, puis très embarrassé, a fini par appeler le SAMU. Deux infirmiers sont arrivés et ont emmené sur un brancard la jeune fille, encore traumatisée par la scène. J'ai donc proposé à Serge de l'accompagner dans l'ambulance jusqu'à l'hôpital Necker, qui se trouvait pas très loin du restaurant. À l'hôpital, le médecin de service l'a prise en charge et au bout de quelques minutes, la jeune fille a repris connaissance, me demandant ce qu'il s'était passé. Je lui ai expliqué qu'elle était tombée sous les menaces d'un provocateur né, mais qui n'était pas méchant et qui bien sûr plaisantait. Là-dessus, les deux infirmiers l'ont raccompagnée chez elle. Serge m'avait demandé avant de partir de passer le voir au café d'en face, le *Select*, pour lui donner des nouvelles, car visiblement il était très angoissé par le sort de la jeune fille. Je l'y ai donc rejoint, où il continuait de commander des vodkas menthe, en en offrant à trois de ses voisins qui avaient l'air d'être bien éméchés lorsque je lui ai annoncé que tout était rentré dans l'ordre et que la jeune fille avait été raccompagnée. Serge avait rencontré une baba cool de Montparnasse qu'il avait l'air de connaître et à qui il racontait son épopée. Et moi j'en ai profité pour prendre un taxi et rentrer à Saint-Mandé.

Beaucoup d'artistes vivaient ainsi. Jusqu'au jour où brusquement, on n'a plus envie de ça. Bizarrement, après la prison, je me suis tenu à carreau et j'ai cessé de sortir le soir.

Mes principaux copains de galère étaient Johnny, Serge Gainsbourg et Jacques Villeret.

Chantal détestait cette vie dissolue car elle comprenait que je foutais ma santé en l'air. Elle n'a jamais aimé sortir et détestait les boîtes de nuit. Elle m'a toujours dit : « Parole de nuit ne voit jamais le jour. »

Finalement, ces deux mois à la Santé m'ont rendu à la santé. Cela a été très bénéfique pour moi. Cela m'a permis d'y voir clair et de comprendre qu'il faut bien savoir rentrer chez soi à une certaine heure. Il est évident que si je n'avais pas traîné au bar avec les jeunes intermittents, rien de tout cela ne me serait arrivé.

Moi, ce qui m'a le plus embêté, c'est d'avoir perdu mon permis de conduire.

Le mois qui a suivi ma sortie, je devais être rentré chez moi tous les soirs à six heures, sinon ils envoyaient une voiture de police. Alors, j'ai gardé cette habitude.

Chapitre 10

UN ÉCHEC BÉNÉFIQUE

Le bon temps que j'ai passé en prison pourra en faire sourire certains, mais je ne cherche pas à faire le beau ni le prétentieux, c'est simplement la vérité. J'ai vraiment vécu une vie de prisonnier. Mais au lieu de prendre ça mal, je l'ai bien pris. J'ai su transformer ma punition en bon moment. Quand une situation se présente devant vous, vous avez plusieurs choix : subir les événements et sombrer devant les imprévus et les difficultés, ou tirer le positif quoi qu'il arrive. C'est une question de philosophie. Tout au long de ma vie, j'ai cherché à tirer le meilleur de chaque situation. Plutôt que de me morfondre en prison, j'ai profité de ce temps pour faire des activités qui me passionnaient et que je n'avais pas le temps de faire. C'est le choix que j'ai fait.

Dans mon métier, c'est pareil. Beaucoup de mes chansons sont devenues des tubes, mais certaines ont fait des bides. Toutefois, je ne renie rien car j'ai toujours appris.

Ce fut le cas en 1971 après l'échec de *Double W* au théâtre du Châtelet. Laissez-moi vous raconter cette histoire.

En 1970, j'ai composé les chansons de la revue de Zizi Jeanmaire au Casino de Paris, mise en scène par son mari Roland Petit. Les décors et les costumes étaient signés Yves Saint Laurent et cela a été un immense succès. La revue est restée deux ans et demi à l'affiche, ce qui n'était jamais arrivé depuis Mistinguette.

L'année suivante, la directrice du Châtelet, Mme Lamy, m'a fait une proposition pour sauver son théâtre, en grande difficulté financière. Luis Mariano était très malade alors qu'il devait jouer le premier rôle du spectacle *La caravelle d'or*. Étrangement, il devait y jouer le rôle de Goya, le peintre. Luis Mariano remplissait le théâtre du Châtelet depuis des années avec ses opérettes. *Le chanteur de Mexico*… J'allais le voir quand j'étais gosse. Du jour au lendemain, le Châtelet n'avait plus personne à l'affiche. Sauver le Châtelet, c'est comme prendre les commandes du *Titanic*… Mme Lamy avait aimé mon travail au Casino de Paris. Elle m'a ainsi convoqué dans son bureau avec Michel Roux, un homonyme du comédien qui tenait *La Mandigote*, un restaurant branché du quartier. J'avais besoin d'un producteur délégué car je ne pouvais pas abattre seul tout le boulot. Il était très efficace et très gentil.

Quelque temps auparavant, j'avais rencontré à l'Olympia un jeune prodige américain. C'était dans les habitudes de Bruno Coquatrix. Quand un artiste commençait à bien marcher dans son pays, il le proposait à l'affiche du boulevard des Capucines pendant une quinzaine de jours. Dans le cas présent, je veux parler de Stevie Wonder. Comme j'étais ami avec Bruno Coquatrix, mais aussi avec son neveu Jean-Michel Boris et avec Jean-Marie Périer, le photographe vedette de *Salut les copains*, j'ai pu découvrir le phénomène : un gamin aveugle de treize ans qui jouait de l'harmonica et qui surfait sur son premier succès, *Fingertips*. La première fois que je vois ce Little Stevie Wonder, je reçois un choc en pleine figure. Rythmiquement, il était à l'avant-garde de l'avant-garde. Plusieurs choses m'avaient impressionné : la beauté de sa voix alors qu'il avait à peine treize ans et les sublimes harmonies de ses chansons. En outre, en dehors de son côté rock, c'était un mélodiste hors pair. J'ai toujours eu de l'admiration pour les auteurs-compositeurs. Les créateurs. Stevie Wonder avait un agent qui parlait plutôt bien français. Après ses galas, j'allais le voir dans les coulisses et on buvait un verre chez Mimi, à l'arrière de l'Olympia. L'agent adorait la bière, quand le jeune Stevie Wonder ne buvait que du Coca-Cola. À treize ans, il était déjà une grosse vedette qui électrisait la foule. C'était un phénomène.

Je reviens à mon spectacle musical, *Double W*, pour lequel j'avais décidé de proposer à l'affiche des jeunes talents du monde entier. J'avais des chanteurs à Paris, mais il me fallait des chanteurs canadiens de Montréal, et je devais trouver des artistes américains à New York.

À New York, je connaissais bien James Rado, le chorégraphe de *Hair* qui avait fait un tabac, ainsi que Bertrand Castelli, le producteur français de la comédie musicale. Je leur avais demandé de l'aide, indiquant que j'allais venir à New York pour dénicher de jeunes talents. Ils avaient beaucoup de noms à me proposer car face au succès de *Hair*, ils avaient plus d'acteurs que de rôles, afin de permettre aux artistes de se reposer en cas de besoin. Ils étaient presque tous interchangeables. Le problème, c'est que je n'avais pas de salle à New York pour les auditions. On devait monter *Double W* avec très peu d'argent. C'estalors que l'agent de Stevie Wonder m'a trouvé une solution. Son poulain étant l'une des deux grosses vedettes de l'Apollo Theatre avec James Brown, il lui suffisait de demander la salle pour quelques heures. La scène de l'Apollo était comme un ring de boxe.

J'ai remarqué un fait : quand un Américain vous aime bien, il est capable de tout. Il peut vous ouvrir n'importe quelle porte en quelques heures. En France, il faut enfoncer une quinzaine de portes avant de trouver la bonne. Les Américains vont droit au but. Ce sont des gens très organisés, mais ils laissent toujours une petite place pour le hasard, se disant « on ne sait jamais ». En France, les producteurs ne font jamais confiance au hasard. Ils ne comptent que sur les chiffres inscrits sur un tableau. De temps en temps, certains prennent des risques et gagnent. Ceux qui ne prennent pas le moindre risque ne gagnent jamais. Tant pis pour eux...

Le matin de l'audition à New York, James Rado s'est occupé de faire danser les candidats et nous avons choisi trois Américains. Comme on répétait dans la salle de ses galas, James Brown était venu nous rendre visite. Il était d'une gentillesse et d'une délicatesse dont vous n'avez pas idée. Une fois les auditions terminées, il nous a emmenés au *Sardi's*, un restaurant un peu privé de Broadway, où il faut être introduit pour avoir une table. Pour James Brown, c'était une cantine.

L'histoire de *Double W* était la suivante : un cercle d'artistes se retrouvait sur une planète complètement déserte. Un cosmonaute l'avait baptisée la planète Double W. Les répétitions ont commencé, avec un très bon chef d'orchestre : Tony Rallo. C'est lui qui plus tard dirigerait toutes les productions disco de Dalida. Malheureusement, une personne a posé problème. Un metteur en scène avait été parachuté par Francis Lopez, l'auteur des opérettes de Luis Mariano. Ce metteur en scène canadien s'appelait François Dussollier, rien à voir avec l'acteur. Il était très gentil mais nous n'étions jamais d'accord. Ce n'est pas que je ne m'entendais pas avec lui mais je ne comprenais rien à ce qu'il voulait faire. Nos idées n'allaient jamais dans le même sens. Personne n'aurait idée de mettre deux conducteurs au volant d'une même voiture. Ils iraient aussitôt dans le décor.

Double W a malgré tout rencontré un joli petit succès lors des dix premiers jours. Claude Pompidou, l'épouse du président de la République en activité, était dans la salle lors de la première représentation. Mon ami Francis Lai était venu pour me donner du courage. Toute la presse a assassiné le spectacle. J'avais monté cette comédie musicale pour sauver le Châtelet, mais je n'avais pas à rougir de ce que j'avais fait. Je le faisais aussi pour mon plaisir d'artiste.

Hélas, cela s'est terminé en échec épouvantable. J'avais toute la presse contre moi et la salle était clairsemée. Il ne devait pas y avoir plus de trois cents ou quatre cents personnes. Cela a un peu aidé le Châtelet mais cela n'a rien sauvé du tout. Moi, j'ai pris un gros coup au moral.

Mais comme je l'expliquais en introduction de ce chapitre, j'en ai tiré des bénéfices dans mon travail. Cela m'a permis de me rapprocher de l'agent de Stevie Wonder, et donc par la même occasion de cet artiste incroyable que j'ai revu à New York. Quelques années après *Double W*, Stevie Wonder m'a invité à assister à une séance d'enregistrement aux États-Unis. J'avais ainsi découvert une nouvelle façon d'enregistrer un disque, en jouant la rythmique avant la mélodie. En France, on ne fonctionnait pas ainsi. Ce jour-là, il enregistrait *Tu es le soleil de ma vie*. Cela m'a montré une autre façon de voir la musique : comment préparer une rythmique de guitare sans faire intervenir aussitôt les cuivres et les violons. En France, à l'époque, on convoquait tout l'orchestre le même jour et on enregistrait tout simultanément. C'est pour cela que parfois, les cuivres couvrent les cordes, ou que les rythmiques sont sourdes. Pour bien faire les choses, il ne faut surtout pas procéder ainsi. Sauf, évidemment, dans le cadre d'un enregistrement public, à la salle Pleyel par exemple. La façon de faire des Français n'était pas la bonne. Il faut faire instrument par instrument. Je revois encore Stevie Wonder dans le studio. C'était un maître. Et il l'est toujours ! Quand on pense que c'est un gosse qui s'est fait tout seul. Il est d'une telle précision. C'était un bonheur de le voir enregistrer.

Dans la vie, Stevie Wonder est un amour. Après l'enregistrement, nous sommes allés au théâtre à Broadway. Il voulait assister à *Peter Pan*. Il se trouve que l'assistant du metteur en scène était un Français que je connaissais, alors j'avais invité Stevie avec sa femme et ses enfants. Évidemment, le pauvre était aveugle, mais sa femme lui expliquait toutes les scènes à l'oreille. Je me souviens qu'il bougeait la tête, et que dès que la musique se rythmait, il remuait dans tous les sens ! Autour de nous, les spectateurs n'avaient pas tous reconnu Stevie Wonder, même s'il avait ses fameuses nattes. Les gens d'un certain âge se demandaient qui était ce personnage qui sautait de tous les côtés et qui les empêchait de profiter de *Peter Pan*. Son côté expansif me faisait rire. N'importe où, dès qu'il écoutait de la musique, il tapait sur ses cuisses. Stevie Wonder est un génie.

Tout ça, c'est grâce à *Double W*. Voilà pourquoi je me souviens de cette aventure comme d'un échec bénéfique. Cela ne s'est pas bien passé au Châtelet, mais j'ai beaucoup appris dans mon métier de compositeur de chansons, de metteur en scène pour les émissions des Carpentier, pour mon travail pour Sylvie et Johnny, etc.

Pour les critiques et le théâtre, *Double W* a été un échec. Mais dans mon cœur, je ne garde pas du tout cela comme un échec. Cela m'a permis de rencontrer un génie. Le reste, tant pis. De toute façon, j'avais fait le maximum. Avec ce Canadien qui n'en faisait qu'à sa tête, je savais qu'on allait dans le mur. Dès que je mettais en place quelque chose, il revenait derrière mon dos pour tout défaire et le remplacer par une idée à lui. La vie m'a appris qu'on ne peut pas être deux chefs côte à côte. Parfois, des gamins s'amusent à conduire à deux. C'est le cas à la campagne, notamment. À Saint-Aignan-sur-Cher, je me souviens de paysans qui avaient une vieille Renault, dont l'avant ressemblait à un bateau. Comme il vivait dans une grande propriété, le grand-père se moquait que son petit-fils la conduise. C'était un copain à moi. Parfois, je le rejoignais. Et pendant qu'il la conduisait, il me disait : « Tu veux le volant ? » Il appuyait sur les pédales et moi je tenais le volant. Un jour, on est tombés dans une mare, je ne vous dis pas… On a manqué de se noyer.

Désormais, quand Stevie Wonder vient à Paris, il me passe toujours un coup de fil. Alors, de quoi pourrais-je me plaindre ?

Chapitre 11

RENCONTRES FORTUITES AVEC LA TERRE ENTIÈRE

On ne sait jamais à l'avance quand on va rencontrer un génie. Ce chapitre raconte l'histoire de rencontres improbables. Aucune de ces rencontres n'a été préméditée ou préparée. C'est ce que j'aime dans la vie. Les choses qui se font naturellement et facilement. Il faut travailler quand on écrit une chanson, quand on l'enregistre, etc. Le reste, c'est fortuit. Mes plus belles rencontres n'ont jamais été précipitées par un type au bras long ou par une chasseuse de têtes. Tout s'est fait par le plus grand des hasards. Parfois, la chance vous fait rencontrer des gens qui vont beaucoup compter dans votre vie, votre travail, pour votre inspiration. Et la malchance entraîne aussi des rencontres néfastes avec des gens qu'on aurait mieux fait de ne pas croiser. Au début, on est crédule comme un enfant. Les enfants ne peuvent jamais savoir à qui ils ont affaire. Moi, je suis naïf et je ne me méfie de personne. Il m'est donc arrivé de rencontrer des gens qui m'ont joué des sales tours. Cependant, j'ai toujours pensé que le pire des sales tours pouvait se transformer en un bon tour, à partir du moment où l'on s'en rend compte à temps et que l'on stoppe la relation avant de faire couler la barque. C'est comme avec les femmes. C'est triste à dire, mais il existe des femmes qu'un homme ne devrait jamais rencontrer. Et malgré eux, c'est celles-là qu'ils souhaitent revoir et cela se termine en queue de poisson, voire en catastrophe. À l'inverse, je trouve que les plus belles rencontres sont celles qui n'ont l'air de rien, où rien n'est écrit à l'avance. Parfois, des grandes passions naissent d'une soirée où vous n'aviez pas le projet de rencontrer l'amour.

Je n'ai pas peur d'écrire que j'ai eu « du bol ». J'ai rencontré des gens extraordinaires. À notre époque, je ne sais pas si on peut rencontrer ce type de personnes.

Quand je prenais des cours chez Mireille au Petit Conservatoire, j'apportais ses courses à Jean Cocteau. Il avait fait un infarctus et craignait de sortir quand il faisait froid. Avec son angine de poitrine, il risquait la mort. Moi, j'avais seize ans et j'étais émerveillé de rencontrer ce grand poète. Il habitait juste en dessous de chez Mireille, dans le jardin du Palais-Royal.

À la fin d'un cours, Mireille avait demandé :

« Y a-t-il un élève qui accepterait de faire les courses pour Jean Cocteau ? »

J'aimais tellement ce qu'il écrivait que j'ai aussitôt levé la main. On ne rencontre pas un homme comme lui deux fois dans sa vie.

Ainsi, Cocteau téléphonait chez Corcelet pour passer commande pour son dîner et je sonnais à sa porte. Son appartement était tout petit. Il vivait dans un entresol. Ainsi, nous avons sympathisé et j'ai passé des moments merveilleux à échanger avec ce grand poète.

J'aimerais à présent vous raconter un dîner hors du commun que j'ai passé avec Charlie Chaplin, au *Grand Véfour*, dans les jardins du Palais-Royal. C'était le restaurant de Raymond Oliver, le premier chef à avoir proposé de la cuisine à la télévision. J'y avais invité Chantal pour notre premier anniversaire, en 1964. Charlie Chaplin était là, dans sa petite voiture. Et le hasard a conduit les serveurs à nous placer à côté de lui. Sa femme – Oona Chaplin – lui avait commandé des huîtres. À moitié paralysé, il ne pouvait pas manger seul. Sa femme, elle, ne savait pas comment s'y prendre pour lui préparer ses huîtres. Le garçon lui avait promis de revenir les ouvrir, mais débordé, il ne venait pas. Pour ne pas les faire attendre, j'ai interpellé Mme Chaplin en lui expliquant que j'avais passé beaucoup de temps à l'île de Ré, un pays d'huîtres, et que je savais m'en occuper. J'ai donc ouvert les huîtres de Charlie Chaplin ! Et sa femme les lui mettait dans la bouche au fur et à mesure. Il me regardait en me souriant, me disant merci avec ses yeux. Je ne l'ai jamais revu. Mais quel souvenir !

Au *Grand Véfour*, je voyais souvent l'écrivain Joseph Kessel. On s'est liés d'amitié et il m'a fait cadeau de son insigne militaire de la Royal Air Force. Beaucoup de gens l'ignorent, mais Kessel était pilote d'un avion lors du débarquement de Normandie ! Il était chargé de guider les Américains pour leur montrer les endroits où les Allemands cachaient les munitions. C'était un indic'. Un héros. Joseph Kessel était un grand pilote et un écrivain fantastique. « Tu porteras mon insigne en pensant à moi », m'a-t-il dit vers la fin de sa vie, sentant qu'il n'en avait plus pour très longtemps. Je me suis fait tailler un blouson d'aviateur pour y coudre l'insigne. Évidemment, je l'ai toujours conservé. J'avais rencontré Joseph à la brasserie le *Sans-Souci*. Sirotant ses vodkas, il n'en finissait pas d'observer et d'écrire tout ce qu'il voyait, quand je buvais mes premiers Coca-Cola, vers l'âge de seize ans. Je l'aimais beaucoup et je lui parlais dès que j'en avais l'occasion.

J'ai chanté pendant huit ans en première partie de Marlene Dietrich. Au départ, c'est Bruno Coquatrix qui m'avait engagé pour l'Olympia. Au fil du temps, je m'occupais aussi de l'orchestre et de ses éclairages. J'étais devenu très copain avec elle. On était inséparables. Cette grande dame m'a tout appris ! Si j'ai été capable de faire de la mise en scène, d'imaginer des éclairages, c'est grâce à Marlene. Elle ne donnait pas spécialement de conseils, mais je la regardais faire. Marlene était l'inverse d'une donneuse de leçons, mais il suffisait de l'observer pour comprendre. En revanche, si elle vous donnait un conseil, il fallait le suivre car elle ne se trompait jamais. Marlene Dietrich était un monstre d'intelligence. Elle était très attachante, avec beaucoup d'humour. Face au public, elle était formidable. Elle chantait en français et en anglais avec un accent allemand : quel mélange savoureux ! Avec son visage magnifique – on l'appelait l'Ange bleu –, elle avait un plus par rapport à ses concurrentes. D'une beauté divine, Marlene Dietrich était une punition vivante pour les autres femmes. Elle savait jouer de son physique pour séduire les hommes qui lui plaisaient, mais elle n'était pas une coureuse. Généralement, elle aimait des hommes très intelligents : Ernest Hemingway, Jack Warner des Warner Bros, John Fitzgerald Kennedy… D'ailleurs, à propos de Kennedy, elle m'avait dit : « J'ai flirté à la fois avec le père et avec le fils ! » Marlene me disait aussi : « À de rares exceptions près, tous les hommes que j'ai aimés dans ma vie sont restés mes amants ». Marlene avait aussi connu une brève histoire d'amour impossible avec Jean Gabin. Quelque temps après leur rupture, et alors qu'il ne voulait plus lui parler, elle m'avait chargé d'une mission : remettre une lettre de sa part à Gabin. Un peu impressionné par mon face-à-face avec ce monument du cinéma, je me suis exécuté. C'était pendant le tournage de *Rue des prairies*, de Gilles Grangier avec Claude Brasseur, Marie-José Nat et Roger Dumas, qui était devenu son mari.

« Monsieur Gabin, pardonnez-moi de vous déranger. Voici une lettre pour vous que m'a remise mon amie Marlene Dietrich. »

Sans me répondre et sans dire un seul mot, Jean Gabin s'est saisi de l'enveloppe, a sorti un briquet et a brûlé la lettre, sans même y jeter un œil.

J'étais bien embarqué… Que dire à Marlene ?

Dès le lendemain, elle m'interrogeait sur mon échange avec son ancien amant.

« Alors, avez-vous remis la lettre à Jean Gabin ?

— Oui, oui, comme je vous l'avais promis.

— Et qu'est-ce qu'il a dit ?

— Il était en plein tournage, donc il ne l'a pas ouverte devant moi. »

Je n'ai jamais osé lui avouer que Gabin avait brûlé sa lettre sans la lire. Il faut dire que c'était une réaction d'une grande froideur et d'une grande violence.

Marlene Dietrich était une très grande dame, qui s'était engagée contre le nazisme lors de la Seconde Guerre mondiale. C'est pour ça qu'elle avait été naturalisée américaine.

J'avais également beaucoup d'admiration pour Françoise Dorléac, la sœur de Catherine Deneuve. Dès que je l'ai rencontrée, son charme ne m'a pas laissé indifférent. J'avais compris qu'elle avait tout d'une grande. Hélas, elle a eu un accident en allant rejoindre son amant qui l'attendait à Orly. Ayant pris du retard au départ de Saint-Tropez et ne voulant pas louper son avion, elle a tellement accéléré que la voiture a fait plusieurs tonneaux et a fini par s'arrêter dans un fossé. Un paysan s'est approché de la voiture qui malheureusement commençait à brûler. Il n'a pas pu approcher davantage, la voiture était au bord d'exploser. Il a vu cette pauvre Françoise qui essayait d'ouvrir la porte, mais malheureusement elle resta bloquée. Le drame vous le connaissez. Et le cinéma français venait de perdre là une de ses futures grandes stars, jamais égalée. Françoise était vraiment sublime. Sa splendeur rendait jalouses toutes les autres femmes, et rendait fous les hommes. J'ai tourné une scène avec elle dans le film *La Gamberge*, réalisé par Norbert Carbonnaux, en 1962. J'interprétais le rôle d'un cow-boy.

J'ai toujours connu Catherine Deneuve, qui m'emmenait dîner dans la maison de Chardon-Lagache où habitait Michel Legrand, qui le soir jouait du piano ainsi que toutes les compositions qu'il venait d'écrire dans l'après-midi. Alors on fermait notre gueule et on l'écoutait ! Et je dois dire que c'était très beau. Visiblement, Michel était fasciné par Catherine, et le concert durait jusqu'au moment où, à une heure avancée de la nuit, sa femme Christine venait lui dire dans le salon qu'il était temps d'aller se coucher.

L'une de mes grandes rencontres professionnelles, c'est évidemment avec les Carpentier, pour qui j'ai travaillé pendant une dizaine d'années. J'avais connu Maritie à l'époque où elle était productrice à Radio Luxembourg. La radio ne s'appelait pas encore RTL. Quelques années plus tard, elle me téléphone pour m'annoncer que Pierre Sabbagh lui a confié une émission pour la deuxième chaîne. Ce sont les années « Buttes-Chaumont », où les studios 17 et 18 venaient de se monter.

Maritie m'avait reçu à son domicile. Je me souviens de l'incroyable duplex qu'elle habitait avec son mari, rue Guynemer. Gilbert Carpentier était apparenté aux frères Pathé (vous vous rendez compte !) et avait hérité de leurs studios. Maritie et Gilbert avaient un duplex au dernier étage où ils recevaient les artistes, créateurs, décorateurs, danseurs… Et c'est ainsi que sont nés les premiers *Numéro Un*.

Pendant onze ans, j'ai écrit pour tous les artistes qui étaient invités dans leurs émissions. J'avais carte blanche. J'imaginais un scénario, une mise en scène et des danses qui allaient avec les chansons que je composais. Cela apportait un côté féérique à ces émissions. Du reste, c'est cette magie qui a fait le succès des Carpentier, et qui manque aux programmes de variétés modernes. Les gens le regrettent. Ça n'existe plus. C'était une très belle période. Cela donnait du travail à tout le monde dans le milieu, car tout était créé spécialement pour l'émission du samedi soir. Aujourd'hui, on voit un présentateur qui reçoit deux invités et c'est tout. Excusez-moi de dire que l'on ne voit pas beaucoup de création. C'est un défilé des chanteurs actuels, parmi lesquels on trouve à boire et à manger. Il y en a quand même des bons... J'aime beaucoup la voix de Zaz, une chanteuse pour qui cela me plairait de composer.

Les Carpentier aimaient travailler avec des créateurs, comme Jean Yanne.

J'ai rencontré beaucoup de beau monde à la télévision. Quand je travaillais pour Maritie et Gilbert Carpentier, je passais ma vie avec toutes les plus grandes stars françaises.

Je garde en mémoire une autre émission qui s'appelait *Superboum*, consacrée aux vedettes de variétés. Je chantais en première partie. C'était souvent au théâtre de l'Étoile. J'y côtoyais tous les grands : Léo Ferré, Juliette Gréco, André Claveau, Gilbert Bécaud... et je m'efforçais de leur écrire des chansons.

J'aimais beaucoup Thierry Le Luron, pour qui j'écrivais souvent des chansons qu'il interprétait en duo avec Chantal dans les N° 1 de Gilbert et Maritie Carpentier.

Je lui avais également écrit son spectacle au palais des Congrès, *Thierry Féérie*. Puis un jour, alors qu'il était l'invité de Michel Drucker, il m'a demandé si je pouvais lui transformer une chanson connue. À cette époque, je voyais très souvent Gilbert Bécaud qui travaillait aux éditions Raoul Breton. Et connaissant par cœur le succès de Gilbert, *L'important c'est la rose*, je lui avais suggéré de dire et de faire chanter la salle en chœur *L'emmerdant, c'est la rose*. Ce qu'il fit chez Drucker et qui lui valut un énorme contrôle fiscal !

À l'époque de la rue des Saints-Pères, je rencontrais de temps à autre Jean-Paul Sartre au restaurant *Le Petit Saint-Benoît*. Il venait souvent accompagné de sa petite-fille qui était très jolie et très séduisante par sa simplicité et sa façon de parler franc, sans ambiguïté. Sartre l'écoutait beaucoup, car il aimait discuter avec les jeunes du quartier de ce Saint-Germain-des-Prés qui fit de lui un des plus grands porte-parole de cette époque. Il aimait à répéter : « À force de se regarder dans une glace, on finit par apercevoir la mort. » Ce qui me fichait un grand coup de blues.

Pendant l'écriture de ce livre, j'ai beaucoup entendu parler de Joséphine Baker, intronisée au Panthéon le 30 novembre 2021. Je suis le dernier à avoir écrit une chanson pour Joséphine. Elle est morte huit jours après l'avoir créée sur la scène du théâtre Bobino, pour son spectacle d'adieux mis en scène par Jean-Claude Brialy. La chanson s'appelait *Au revoir mais pas Adieu*. Ce morceau était presque prémonitoire, c'est assez fou. Elle le chantait juste après le rappel, pour clore définitivement son spectacle.

Je suis heureux pour la famille de Joséphine Baker, qui attendait cette intronisation au Panthéon, mais je me souviens aussi de la fin de sa vie, où elle a été complètement abandonnée par la France. Cette France qu'elle aimait tant, au point de toujours demander qu'on prononce son nom à la française, « Ba-ker » et pas « Bay-ker » à l'américaine. Ruinée, elle avait été chassée de son château des Milandes, celui dans lequel elle élevait les douze orphelins qu'elle avait adoptés. Ils étaient tous de nationalité différente. La seule à s'être occupée d'elle à cet instant était Grace Kelly. C'est pour ça qu'elle est enterrée au cimetière de Monte-Carlo, juste à côté de la princesse.

Alors qu'elle avait été résistante et agente de la France libre pour le Général de Gaulle, j'estimais qu'elle méritait un geste de la part de notre pays, et ce de son vivant. La France s'est très mal conduite envers elle, alors qu'elle a passé sa vie à chanter sur toutes les scènes du monde entier « J'ai deux amours, mon pays et Paris ». Elle a toujours vanté les mérites de notre pays. Et surtout, elle a risqué sa vie pour la France ! N'oublions pas qu'elle passait des messages aux services secrets à travers ses partitions de musique. Entre les portées, il y avait des messages codés. Aux Milandes, elle a caché des israélites pendant la guerre. Vous savez, la période de l'après-guerre a été compliquée pour tous les artistes car il y avait peu d'engagement. Mais la France l'a laissé tomber. C'est très bien qu'elle soit au Panthéon, mais « c'est trop tard pour verser des larmes maintenant qu'ils ne sont plus là », comme me l'a écrit Barbara dans une chanson.

J'avais connu Joséphine Baker dès le plus jeune âge puisqu'elle était la marraine de mon ami d'enfance Jean-Paul Goude. À cinq ans, je l'avais vue chanter sur la plage de Saint-Aignan. Elle m'avait offert son bouquet de violettes en chantant « Qui veut mon bouquet de violettes / Mesdames c'est un porte-bonheur ». Elle m'avait pris dans ses bras, devinant mon intérêt marqué pour la chanson.

« Comment t'appelles-tu, mon petit ?

— Jean-Jacques Debout.

— Un jour, tu seras un grand artiste, mon garçon. »

J'avais cinq ans ! Quel hasard que je sois devenu des années plus tard le dernier à lui avoir écrit une chanson. C'était une idée de Jean-Claude Brialy. C'est la seule chanson que j'ai écrite pour Joséphine.

Joséphine est morte la veille de l'enregistrement studio de *Au revoir mais pas Adieu*. J'ai une bande de travail où on l'entend chanter, mais elle n'a jamais pu être réalisée avec l'orchestre. Mon chef-éclairagiste Roger Ragoy est l'homme qui lui a fermé les yeux.

On raconte souvent qu'elle a terminé sa carrière à l'Olympia mais c'est faux : sa vraie tournée d'adieux, c'est à Bobino, un spectacle financé par Grace Kelly.

Parmi toutes mes rencontres mémorables, je veux évidemment citer Carlos. J'ai connu Carlos alors que Sylvie

Vartan venait de l'engager comme secrétaire. Ce garçon était incroyablement intelligent et n'aimait qu'une seule chose, c'était de se donner en spectacle, n'importe où. Et lorsque Maritie Carpentier m'avait donné carte blanche pour son premier *N° 1* à la télévision, je lui avais écrit une émission où il incarnait un professeur fou et inventif sous le nom du Professeur Carlos. Je lui avais fait construire un petit avion jaune avec lequel il allait se poser dans divers pays, ce qui donnait à chaque fois une séquence inattendue. C'est du reste cette émission qui a lancé le début de carrière de Chantal. Brigitte Bardot devait jouer le rôle de la femme du Professeur Carlos. Au dernier moment, elle n'a pas pu venir, ce qui donna l'idée à Maritie Carpentier de confier le rôle à Chantal Goya pour qui j'avais écrit *Adieu les jolis foulards* et qui fit un énorme succès dès le lendemain de l'émission… Carlos était le fils de Françoise Dolto et avait été l'ami de Jacques Lacan. Il prenait un malin plaisir à se déguiser dans le but de nous faire rire, ce qu'il fit magnifiquement durant toute sa vie. Jusqu'au jour où il nous quitta précipitamment. Son trou, comme dans la chanson de Georges Brassens, ne s'est jamais refermé, il nous manque encore.

Je me souviens des soirées avec Joe Dassin au *Bistingo*, le restaurant de Carlos. Joe venait toujours avec deux ou trois bouteilles de grand vin de Bordeaux. Il nous en faisait profiter à table, nous racontant l'histoire de chaque vin. Il avait la science d'un œnologue. Il était une vraie star et son public l'adorait. Mais je sentais que par moments, une tristesse indéfinissable l'envahissait et le mettait dans un état second.

Nicoletta, Hervé Villard, Dave, Sylvie Vartan, Johnny, Gainsbourg, Jacques Martin… étaient des habitués du *Bistingo*. C'était l'endroit où tous les artistes se réunissaient, avant, pour certains, de rejoindre le club privé de Jean Castel, rue Princesse.

Maurice Chevalier adorait discuter avec moi car les conversations autour du music-hall étaient sa passion. Il avait repéré que j'étais un connaisseur. Je l'ai connu grâce à Marlene Dietrich qui avait été sa partenaire à Hollywood, et comme souvent au cinéma, ils s'étaient aimés durant la période des tournages. Malgré leur rupture, ils étaient restés amis et Marlene connaissait nos atomes crochus. Souvent, elle m'appelait.

« Voulez-vous venir déjeuner chez Chevalier ? » demandait-elle avec son accent allemand. « Il dit que vous êtes très intelligent et qu'il aime vous entendre raconter vos débuts dans la chanson. »

Même si j'avais un autre engagement pour la journée, j'annulais derechef car c'était sacré de discuter avec Maurice Chevalier. Après le repas, il me gardait dans son salon au moins jusqu'à sept heures du soir ! Tout cela n'amusait pas trop Marlene qui commandait un taxi et rentrait à Paris après le déjeuner. Moi, je ne bougeais pas,

En 1964 à Antibes, à la Rose d'Or de la chanson, que j'ai remportée.

En 1971, dans la loge, je me prépare pour mon premier Olympia en vedette.

Au studio Barclay avenue Hoche en 1979, j'enregistre *Les rues de Paris*.

1970. Je retrouve Barbara au Studio de la Gaîté avec Georges Moustaki, elle vient d'enregistrer une chanson que nous avons écrite ensemble, *Hop-là*.

Avec Dalida en 1980, dans l'émission des Carpentier, je lui ai écrit *Comme disait la Mistinguette*. Avec les artistes, c'était un ange, après les spectacles, elle prévoyait le restaurant et nous invitait, c'est la seule que j'ai vue faire ça chaque soir.

Avec Chantal à Maison Bellevue dans les gorges du Verdon. Nous possédions une maison à côté du studio d'enregistrement de Miraval, Chantal préférait enregistrer dans le sud pour sa voix.

Chantal et moi en train de danser au Club Saint-Germain lors d'une soirée offerte par Eddie Barclay pour fêter la Rose d'Or 1964 d'Antibes-Juan-les-Pins.

Avec Chantal dans notre première maison de campagne à Saint-Ouen-Marchefroy, près de Houdan.

Une soirée bien arrosée chez Roger la grenouille. Avec Johnny et Raymond Urman, mon fidèle secrétaire et célèbre ingénieur du son.

Alain Delon et Sylvie Vartan étaient venus me voir chanter au Don Camillo, en plein mai 68.

Un bœuf avec Johnny à la Villa d'Este près des Champs-Élysées, lors des adieux de Jacqueline François dans les années 1970.

Lors du deuxième Olympia de Johnny, je lui présente Charles Trenet : « Vous me rappelez moi à mes débuts en 1936. » « Oui, mais moi je pense que je n'écrirai jamais tous les chefs-d'œuvre que vous avez écrits. »

Avec Sylvie Vartan et Carlos dans un Numéro 1 des Carpentier, avec la chanson *Je chante pour Swannee*.

Ma première à l'Olympia en vedette en 1971, je fais chanter Johnny sur : *Pour moi la vie va commencer* que j'avais écrit pour son premier long métrage, *D'où viens-tu Johnny ?*

Bœuf au Club Saint-Germain avec Harold Nicholas des Nicholas Brothers, que Eddie Barclay cherchait à promouvoir.

Le soir de ma première à l'Olympia. Thierry Le Luron était là aussi. Je lui avais écrit toutes les chansons de son spectacle *Thierry féeries*.

Au Palais des Congrès, pour mes 50 ans, Charles Trenet est venu chanter *La mer* avec moi accompagné du Grand Orchestre. Vous pouvez écouter ce duo inédit sur mon album *Carnet de Vol* ou sur YouTube.

À Méribel, Johnny avait loué un chalet à côté de celui de Brigitte Bardot et on jouait tous les soirs à « Devinez ce film ». Il s'agissait de mimer une scène connue ou inconnue et Brigitte devinait tout de suite de quel film il s'agissait.

Dans une des vingt-quatre maisons que j'ai achetées. J'ai toujours aimé rénover des maisons. C'est une vraie passion. Je les ai toutes restaurées avec cœur mais je me suis aussi ruiné pour certaines, que je ne regrette pourtant pas d'avoir sauvées.

Dans la loge de Chantal au Palais des Congrès pour le *Mystérieux Voyage de Marie-Rose*.

Au cours d'un gala avec Chantal à l'Île Maurice.

ouvrant grand mes yeux et mes oreilles. Chevalier se levait de son fauteuil pour me montrer les pas de danse de ses débuts dans le music-hall, à seize ans à Ménilmontant. J'avais droit à tout ! Et il chantait *a cappella*... Moi, je me pinçais en me disant que je me trouvais face à Maurice Chevalier qui me racontait toute sa vie. Il aimait tellement son métier. Dès qu'il rencontrait quelqu'un pour qui il avait un peu d'estime, il se comportait dans son salon comme dans un théâtre de 2 000 personnes. Il me parlait sans cesse de sa tournée d'adieux, qui a duré au moins cinq ans ! C'est à cette occasion qu'il avait engagé Patachou pour interpréter un duo, car il était très amoureux d'elle.

Chevalier me demandait des nouvelles de Charles Trenet. Je lui expliquais que je le trouvais triste, et qu'il était exploité par son chirurgien esthétique qui lui opérait la figure sans arrêt pour lui tendre la peau. À la fin, on ne savait plus quel âge il avait... ça lui avait fait perdre son charme, car c'est quelqu'un qui riait énormément. Voir toutes ces cicatrices sur son visage, ça me faisait de la peine et je m'en étais ému auprès de Chevalier. Celui-ci m'avait répondu :

« Vous voyez, mon cher ami, je n'ai jamais fait de chirurgie esthétique. Bon, juste un peu en dessous de mon cou, aux États-Unis. Mais je n'ai jamais voulu qu'on touche mon visage. Car chez les artistes, c'est une drogue. Jusqu'au bout de l'oreille, on trouve toujours autre chose à refaire.

Et comme les médecins sont très fiers de dire qu'ils ont refait le visage de telle ou telle vedette, ça n'en finit plus. »

Sur scène, ça passait, car Trenet mettait beaucoup de maquillage. Mais dans la vie… c'était trop ! Tous les six mois, il y avait un nouveau truc. Le bas du nez, les sourcils, les paupières, les oreilles…

À Hollywood, Chevalier avait rencontré une quantité d'artistes dans ce cas-là. Ils avaient tous perdu leur charme à cause de la chirurgie. Et certains ont fichu leur carrière en l'air à cause d'opérations ratées.

« Et personne ne peut lui parler pour l'arrêter ? demandait Chevalier à propos de Trenet.

— C'est très difficile. Il est endoctriné par son chirurgien qui lui met dans la tête qu'il peut tout faire.

— Les artistes sont toujours soucieux de leur physique. Et s'ils y prennent un peu trop goût… C'est comme les gens qui ne comprennent pas qu'il faut ralentir l'alcool à un moment donné de la soirée (ou de la vie). »

Maurice Chevalier était à moitié Belge, ce qui me donne envie d'écrire que les Belges étaient formidables dans le music-hall et dans l'expression scénique. Jugez plutôt avec cette liste non exhaustive d'artistes au sang belge : Jacques Brel, Annie Cordy, Raymond Devos, Johnny Hallyday…

D'ailleurs, Chevalier adorait Johnny, que j'ai emmené deux fois à déjeuner chez lui. En sortant, il m'avait confié qu'il aimerait un jour acheter une maison à Marnes-la-Coquette. Et il l'a fait ! Chevalier et Hallyday discutaient de music-hall. Chevalier n'avait rien raté des débuts de Johnny, puisqu'il était dans la salle pour son premier grand concert parisien à L'Alhambra, en première partie de Raymond Devos, le 16 septembre 1960. On reparlait de cette première incroyable, durant laquelle la salle était coupée en deux. Dans le parterre, le public assez âgé était choqué et ne comprenait rien aux cris et à la gestuelle de Johnny. En revanche, dans le poulailler, les fans du quartier de la Trinité et du *Golf-Drouot* mettaient une ambiance du tonnerre et criaient encore « Johnny, Johnny ! » pendant les premiers sketches de Raymond Devos. Ce dernier, dont l'intelligence n'est plus à prouver, mettait fin brutalement à son sketch et interpellait le public : « Attendez ! C'est Johnny que vous voulez ? Eh bien je vais vous le chercher ! » Et c'était reparti pour trois chansons de rock'n'roll… Sans aucune susceptibilité, Devos mettait en avant le gamin Hallyday et se mettait de surcroît dans la poche les jeunes fans de Johnny qui le trouvaient aussitôt fort sympathique. Je n'avais jamais vu cela auparavant. Devos était accompagné par un jeune chef d'orchestre de vingt-cinq ans : Michel Legrand. Le théâtre avait été rebaptisé L'Alhambra Maurice-Chevalier en 1956, par la directrice Jane Breteau, quand l'homme au chapeau était revenu en France après dix ans à Hollywood. D'où sa présence au soir de la première de Johnny, en 1960.

À propos des États-Unis, Maurice Chevalier m'avait raconté une histoire formidable que je souhaite à mon tour vous dévoiler. Voici ce qu'il m'avait dit :

« J'ai commencé à tourner à Hollywood en 1932 avec Jeanette MacDonald, dans le film *One Hour With You*, de Ernst Lubitsch. Le film a cassé la baraque et en appelait beaucoup d'autres. Mon agent américain m'avait donc incité à acheter une maison en Californie afin de ne pas perdre de l'argent bêtement dans des locations à répétition. Comme je ne voulais pas me ruiner, j'ai contacté des banques pour un prêt et j'ai visité des habitations. Je n'avais pas besoin d'une grande maison car je n'ai pas d'enfant. Je vivais seulement avec mon secrétaire. »

Maurice Chevalier appelait sa mère la Louque. C'est pour cette raison qu'il avait nommé sa maison de Marnes-la-Coquette ainsi. Et il avait fait construire une petite dépendance dans laquelle sa mère dormait quand elle venait, qu'il appelait *La Louquette*. La Louque était une maison qui avait appartenu à un propriétaire américain, Richard Wallace. Celui-ci était le créateur des fontaines Wallace : des fontaines d'eau potable disséminées dans Paris. Aujourd'hui, ces fontaines sont classées. Chevalier a acheté la maison de Marnes à sa mort.

« Une fois la maison californienne trouvée, reprend Chevalier, j'ai écrit à la Louque pour lui donner de mes nouvelles et lui faire part de mes projets. Elle était à Paris à Ménilmontant, chez mon frère boucher. Je lui explique que j'ai déniché une maison pour honorer mes futurs contrats outre-Atlantique et lui indique qu'il s'y trouve une petite dépendance qui devrait lui plaire afin qu'elle puisse souvent me rendre visite. Et je signe : ton Maurice qui t'adore. Quelques jours plus tard, je reçois la réponse : "Mon cher Maurice, j'ai bien reçu ta dernière lettre dans laquelle tu me dis que tu as le projet d'acheter une maison. Je suis très sensible au fait que tu aies choisi une maison avec une dépendance pour moi mais je t'en supplie, n'achète aucune maison à Hollywood. Crois-moi, si le public français – et le public belge – qui t'aime par-dessus tout apprend que tu as acheté une maison à Hollywood, ils ne t'aimeront plus comme avant et tu vas sortir de leur cœur. Pour certains, tu seras même devenu un Américain. Ne fais pas cette bêtise ou tu la regretterais amèrement. Ta maman qui t'aime. La Louque." J'ai aussitôt appelé mon agent pour bloquer l'affaire en lui donnant simplement cette raison : Je ne prends plus la maison car ma mère ne veut pas.

J'avais trouvé cette histoire formidable. Le grand Maurice Chevalier qui renonce à acheter une maison aux États-Unis pour ne pas désobéir à sa mère. Il a été la plus grande vedette française en Amérique mais n'y a jamais possédé une maison. Si vous voyagez dans l'Amérique profonde, on ne vous parle que de trois Français :

Maurice Chevalier, Brigitte Bardot et le Général de Gaulle. À mon époque, en tout cas...

Dans ma carrière, j'ai connu deux phénomènes ayant accédé au rang de vedette alors qu'ils n'étaient que deux enfants : Stevie Wonder et Michael Jackson. J'ai connu ce dernier avec ses frères et sœurs, les Jackson Five, lorsqu'ils ont joué en première partie de Sylvie Vartan à l'Olympia en 1972. Dans les coulisses, j'observais Michael et ses frères. Leur père n'était pas très sympathique. Le jeune Michael était formidable. À chaque fois qu'il voyait Sylvie, il courait vers elle pour l'embrasser. C'était un gosse. C'est lui qui faisait le succès du groupe. Je discutais un peu avec lui. Il me connaissait bien parce que j'étais là tous les soirs. Comme j'écrivais des chansons pour Sylvie, je suivais le spectacle. Et j'en profitais pour me poster dans les coulisses avec elle pour admirer les frères Jackson. On n'avait d'yeux que pour Michael qui concluait le tour de chant. On n'en ratait pas une miette. C'était déjà plus que prometteur. Du reste, la salle hurlait. C'était le même genre de réaction que j'avais vue dans cette même salle quelques années plus tôt pour le premier tour de chant de Stevie Wonder. Vous savez, le public a des antennes. Quand on aime le show, les variétés, le rock'n'roll, on sait reconnaître le talent d'un prodige. À cette époque, un grand nombre d'artistes tentaient de percer dans ce domaine. Mais tous n'avaient pas le talent d'un Michael Jackson, d'un Stevie

Wonder ou d'un Johnny Hallyday. C'est très logique : on ne peut pas demander à toutes les juments de France de remporter le Prix d'Amérique.

J'ai rencontré beaucoup de grandes vedettes dans ma vie. L'une d'elles s'appelait Ray Charles. Il était amoureux de mon amie Ann Grégory, avec qui il a eu un fils, Vincent Kotchounian. Son onzième enfant (sur douze, avec dix femmes différentes). Quand je sonnais à sa porte, c'est Ray Charles qui m'ouvrait. Carrément ! Je peux vous dire que ça fait un choc… Il me tapait sur l'épaule :

« Ah ! Jean-Jacques ! Qu'est-ce que tu bois ? »

À l'époque, je buvais du scotch-Coca, avec du J&B, un whisky très pâle et pas très fort. Je le mélangeais systématiquement avec du Coca-Cola. Quand j'avais un petit coup de pompe, ça me requinquait pour une heure ou deux. Et j'aimais bien le goût… Entre parenthèses, je ne vous cache pas que j'en ai bu des litres et des litres dans ma vie. C'était une de mes boissons préférées, surtout dans les boîtes. À table, je buvais du vin. Mais en discothèque, on tournait chaque soir au J&B Coca. Johnny Hallyday en était aussi un amateur. C'était la boisson phare. Ray Charles, donc, aimait bien ça aussi.

Je l'ai vu une dizaine de fois, jusqu'à ce qu'il disparaisse subitement de la circulation.

Il adorait enregistrer près de Montmartre, tout près de chez Michou, dans un studio tenu par un ancien électricien où Serge Gainsbourg travaillait aussi. Ray Charles adorait se faire livrer des pizzas dans ce studio, où il se sentait comme chez lui. Ann m'emmenait là-bas, ce qui me permettait d'assister à ses séances. C'est là qu'il a fait ses derniers enregistrements. Parfois, il me demandait de m'installer au piano. Je lui jouais des morceaux et il hurlait de rire. Je vous jure ! Je ne jouais pourtant rien d'extraordinaire, mais ce qui amusait Ray, c'est que je jouais du piano « comme un Français ». D'ailleurs, il m'avait surnommé « Le Français ». Il proposait parfois à sa compagne :

« Pourquoi n'irait-on pas dîner à la pizzeria avec ton copain "Le Français" ? »

Visiblement, je représentais pour lui le typique musicien français. Je lui racontais des tas d'histoires. On parlait surtout de musique. Sa culture musicale était impressionnante. Il connaissait par cœur les œuvres de Moussorgski et Camille Saint-Saëns. Il pouvait jouer de tête l'intégralité de Carmen. Étant aveugle, il avait appris à tout jouer sans partition. Ray Charles me subjuguait.

Il adorait plaisanter. Et dès qu'il sentait le moment venu, dans son studio, il s'installait au piano et demandait à l'ex-électricien de faire tourner les bandes. Ray Charles détestait le numérique. Il ne voulait travailler qu'avec les gros magnétophones à bandes.

« Le numérique déforme le son du piano, de la guitare et surtout de la voix », râlait-il.

Il était particulièrement pointilleux avec sa voix.

Ray voulait que je l'emmène dans ma maison à Saint-Martin-de-Ré. Il me disait souvent :

« Ah ! J'aimerais nager, plonger, me baigner... »

La saison n'était pas propice à la baignade sur l'île de Ré donc cela ne s'est jamais produit. Je n'ai pas eu le temps de lui faire visiter ce magnifique territoire et ces grandes plages qui l'auraient amusé. On avait peur qu'il attrape froid.

Hélas, un jour, Ann m'a prévenu que « The Genius » était tombé malade à Los Angeles. Il n'est plus jamais revenu à Paris et elle a élevé seule son garçon.

Dès que je passe à Montmartre, je repense à ces parties de rigolade et aux kilomètres de pizzas qu'il nous faisait engloutir.

Comme Ray Charles, Frank Sinatra abhorrait les méthodes d'enregistrement modernes. C'est Sammy Davis Jr qui m'avait dévoilé cette histoire peu commune. À Los Angeles, Sinatra a un jour enregistré en numérique et à grands frais un album. Quand il a écouté l'ensemble, il a trouvé ça tellement mauvais qu'il a fait réinstaller des magnétophones à bandes dans le studio et qu'il a tout recommencé ! Cela avait coûté la peau des fesses à la maison de disques.

Sammy Davis Jr, je l'avais rencontré grâce à Martine Hermès, la femme de l'héritier du grand groupe. Un jour, Sammy Davis est entré dans la boutique du faubourg

Saint-Honoré pour y acheter des grosses chaînes en or et une selle pour son cheval. Après en avoir acheté pour cinquante briques, ils ont sympathisé et Sammy les a invités dans une boîte où se produisait l'un de ses premiers pianistes, à l'époque où il avait quinze ans, à La Nouvelle-Orléans. Ce pianiste s'appelait Joe Turner. C'était un spécialiste de jazz et de piano stride. Il jouait à *La Calavados*, une petite discothèque du huitième arrondissement de Paris, près de la rue François Ier. Sammy Davis s'y rendait à chaque fois qu'il venait à Paris. Il y avait d'ailleurs toujours un moment dans la soirée où Sammy se levait pour chanter avec son ex-musicien. Évidemment, toute la salle en profitait.

Ce soir-là, j'avais été prévenu par Martine Hermès. J'ai aussitôt appelé Serge Gainsbourg afin que l'on ne rate pas le passage impromptu de Sammy Davis Jr dans cette boîte. Serge connaissait bien Joe Turner puisqu'il jouait parfois du quatre-mains avec lui, au cours de ses fameuses tournées des boîtes parisiennes. Nous avons donc dîné tous ensemble. C'était du délire !

Quelque temps plus tard, j'apprends que Sammy se trouvera à Paris au moment de son anniversaire. À l'époque, j'avais une maison rue du Bac. Sammy était venu de Los Angeles avec trois musiciens : un bassiste, un batteur et un pianiste. Je les ai tous invités chez moi pour fêter son anniversaire. Il était accompagné de la dernière femme de sa vie, Altovise Gore. Durant les festivités, il avait souhaité écouter les chansons de Chantal et nous lui avons passé *Pandi Panda*. Je ne pensais pas qu'il l'écouterait attentivement au point de la retenir. Lisez plutôt la suite...

Quelque temps plus tard, précisément le 4 juillet 1985, Sammy nous a conviés, Chantal et moi, au théâtre des Champs-Élysées où il donnait un gala pour l'UNICEF, avec un orchestre de Londres. La salle était bourrée à craquer ! Martine Hermès et son mari étaient assis à côté de nous. Dans son tour de chant, Sammy entonne *New York, New York*, le hit qu'interprète Liza Minelli dans le film éponyme de Martin Scorsese, et que Sinatra a aussi chanté. Au beau milieu du morceau, Sammy s'interrompt et fait signe à l'orchestre de cesser de jouer. Toute la salle s'interroge : Mais que se passe-t-il ?

« Je vais chanter une chanson pour mon amie Chantal Goya : *Pandi Panda* ! »

Pandi Panda
Petit ourson de Chine
Pandi Panda
Né dans l'Himalaya

Sammy Davis Jr chantait *a cappella*, devant l'orchestre abasourdi et face au public médusé, un tube pour enfants que j'avais composé pour Chantal un an plus tôt. Et pour amuser la galerie, il faisait des claquettes !

Avec Chantal, on croyait rêver.

Le public n'a rien compris du tout. Certains spectateurs se sont demandé si Sammy Davis n'avait pas bu un coup de trop avant de monter sur scène.

Puis, il a fait signe à l'orchestre de reprendre *New York, New York*.

Dans la ville de New York, Sammy Davis Jr était un habitué des fins de soirée au bar du *Régin's*, le célèbre club monté par Régine. Celle-ci ne s'était pas contentée du *New Jimmy's* qui cartonnait à Paris, elle était aussi la reine des nuits new-yorkaises. Sammy s'y rendait donc avec son ami Frank Sinatra. Et au bal de la Croix-Rouge à Monte-Carlo, où je m'étais rendu avec Chantal en 1981, Sammy m'a présenté au grand Frank Sinatra. J'étais assis juste à côté de lui ! Il ne cessait de tirer sur ma barbe et de me faire des blagues. Figurez-vous qu'il m'appelait « Jean-Jacques Stand-up », traduisant mon nom de famille en anglais. Il était à l'époque en couple avec la veuve de Groucho Marx, des Marx Brothers. À la fin du repas, il lui avait retiré l'un de ses talons pour y verser du champagne. Ensuite, il lui a carrément retiré sa deuxième chaussure, y a de nouveau versé du champagne et me l'a tendue pour que je boive à mon tour. Et pendant ce temps, il faisait mine de me téléphoner avec l'autre chaussure à talon ! Moi, je n'en revenais pas. Je me pinçais car j'avais l'impression de vivre dans un rêve. *C'est vraiment Frank Sinatra qui fait le clown avec moi ?* À côté de moi, Chantal ouvrait de grands yeux et se demandait ce qu'il se passait.

Sinatra était l'invité d'honneur de Grace Kelly, laquelle allait mourir un an plus tard dans un tragique accident de voiture.

À force de fréquenter le *Club Saint-Germain*, je suis devenu copain avec Louis Armstrong. Les artistes ne sont pas bêtes. En étudiant une salle, ils savent couper le public en deux catégories : ceux qui sont là juste comme ça, et ceux qui les admirent vraiment. Mon amie Jacqueline François était la maîtresse d'Armstrong, ce qui m'a permis de le fréquenter.

On a beaucoup parlé des frères Bogdanov en début d'année à l'annonce de leur décès. Eux aussi, je les connaissais bien. Ils sont morts tous les deux des suites du Covid-19 contre lequel ils n'étaient pas vaccinés. Ils pensaient et prétendaient que Dieu les protégeait contre leur virus. Voici ce que je leur avais répondu, quelques mois avant leur mort :

« Je peux comprendre car je suis croyant comme vous. Mais il y a Dieu et la médecine…

— Oui mais nous on est en bonne santé, on fait du sport, on ne craint rien. »

Et finalement, au retour d'un voyage au cours duquel ils ont donné une conférence, ils ont été contaminés et sont morts en réanimation, l'un après l'autre.

Ils avaient un côté un peu timbrés. Grichka était le plus sympathique des deux. Leur problème, c'est qu'ils se la jouaient grave. Ils se prenaient pour des grands chercheurs, voire des prix Nobel. Quand ils me parlaient, j'avais l'impression d'écouter Einstein alors je me contentais d'acquiescer, sans répondre grand-chose. Dans ces cas-là, il n'y a pas de dialogue possible. Ils attendaient juste qu'on leur dise qu'ils étaient géniaux et formidables.

Je les ai connus il y a fort longtemps, avant même qu'ils fassent de la télévision. À la fin des années 1950, j'avais vécu une amourette d'été sur l'île de Ré avec une très jolie fille, nommée Claudie Laurent. Ensuite, elle était tombée amoureuse de Jean-Loup Dabadie, de Charles Aznavour puis de Grichka Bogdanov. C'est le genre d'histoire d'amour qu'on vit l'été quand on est jeunes, quand on ne cherche pas encore à se fixer avec quelqu'un. Cette fille était quand même un peu allumée. Ravissante mais timbrée. Regardez Christine Lagarde, l'ex-présidente du FMI. On ne peut pas dire qu'elle ait la beauté de Brigitte Bardot, mais c'est une femme qui a de l'allure, une classe terrible. On voit aussitôt qu'on n'a pas affaire à une idiote. Vous imaginez Christine Lagarde en train de dîner chez Lipp avec l'un des frères Bogdanov ? Impossible… Bon. Un jour à Paris, Claudie Laurent m'appelle pour m'expliquer qu'elle a rencontré un garçon qui essaie de percer dans la chanson. Moi, je venais de connaître le succès avec *Les boutons dorés*. À l'époque, Grichka hésitait entre chanter de la variété et devenir cosmonaute – il voulait être ce qu'est devenu Thomas Pesquet aujourd'hui. Dans la musique, ce que faisait Grichka Bogdanov ne marchait pas du tout. Ses chansons ressemblaient à des morceaux de troubadour, comme ce que l'on entendait dans les villages. Il était complètement décalé avec son époque, qui réclamait du rock'n'roll comme en faisait Johnny Hallyday ou Eddy Mitchell avec les Chaussettes Noires. En comparaison avec Grichka, les Compagnons de la chanson étaient les Beatles, c'est pour dire… Bogdanov voulait donc me rencontrer afin que je lui écrive des chansons. Paix à son âme, mais je dois bien avouer que je l'avais trouvé barjot et qu'il me faisait peur. Et quand il m'a présenté son frère Igor, j'avais encore plus peur. Je n'ai donc pas cherché à les revoir ni à travailler avec eux. Il y a quelques années, ils voulaient venir me voir dans le petit village où je me suis retiré près de Châteauroux, mais j'ai refusé, craignant qu'ils n'effraient tout le monde dans ma campagne…

Chapitre 12

JACQUES BREL

J'ai rencontré Jacques Brel en 1954 aux Trois-Baudets, le cabaret de Jacques Canetti à Pigalle. Il partageait le programme avec Serge Gainsbourg et Guy Béart.

Je me souviens avoir chanté pendant cinq ans en première partie de Jacques Brel au cabaret de Patachou, à une époque où Jacques n'était pas encore devenu le « grand Jacques » auprès du grand public. Nous partagions la même loge car il n'y en avait qu'une. Je venais toujours une heure avant de chanter, et je retrouvais Jacques qui venait se conditionner avant son tour de chant. Il avait en plus sur les épaules la responsabilité de remplacer Patachou, partie chanter avec Maurice Chevalier qui effectuait sa tournée d'adieux autour du monde. Tout en accordant sa guitare,

Jacques fumait trois cigarettes en même temps – une dans le cendrier, une à la main et une sur le manche de sa guitare, coincée entre les cordes – et se faisait servir une petite bière : « Tu comprends, les Belges ça boit de la bière avant de chanter ! » Il était dévoré par le trac, me disait même parfois qu'il se demandait ce qu'il faisait là : « Je ferais mieux de faire un métier sérieux, quand tu penses que je devais être contremaître dans la cartonnerie de mon père à Bruxelles, et me voilà à Paris, à Montmartre, pour essayer d'imposer au public mes petites chansons. Je suis comme un ressort déplié qui ne pourra pas se replier avant cinq heures du matin. » C'était l'année où il venait d'écrire *Quand on n'a que l'amour*, qui était en train de devenir un immense succès. Dans la loge il me chantait les chansons qu'il était en train d'écrire. Il me disait : « Tu aimes ? J'arrête si ce n'est pas bon, j'en ai d'autres. »

Je le sentais malgré tout passionné par la chanson et le comparais en silence à Rimbaud. J'assistais tous les soirs à son magnifique tour de chant. Un soir, alors que nous descendions les marches de la Butte Montmartre pour aller dîner dans une brasserie de Pigalle, je lui ai dit : « Heureusement que Rimbaud ne revient pas subitement sur la Terre, car te voyant chanter avec autant de fougue, il t'aurait buté de jalousie. » Il était à mes yeux Rimbaud réincarné.

Les mois qui ont suivi ont été pour lui des mois de création de génie, car Brel réalisait enfin son rêve, crier à Paris tout ce qu'il avait sur le cœur. À partir de ce moment-là, il crée une succession de chefs-d'œuvre, comme *Jeff, Vesoul, Mathilde, Madeleine, Bruxelles, Les Bourgeois, Les Vieux, Les Vieux amants, La Fanette*, etc.

Puis il quitta sa maison de disques Philips sur un coup de tête pour confier sa carrière discographique à Eddie Barclay qui montait tous les soirs le chercher au cabaret et qui préparait sans lui dire son premier passage à l'Olympia en vedette avec le directeur d'Europe N° 1, Lucien Morisse. Brel réenregistra toutes ses chansons pour ne rien laisser chez Philips qui lui fit un procès qui dura jusqu'à sa mort. Le jour J arriva, en décembre 1958. Le grand Jacques devait étonner non seulement son public qui était déjà acquis, mais le Tout-Paris qui aime faire et défaire les carrières des artistes et qui s'était précipité pour assister à l'Olympia à l'explosion du magnifique Jacques Brel. Ce dernier fit un véritable triomphe, rappelé plus d'une vingtaine de fois, puis reparaissant en peignoir, il avait entonné *La Valse à mille temps* qu'il n'avait pas mis dans son tour de chant. S'adressant au public, il a dit : « C'est vrai que j'ai mis le temps mais c'était douze ans d'amour entre vous et moi. » Brel avait réussi son impossible pari de s'imposer quoi qu'il arrive et, les larmes aux yeux, il alla embrasser Brassens qui le regardait depuis les coulisses. Après, Eddie Barclay et Bruno Coquatrix avaient organisé un grand dîner sur la scène de l'Olympia, en invitant tous les gens du métier, pour bien leur faire comprendre qu'ils n'avaient pas été tous sympathiques avec lui. Moi je le comparais à Rimbaud, qui était venu à pied de Charleville-Mézières afin de crier à Paris tout ce qu'il avait à dire. Brel lui, était venu de Bruxelles, où il avait tout plaqué pour conquérir Paris et le monde.

Voilà ce que peuvent réaliser les grands génies de la poésie, sans lesquels la vie nous paraîtrait bien monotone. Merci à Brel, à Aznavour, à Trenet, à Mouloudji, à Barbara, Léo Ferré, Gilbert Bécaud, Édith Piaf, Dalida, tous ces fantômes du music-hall et d'ailleurs qui nous aident à vivre et à nous souvenir des si précieux moments passés avec eux.

Chapitre 13

UNE TASSE DE THÉ AVEC MICK JAGGER

Ma première rencontre avec Mick Jagger n'a rien à voir avec la musique.

Je suis un passionné de pierres.

Le hasard nous a réunis un jour lors d'une visite de château. Ensemble, nous avons découvert le château de Bussières, que j'ai finalement acheté, Jagger jetant son dévolu sur celui de Fourchette à Amboise où il vit toujours. À l'époque, il vivait encore avec Marianne Faithful. Il parle très bien le français, car sa mère enseignait notre langue. Chaque été durant son enfance, Mick et sa famille venaient faire du camping dans la région. Ils logeaient à Pocé-sur-Cisse, juste en face du château d'Amboise, qui appartient à la famille du Comte de Paris. Il s'était fait la promesse d'acheter un château dans la région s'il en avait un jour les moyens. Je suis allé quelques fois dans son château, il est magnifique, époque XVIIe. Mais Mick Jagger n'est pas du genre à y organiser de grandes fêtes avec des invités VIP.

C'est un immense amateur d'art. Mick Jagger est dans la vie l'exact contraire de ce qu'il paraît être. Rien à voir ! Vous seriez étonnés de découvrir le rythme de vie du chanteur des Rolling Stones. Chaque matin, il se lève et boit une tasse de thé. Sa première action est d'aller vérifier le bon état de ses roses, afin de vérifier qu'aucune bestiole ne les attaque. Ses fleurs, c'est sa vie. Il y accorde une très grande importance. Trois jardiniers s'en occupent à temps plein. Bien que son domaine soit immense, Mick surveille tout. Si un arbre est malade, il le fait retirer pour en planter un nouveau. Partout dans le monde, il téléphone à sa gardienne pour prendre des nouvelles de son château. Qu'il soit en tournée ou dans sa magnifique maison ancienne en Toscane, en Italie, il ne coupe jamais à cet appel quotidien à Amboise. Quand il vient, son avion particulier atterrit à l'aéroport de Tours.

Mick est un écolo et un cartésien. Et quelle culture ! Il cite par cœur des poèmes entiers de Cocteau. Il est étonnant.

Il préserve à mort son intimité et sa vie privée. Il a un garde du corps, deux gardiennes… En France, il voit quelques amis comme Marie-Ève Bréguet ou Edouard Saint Bris. Sinon, il reste isolé avec sa dernière épouse Melanie Hamrick et son plus jeune fils, Devereaux Octavian Basil, qui a quatre ans.

J'ai passé deux heures avec lui quelques semaines après la mort de son batteur Charlie Watts, l'année dernière. Il était très affecté. C'était son grand copain. Les Stones sont repartis en tournée avec un nouveau batteur – Steve Jordan, qui est excellent –, mais plus rien ne sera jamais pareil. J'étais avec Chantal chez Marie-Ève Bréguet, et Mick est venu nous rejoindre pour boire le thé. J'étais très heureux de le revoir. Ensemble, nous avons notamment reparlé d'un fameux dîner parisien qui nous avait marqués tous les deux.

C'était en 1974, chez Sophie Rochas, des parfums Rochas, dont le mari Armel Issartel avait monté l'*Élysée-Matignon*, la célèbre boîte de nuit. Les invités de ce dîner étaient le danseur Rudolf Noureev, le pianiste Arthur Rubinstein, le réalisateur Roman Polanski, Simone Veil et son mari. Mick était encore marié à Bianca Jagger. À l'occasion de ce dîner, Armel Issartel m'avait demandé si je pouvais emmener quelques filles, car Arthur Rubinstein aimait être entouré de jolies filles pour le dîner. Issartel voulait faire plaisir au Russe au grand cigare, qui avait quatre-vingt-sept ans. À l'époque, j'allais chez les sœurs Carita, Maria et Rosy. Leur salon de coiffure parisien était très réputé, et notamment fréquenté par Yves Saint Laurent. Je connaissais bien les shampouineuses, alors je les ai invitées pour le dîner. Elles étaient très mignonnes. À table, Rubinstein avait donc une shampouineuse à sa droite et une autre à sa gauche. Mick Jagger et sa femme étaient en face. Moi, j'étais à côté d'une des filles et en face de Polanski. Tout à coup, j'entends une phrase absurde et hilarante sortir de la bouche d'une des deux shampouineuses. Je ne l'avais pas bien briefée sur l'identité des invités.

« Oh ! monsieur Rubinstein, vous ne pouvez pas savoir : cela fait huit ans que je n'utilise que vos produits ! Ma clientèle est ravie et privilégie surtout le shampoing numéro 3. »

Le pianiste russe ouvre alors de grands yeux, comme s'il était en train de traverser une rue et qu'un camion déboulait sur lui.

« Je crois que vous vous trompez de personnage », dit-il avec son accent russe.

Elle avait cru qu'Arthur Rubinstein fabriquait les produits de beauté « Helena Rubinstein ». Mick Jagger et moi avons assisté au premier rang à cet incroyable quiproquo.

Ce soir-là, nous étions ensuite allés à l'*Élysée-Matignon* où une soirée était donnée pour la sortie du film *Emmanuelle*. Avec son cigare, Rubinstein draguait la shampouineuse qui n'y connaissait rien au piano. Moi, j'avais rejoint Gainsbourg qui dansait comme un fou avec la fille de Zizi Jeanmaire et Roland Petit, en buvant des vodkas peppermint.

Quand on s'est vus l'été dernier, on s'est donc refait le fil de cette histoire, et Mick traduisait au fur et à mesure l'anecdote à sa jeune danseuse étoile de l'Opéra de New

York, Mélanie, qui comprend mal le français. Et nous avons tous ri de bon cœur !

Mick nous a dit qu'il souhaitait que son fils parle bien le français. Alors Chantal a sorti de son sac un DVD du *Mystérieux voyage de Marie-Rose*. Le petit était content et Jagger nous a téléphoné le lendemain pour nous remercier :

« Maintenant, mon fils va bien apprendre le français avec le spectacle de Chantal Goya. »

Mick Jagger est très bien élevé. Il vit comme un aristocrate anglais. Il adore son fils, qu'il a eu à l'âge de soixante-treize ans. Être encore père à son âge, c'est merveilleux. Il ne le quitte pas des yeux et a toujours peur qu'il tombe. Il est fou amoureux de sa femme, qui est ravissante. Il est très heureux. Malheureusement, il nous a dit qu'il ne pouvait pas beaucoup profiter de son château car il devait rejoindre Liverpool pour répéter avec le nouveau batteur. Ça l'angoissait un peu, mais j'ai appris que la tournée s'est très bien passée. Après la tournée américaine, il devait passer Noël à Londres avec ses huit enfants.

Physiquement, il n'a pas beaucoup changé. Il a toujours cette ligne invraisemblable. Pas un poil de graisse ! Au château de Fourchette, il décide des menus et on lui prépare des soupes avec des légumes cueillis exclusivement dans son potager. S'il y a un gâteau pour le dessert, il n'en prend qu'une petite portion. On ne trouvera jamais des machins en boîte chez lui.

Jagger est un sentimental, et un curieux qui s'intéresse à tout. Pas un voyou. Ce n'est pas un homme violent. En revanche, dès qu'il monte sur scène, il électrise tout.

Il aimait beaucoup Johnny.

Au début des années 1960, Mick et Johnny s'étaient rencontrés à Londres alors qu'ils enregistraient dans les mêmes studios d'Olympic Sound. Les Stones avaient le studio moyen, Johnny avait le grand. Johnny m'avait emmené avec lui car je lui avais écrit deux chansons. On logeait à l'hôtel Mayfair. En arrivant au studio, je reconnais Mick Jagger assis par terre, en train d'accorder sa guitare. Je lui reparle de notre visite du château de Bussières et lui demande si je peux lui présenter Johnny. Évidemment, il accepte. Comme il venait en France, il avait entendu parler d'un rocker qui s'appelait Johnny Hallyday. Il avait écouté ses chansons et appréciait sa voix et son énergie. Il disait de Johnny qu'il avait un « punch terrible ». Quelques minutes plus tard, je m'adresse ainsi à Johnny :

« Il y a Mick Jagger à côté.

— Ouais, je sais, c'est écrit, répond-il tout simplement.

— Il serait content de te serrer la main.

— Comment tu le sais ?

— Je le connais car j'ai visité un château avec lui il y a quelques années. »

Mick a donc serré la main de Johnny, en lui disant qu'il savait qui il était. Et le leader des Rolling Stones nous a donné rendez-vous le soir même dans un restaurant français, *Les artistes assoiffés*, à Portobello Road : Marianne Faithful était là, ainsi que Janis Joplin… qui est tombée amoureuse de Johnny ! Elle voulait faire un duo avec lui. Il y avait une scène avec des musiciens et une sonorisation. Après le dîner, Johnny et Janis ont commencé à faire le bœuf ensemble. Ça a duré une heure et demie ! J'ai regretté de ne pas avoir emporté avec moi mon petit magnétophone Sony – qui d'ordinaire, ne me quittait jamais, quelle déveine ! – pour immortaliser ça. Ils improvisaient sur du rhythm'n'blues. Johnny était bon pour ça, hormis la qualité de son anglais. Il ne savait pas trop ce qu'il racontait. Il se basait sur des chansons qu'il connaissait et chantait en yaourt. Assis à table, Mick Jagger riait !

« Mais il est comique ton pote !

— Ne lui dis pas qu'il est comique, car il prend tout très à cœur. »

Janis Joplin et Johnny se sont tellement bien entendus qu'ils sont rentrés ensemble à l'hôtel Mayfair et n'ont quitté la chambre qu'à trois heures de l'après-midi. Le producteur attendait impatiemment le retour de Johnny au studio pour la séance d'enregistrement. Moi, j'étais bien embêté car je savais ce qu'il était en train de faire mais je ne pouvais pas le dire… Ils se sont revus quelques fois. Johnny prétendait : « Je vais à Londres voir un copain pour me faire fabriquer des bottes sur mesure. » Et il allait voir Janis.

Chapitre 14

J'AI ÉTÉ ENLEVÉ PAR JACKY MESRINE

Comprenant que j'étais nul dans les études, mon père a décidé de me placer en pension au collège de Juilly, près de Meaux, chez les Oratoriens, dès l'âge de six ans. Dans ce collège, j'ai fait la connaissance de Claude Brasseur et Philippe Noiret.

Et surtout : Jacques Mesrine !

En pensant à mon éducation, mon père ne pouvait pas imaginer qu'il serait à l'origine de mon amitié avec le futur ennemi public numéro un.

Je rencontre Jacky dans le métro, à Saint-Mandé, le jour de la rentrée. Comme nous portons le même uniforme, nos mères respectives entament la conversation.

Dans le bus scolaire, nous nous asseyons à côté.

« Tu t'appelles comment ? demande Mesrine.

« Jean-Jacques Debout.

« Tu te fous pas un peu de ma gueule ? C'est comme si je m'appelais Assis. »

Intérieurement, je me disais : ça commence bien !

« Moi, je m'appelle Jacques Mesrine, mais on ne prononce pas le « S ». Tu n'as qu'à m'appeler Jacky, comme tout le monde. »

Et il est devenu mon meilleur copain de collège !

Il passait son temps à faire des coups. Un curé – le père Cognet – nous avait désignés pour servir la messe ensemble à la collégiale. On était arrivés à six heures du matin à la sacristie. Il a mis des crapauds dans le ciboire ! Quand le curé l'a ouvert devant les élèves agenouillés pour communier, les crapauds sautaient dans l'allée et fichaient la panique au milieu des gamins apeurés.

Jacky était devenu le chef de bande des orphelins du collège, très nombreux car la guerre venait de prendre fin. Jacky avait un cœur énorme et s'occupait d'eux comme un père. Il avait demandé à sa mère d'acheter des chaussures à un gamin qui avait des trous dans ses souliers. Alors sa mère lui donnait un billet de 500 francs pour qu'il aille à la mercerie. Pour un autre, c'était un nouveau pull pour remplacer un vieux tricot troué. Et le jeudi (à l'époque, le jeudi était le jour des enfants en lieu et place du mercredi) et le dimanche, Jacky rentrait chez lui avec l'un ou l'autre des orphelins pour les inviter à déjeuner chez lui.

Mme Pierre Mesrine était folle de son fils !

Quand il n'aimait pas quelqu'un, il le corrigeait à sa façon.

Je suis l'une des rares personnes à avoir assisté en direct à la première évasion de Jacques Mesrine. C'était au collège de Juilly, en 1948. On avait huit ans ! Pour vous situer l'histoire, je dois vous préciser qu'une piscine olympique venait d'être creusée dans le parc de notre collège.

Avec Jacky, nous logions dans une partie de l'internat qui s'appelait villa Saint-Philippe. Fin mai, la piscine était terminée et devait être bénie par le révérend père Tardiveau. Chef des Oratoriens, il régnait sur le collège de Juilly, et était aussi le grand responsable du somptueux collège Massillon à la Bastille et de celui de Saint-Martin-Pontoise. Je vous précise son âge : 99 ans ! Un autel en bois était installé devant le bassin. En tant que soliste de la chorale du collège, « La Cigale », je chantais avec mon pull bleu marine et mon insigne. On était rattachés aux Petits Chanteurs à la Croix de Bois, sous la direction de Mgr Maillet (nous sommes même allés, un jour, chanter à Saint-Pierre de Rome). Jacky se tenait debout, juste à côté de moi. Mais tout à coup, à la fin d'un cantique, je remarque que le Jacky s'était volatilisé. La messe touchait à sa fin. J'entendais le bruit du mâchefer qui avait été posé au bord de la piscine. Ça craquait, comme quelqu'un qui marche sur du charbon. Je trouvais cela très étrange, cherchant mon camarade du regard.

Au moment de l'élévation, quand le père Tardiveau lève le calice en l'air et que tout le monde doit baisser les yeux, on entend un énorme PLOUF !

Calice à la main, le révérend père Tardiveau venait de tomber à l'eau. Je rappelle qu'il avait 99 ans. Et je précise que la piscine n'était pas chauffée. Craignant qu'il ne meure, tous les prêtres ont plongé dans le bassin pour aider le révérend. Pendant ce temps-là, Jacky avait franchi la grille et réussissait avec brio sa toute première évasion ! Il était seulement âgé de huit ans, mais avait déjà échafaudé tout un plan, au cours duquel rien n'avait été laissé au hasard. Quelques jours plus tard, il m'a expliqué comment il avait procédé. Au cours de la nuit précédant la messe, il avait attaché les deux gardiens du collège dans leur lit en fer, afin qu'ils ne bloquent pas la grille de sortie. Le collège était comme une prison. Avec les murs extrêmement hauts, il était impossible d'en sortir, à moins d'avoir la clef de la grille. Muni de cette clef, Jacky a ouvert la grille et s'est enfui en courant. En ville, il est monté dans un car qui prenait la direction de Paris. Envolé, le Mesrine ! Coup d'essai, coup de maître. Pour ne pas se faire repérer, il était monté à l'arrière du bus, par la petite échelle utilisée par le chauffeur pour décharger les valises. Caché entre les valises, il n'a pas bougé jusqu'à Paris. Évidemment, ses parents avaient été prévenus, et ils étaient morts d'inquiétude. Son signalement avait été donné aux autorités. Pour la première fois, Mesrine avait les gendarmes à ses trousses. Il a tenu pendant quatre jours ! Jacky s'est rendu dans une forêt près de Compiègne, où sa tante avait une auberge. Celle-ci était fermée et inoccupée, mais Jacky connaissait l'emplacement de la cachette d'une clef. C'est là qu'il s'était réfugié. Un soir, il en a eu assez et a regagné la maison de ses parents à Clichy. Il leur a expliqué qu'il ne faisait rien d'intéressant au collège et qu'il était sans cesse réprimandé par un curé, qui s'appelait – drôle de coïncidence – le père Cognet. Je peux confirmer qu'il portait bien son nom, car il était très dur avec les élèves. Il avait évidemment remarqué que l'élève Mesrine en faisait des vertes et des pas mûres.

Un autre exemple ? Jacky avait trouvé une épingle à cheveux qu'il avait trafiquée, de façon à ouvrir les troncs pour récupérer les pièces récoltées pendant la messe. Tous les dimanches, les parents d'élèves mettaient des pièces dans la collégiale, et dès que c'était terminé, Jacky ouvrait les quatre troncs et mettait les pièces dans un sac, qu'il distribuait ensuite à sa bande. Ce n'était pas pour lui qu'il volait ! C'était un jeune Robin des Bois. Le père Cognet a fini par découvrir son manège et lui a mis une de ces trempes ! Je ne vous dis pas tout ce qu'il a pris… Jacky ne s'était pas démonté et l'avait menacé :

« Vous ne perdez rien pour attendre ! Un jour, je vous tuerai ! »

Quand un gosse de neuf ans dit ça, on ne le prend pas au sérieux…

Sauf qu'il s'agissait de Jacques Mesrine.

Quelque temps plus tard, Jacky a trouvé une corde sur un chantier de travaux. Le collège était constamment en travaux car tout était vieux. La construction datait de Louis XIII. Les élèves jouaient au football avec le père Cognet, qui frappait le cuir avec sa soutane noire. Le terrain de jeu était à proximité d'un escalier qui montait. En haut des marches, Jacky se tenait avec sa corde et jouait au lasso ! Tel un cow-boy, il avait réussi à attraper le fameux père Cognet ! Alors que la corde était serrée autour de son cou, le curé hurlait comme un veau. Et Jacky serrait de plus en plus fort. J'ai cru qu'il ne s'arrêterait jamais. D'ailleurs, je pense qu'il ne se serait pas arrêté, et qu'il est passé tout près de commettre ici son premier crime. Heureusement, tous les élèves se sont jetés sur lui pour sauver Cognet de la strangulation. Je sais que cela vous paraît fou d'imaginer un enfant de neuf ans capable de tuer quelqu'un de sang-froid, mais pour avoir vécu avec Jacky, je savais qu'il en était capable. Il avait dit au père Cognet qu'il le tuerait. Et Jacky faisait toujours ce qu'il disait.

Évidemment, cela a fait toute une histoire dans le collège. Jacky a fini au cachot pendant trois jours. Ce cachot, une toute petite pièce avec des toilettes à la turque, un lavabo et une douche sans eau chaude, était réservé aux élèves qui dépassaient les bornes. Chaque midi et chaque soir, un élève allait lui porter une soupe. Quand il est sorti de là, Mesrine était plus qu'en colère. Il hurlait des horreurs à tout-va, répétant à tous les copains qu'il voulait tuer les responsables. Il s'était plaint à la direction – le père de Givry –, arguant que ce n'était pas des façons de traiter les élèves, que le collège était pire qu'une prison, etc. Juilly a donc décidé de le renvoyer chez lui pendant un mois. C'était la mise à pied.

Quand il est revenu, il s'était un peu calmé.

Juste un peu…

À l'époque, dans les cours des collèges flottait le drapeau français en haut d'un grand mât. On appelait ça le drapeau du collège, puisque le nom de Juilly était inscrit sur les couleurs bleu-blanc-rouge. Souvent, la chorale chantait autour du drapeau. Il y avait le « Je vous salue, Marie », puis « Notre père qui êtes aux cieux », récités par les élèves. C'est ce qu'on appelait « monter les couleurs ». Un jour, Jacky s'est débrouillé je ne sais comment pour trouver un drapeau allemand et l'attacher à la place du drapeau français. À la fin du Notre-Père, il hisse le drapeau de l'Allemagne avec la croix gammée, ce qui provoqua un tollé général… Horrifiés, les curés lui ont couru après, mais ils étaient trop âgés pour rattraper un jeune garçon. Nouvelle évasion du Jacky ! Apeurés, les gardiens ont accepté de lui ouvrir la grille, car ils se souvenaient du coup précédent quand il les avait attachés. Dès le plus jeune âge, sa force de persuasion face aux adultes était saisissante. Cette fois-ci, Mesrine est monté dans les valises d'un car qui se rendait à Meaux. Là-bas, il s'est réfugié dans la cathédrale en argumentant : « Les curés de Juilly me maltraitent, prenez-moi dans votre collège. » Son cirque n'a pas fonctionné et les gendarmes l'ont ramené dans leur fourgon, sans hésitation. Une fois qu'il rentrait à Juilly, Jacky Mesrine me retrouvait dans ma chambre et me racontait ses escapades dans les moindres détails.

Une autre fois, il a profité de la pause du midi pour monter sur un tractopelle. Comme je le disais, il y avait souvent des travaux. Le conducteur était parti déjeuner. Jacky avait réussi à mettre l'engin en route et roulait dans tous les sens, heurtant les arbres, défonçant les pelouses. Il avait même détruit une colonne en pierre ! Le conducteur avait fini par reprendre le contrôle de son véhicule en coupant le contact, mais Jacky s'était aussitôt échappé en courant. Le soir, face aux curés, il a soutenu que c'était l'un de nos camarades qui avait fait le coup.

Le matin, un prêtre nous faisait la lecture. *Voyage au centre de la Terre*, de Jules Verne. C'était le petit déjeuner, avec pain, beurre et confiture. De grands brocs de café et de thé étaient posés sur les tables. La lecture du curé était un peu rasoir. Et Jacky a voulu mettre de l'animation…

Soudain, il s'est écrié : « Ma parole, c'est lui qui se prend pour le centre de la Terre ! » Et il lui a renversé un broc de café sur le crâne ! Évidemment, le café était brûlant, ébouillantant les cheveux du pauvre curé. Tous les élèves hurlaient de rire. Mesrine était déjà une star, mais est repassé par la case cachot pour deux jours.

Parfois, Jacky me prévenait à l'avance. Je ne savais pas quand il passerait à l'acte, mais je savais qu'une nouvelle péripétie allait survenir. Je n'ai jamais eu à craindre d'être entraîné dans ses coups car il agissait en solo.

Tout cela n'empêchait pas Mesrine d'être bon élève. C'est du reste ce qui lui permettait de garder un peu de grâce aux yeux de la direction. Avec toutes ces mises à pied et ses longs séjours au cachot, sa réussite aux examens en était même incompréhensible. Il était brillant en français et en orthographe. Avec une mémoire d'éléphant. En cours d'histoire, il était très impertinent : il contestait l'Histoire de France, capable de dire aux professeurs qu'ils se trompaient sur l'âge de Louis XIV ou sur l'identité d'une maîtresse d'un autre roi de France. Tout ce qui était matière à amuser la classe lui plaisait.

Chaque époque a ses modes. Pendant un temps, les gamins avaient tous une planche à roulettes. Nous, c'étaient les gants de boxe. Alors Mme Mesrine a eu l'idée (assez folle, quand on connaissait son fils !) d'offrir à Jacky une paire de gants, achetée aux Galeries Lafayette.

Évidemment, l'animal s'est débrouillé pour les introduire en cours. C'était en classe de dessin. Le professeur dessinait une sorte de montagne avec un chalet, à l'aide d'une craie sur le tableau noir. Sans prévenir, Jacky est monté sur l'estrade muni de ses gants de boxe.

« Effacez tout ça, c'est trop moche ! crie Jacky d'un ton menaçant à l'attention du professeur.

— Mon cher Mesrine, retournez à votre place ou cela va mal finir ! »

Ce pauvre professeur a eu la mauvaise idée de saisir sa grande règle pour menacer Mesrine. Se sentant provoqué et mis au défi, Jacky a commencé à le boxer, délivrant à l'homme une série de puissants coups de poing dans le ventre. Il avait déjà beaucoup de force, et surtout une grande détermination. Notre professeur a chuté sur l'estrade, se plaignant de sa tête. Les élèves ont appelé au secours et le censeur est arrivé. Nouvelle mise à pied. Huit jours dehors !

C'était comme ça à longueur de journée. Jacky Mesrine était intenable. J'aurais pu écrire un livre entier sur les aventures de Mesrine au collège de Juilly.

J'avais seulement conscience à moitié de l'homme qu'allait devenir Jacky. Il m'emmenait souvent à Pigalle au cinéma. Sa grand-mère était la gardienne de l'immeuble situé en face du cabaret de Michou, alors elle avait des entrées gratuites. Dans cet immeuble logeaient des tas de producteurs de films X et érotiques. On assistait donc à des films un peu effrayants aux noms dérisoires : *Faites la queue comme tout le monde*, *Couche-la dans le muguet*, *Un enfant dans la tourmente*. Mais il y avait aussi tous les films d'Eddie Constantine, notamment *La Môme vert-de-gris*, que Jacky m'a emmené voir au moins dix fois. Il me disait :

« Quand je serai grand, je serai célèbre. Je veux être exactement comme eux ! Tu verras… »

Assez naïf, je me méprenais totalement sur ses intentions. Je pensais qu'il rêvait d'être comédien afin d'endosser le rôle des voyous. En réalité, il voulait devenir un bandit dans la vraie vie. C'était à la fois une vocation et un projet professionnel.

Quand on avait seize ans, on allait souvent au *Sans-Souci*, une brasserie. Nous n'étions évidemment plus au collège de Juilly mais on se fréquentait toujours régulièrement. Ce sont d'ailleurs les derniers moments où il était encore fréquentable… Dans cette brasserie, Jacky était tombé amoureux d'une prostituée d'origine arabe, très mignonne et plus âgée que lui. Évidemment, un maquereau la surveillait. Elle n'avait pas besoin de traîner plus de dix minutes devant le bar pour être abordée par un homme. Jacky essayait de la draguer. Mais voyant l'âge de Mesrine, le souteneur avait compris qu'il n'avait probablement pas d'argent, et lui avait dit de passer son chemin. Vous vous doutez de la réaction de Mesrine :

« Je vais lui casser la gueule ! »

La fois suivante, alors que je suis attablé au *Sans-Souci* avec Jacky, je découvre qu'il cache dans sa poche un 6,35 mm, un vrai revolver qu'il avait acheté aux puces, à Clignancourt. Quand le maquereau est entré, Jacky lui a tiré dessus, sans même me prévenir de ses intentions. Heureusement, il l'a raté, explosant le grand miroir situé au-dessus d'une banquette où des clients se tenaient assis. Une véritable scène de saloon ! Encore une fois, j'avais manqué de peu le premier crime de mon ami d'enfance. Jacky s'est échappé en courant et n'a jamais été rattrapé. Il avait été si rapide que personne ne l'avait vu tirer. Pas même moi ! Habitué des lieux, Joseph Kessel était à la table d'à côté avec sa vodka et un manuscrit, complètement effrayé. Pourtant, lui qui avait fait la guerre en avait vu d'autres. Je me souviens de sa remarque :

« Je crois que c'est votre ami qui a tiré ?

— Je crois…

— Mais où est-il passé ?

— Il doit déjà être caché dans Pigalle. Il connaît le quartier comme sa poche. Il connaît chaque ruelle, chaque impasse, chaque escalier. Personne ne le trouvera. »

Je n'ai pas revu Jacky pendant les trois mois qui ont suivi. Puis, il a réapparu, changeant de stratégie. La fille était toujours là. Et il a sympathisé avec le mac, se le mettant dans la poche. Il l'a même complètement embobiné avec ses histoires.

« Je connais un endroit, dans la forêt de Compiègne. Je sais qu'il y a un trésor, caché par un mec qui vole des trucs. Ma tante a un restaurant pas loin et j'ai sa clef. Si tu veux, je t'invite à déjeuner et on essaiera de le trouver. »

Le souteneur a plongé !

Le mardi, la guinguette était fermée. Jacky avait donc tout prévu pour recevoir le maquereau, achetant du pâté en croûte et du bon vin. Après l'avoir bien fait boire, ils sont partis à la recherche du trésor, munis de grandes pelles pliantes.

« Regarde, la terre semble avoir été remuée récemment, invente Jacky. On dirait que le trou vient d'être rebouché. Creuse, creuse !

— Il n'y a rien, répond l'autre après moult tentatives.

— Bon, tant pis, tu peux laisser la pelle. »

À cet instant, Jacky sort son revolver et caresse la nuque du souteneur.

« Merci d'avoir creusé ce trou, il est pour toi ! »

Et Mesrine a tiré, avant d'enterrer le type. Son premier crime. Je vous livre ici cette histoire telle qu'il me l'a racontée.

Bien sûr, la police a fini par découvrir son forfait, et il a envoyé dans une prison spécialisée. Après un an et demi de détention, le procès s'est tenu. Et figurez-vous que le Jacky s'est débrouillé pour faire croire que le maquereau l'avait menacé à cause de la fille et que c'était un crime de légitime défense. Mais son casier judiciaire en avait pris un coup. Ses parents étaient tombés en dépression. Il dormait au centre pénitentiaire d'Orléans, où sa mère lui portait du linge.

Je n'ai pas revu Jacky entre son crime et son premier emprisonnement. Il ne se montrait pas beaucoup. De plus, voyant qu'il commençait – vraiment – à tourner mal, cela ne me plaisait pas trop. Ce n'étaient plus des coups comme au collège. Je m'inquiétais de me retrouver mêlé à une histoire sordide. Il est devenu ami avec de grands voyous, dont un que j'avais rencontré : Michel Ardouin, que tout le monde appelait « Porte-avion ». J'avais dix-sept ans, ma carrière débutait et j'ai cessé de le voir, par nécessité. À sa sortie de prison, je l'ai toutefois revu aux puces, à Clignancourt.

D'ailleurs, à Clignancourt, me croirez-vous si je vous dis que j'ai organisé – dans le plus grand secret – une rencontre entre Jacques Mesrine et Johnny Hallyday ? C'était aux puces, là où Mesrine avait sa planque. J'étais l'un des rares à savoir très exactement où il se cachait. Évidemment, je n'avais pas dit à Johnny qu'il s'agissait de l'ennemi public numéro un. C'était trop risqué. Il avait les cheveux roux, complètement transformé. Impossible de le reconnaître ! Il pensait rencontrer un simple truand.

« Je te présente Johnny Hallyday, dis-je à Jacky déguisé.

— Monsieur Hallyday, je vous dis : RESPECT. Pourriez-vous me signer deux autographes ? J'en donnerai un à mon ex-compagnon de cellule. »

Parce qu'il avait l'œil, Johnny avait compris qu'il y avait quelque chose de louche.

« Il a des faux cheveux, ton copain. Il est spécial.

— C'est normal, c'était Jacques Mesrine, recherché par toutes les polices du monde.

— Oh ! Dis donc, ça me ferait plaisir de le revoir. Mais comment tu le connais ? Il n'y a que toi pour fréquenter des types pareils ! »

Ils ne se sont jamais revus. Mais quand il a été arrêté à la Santé, Mesrine a écrit à Johnny, lequel lui a répondu. C'était deux mois avant son évasion !

Quand il voulait me voir, Jacky faisait passer un message *via* un marchand des puces de Clignancourt. Mais au Canada, il a fait pire… il m'a enlevé !

Une histoire de fou… Mesrine était en cavale en Amérique du Nord – ce que j'ignorais à ce moment-là – pendant que j'assurais une tournée avec Barbara au Canada, pendant deux mois. C'était en 1969. Après m'avoir engagé en première partie pour son spectacle à la *Tête de l'Art*, Barbara avait insisté pour que je remplace Serge Reggiani au pied levé pour les concerts canadiens. J'adorais Barbara et même au dernier moment, je ne pouvais rien lui refuser. Je me suis donc envolé pour deux mois merveilleux à ses côtés. En fuite et grimé comme à son habitude, Jacky a vu par hasard une affiche qui indiquait ma présence à Montréal. Je vous rappelle qu'à cette époque, la police avait déjà l'ordre de tirer sur Mesrine dès que l'occasion se présentait. Mon ami Jacky venait quand même de tuer par étranglement trois gardes forestiers ainsi qu'une téléphoniste qui l'avait reconnu dans un motel à la frontière des États-Unis ! Évidemment, il sortait très rarement et s'ennuyait donc comme un rat mort. Pour se divertir, et ne sachant pas comment me contacter, il a organisé… mon enlèvement !

Alors que je sors de la place des Arts par l'entrée des artistes, un homme masqué me tombe dessus brutalement et me jette à l'intérieur d'une voiture américaine, une Lincoln. Parfaite réplique de l'auto qui conduisait le Président Kennedy le jour de sa mort ! Le type avait une cagoule et des lunettes de soleil. J'ai été conduit dans une forêt. J'ai vu ma dernière heure ! J'ai cru que j'allais prendre une balle dans la tête sans jamais comprendre pourquoi. À aucun moment je n'ai pensé à mon vieux copain de collège.

« Descends de la voiture ! » hurle le type. « Retourne-toi ! »

Je me retourne, mort de peur.

« Et maintenant, regarde ! »

Mon geôlier ôte sa cagoule. Ses lunettes de soleil tombent. Et malgré une nouvelle balafre sur son visage, je le reconnais…

« Jacky ! Jacky ! C'est toi qui m'as fait ce coup-là.

— Je me faisais tellement chier. Quand j'ai vu ton nom sur l'affiche, j'ai eu envie de te voir. Comment va ta maman ? »

J'ai passé une partie de la nuit à discuter avec lui.

Mais l'histoire ne s'arrête pas là. Loin de là ! Le lendemain, faisant fi du mandat de recherche d'Interpol et profitant de ses talents d'Arsène Lupin pour se grimer, il décide d'assister au concert, puis demande à rencontrer Barbara. Évidemment, je n'ai pas dit à cette grande dame de la chanson que j'invitais à sa table l'ennemi public numéro un. Elle m'aurait reproché de mettre sa vie en danger. Le dîner ne s'est pas très bien passé…

« Barbara, pourriez-vous chanter *Dis, quand reviendras-tu ?* car cette chanson me rappelle ma femme qui est en France ?

— Comment connaissez-vous cette chanson ?

— Je suis Français. J'ai le disque à la maison. Ma femme me manque. Si vous la chantiez pour moi, cela me ferait du bien.

— Je suis désolée, je vois que vous êtes un grand ami de Jean-Jacques, mais je ne chante jamais à table, et encore moins avec la bouche pleine.

— Ah ! tu ne veux pas chanter ! » s'écrie Jacky en plaçant ses mains sur le cou de Barbara.

J'ai aussitôt attrapé le bras de Mesrine pour l'écarter. Je savais trop de quoi il était capable ! Et il m'a fait un clin d'œil. J'étais soulagé. Barbara, décontenancée, me dit :

« Dis donc Jean-Jacques, tu n'en as pas un deuxième comme celui-là à me présenter ? »

Et ce n'était toujours pas terminé.

Le jour suivant, Jacky est revenu pour s'excuser avec un magnifique cadeau pour Barbara : une rivière de diamants ornée de pierres précieuses multicolores. C'était évidemment le fruit d'un vol dans une bijouterie. Dans un premier temps, Barbara refuse le présent. Mais je lui fais comprendre qu'avec un tel personnage, il valait mieux accepter. Je propose à Barbara d'offrir les diamants à son frère qui lui réclame toujours de l'argent.

Entre-temps, Jacky m'avait emmené déjeuner dans un restaurant de voyous, l'un des seuls endroits où il était tranquille. Il me présente un type avec les jambes sectionnées.

« C'est mon patron. J'ai trouvé cet homme ligoté sur des rails de chemin de fer, et juste avant le passage du train, je l'ai tiré vers moi pour lui sauver la vie. Depuis, il me protège, m'assure une couverture. Mais ne dis pas trop de conneries devant lui… »

Effectivement, le « patron » de Jacky, qui se déplaçait avec une voiturette, semblait ne jamais quitter son revolver. C'est un déjeuner que je n'oublierai pas ! Jacky m'avait lui-même cuisiné un délicieux steak au poivre.

Ensuite, il a fallu trouver un moyen pour passer la douane avec la rivière de diamants. J'ai eu l'idée d'ouvrir l'accordéon d'un musicien – sans lui dire ! – et c'est passé comme une lettre à la poste. Ni les douaniers ni l'accordéoniste n'ont perçu la supercherie… Quelques jours plus tard, le frère de Barbara roulait au volant d'une Jaguar flambant neuve.

À son retour en France, Jacky m'a fait passer un message. Je devais le retrouver dans l'arrière-boutique d'un brocanteur de Clignancourt. Jacky, complètement grimé, lui refilait des objets volés à vendre. Il se préparait à partir pour le Mexique. Moi, ne sachant pas trop quoi lui dire, je lui demandais des nouvelles de ses parents. Je ne voulais pas lui parler de ses crimes. Je savais bien tout ce qu'il faisait puisque c'était dans les journaux.

Mesrine finira par être emprisonné à la Santé, d'où il m'écrira avant d'organiser sa spectaculaire évasion en hélicoptère. Dans sa dernière lettre, voici ce qu'il m'écrivait : « Mon cher Jean-Jacques, je t'ai vu à la télévision dans les *Rendez-vous du dimanche*. Peux-tu demander un autographe à Michel Drucker ? Pour moi, et également pour mon copain Porte-avion. Si tu peux aussi en demander un à Michel Sardou… » À l'époque, il existait des cartes postales affichant les visages des vedettes. Drucker et Sardou se sont exécutés en écrivant un mot gentil, et j'ai envoyé le tout à la Santé. Jacky m'avait remercié ainsi : « Le film de ma vie s'est accompagné de 6,35 mm, et le tien de 45 tours. Peut-être à bientôt, mais je sens que ma vie va bientôt toucher au mot FIN. Je t'envoie la bise des voyous. » Peu de temps après, j'étais dans un hôtel de New York, où je prenais ma douche avant d'aller assister à une comédie musicale, *Le Violon sur le toit*. La télévision tournait en boucle sur NBC. Tout à coup, j'entends parler en français et les mots « *French connection* ».

Une journaliste était en direct de Paris et annonçait la mort de l'ennemi public n° 1. J'ai aussitôt appelé ma mère. Même si sa mort ne m'étonnait guère – cela devait finir par arriver –, cela m'a fait beaucoup de peine.

Pour comprendre la violente exécution de Mesrine, il faut remonter un an avant.

En 1978, Jacky a braqué le casino de Deauville pour un butin de plus de 130 000 francs. Le casse s'est mué en fusillade et une balle perdue s'est logée dans le genou d'une pauvre fille de dix-huit ans, qui a perdu sa jambe. Anne d'Ornano, maire de Deauville et épouse du ministre de l'Intérieur de Giscard, a sonné la révolte contre Mesrine et lancé l'opération du gouvernement qui tuera Jacky, le 2 novembre 1979 à Clignancourt, lors d'une opération menée par onze tireurs d'élite et le commissaire principal Robert Broussard. Jacky est mort au volant de sa BMW. À côté de lui, sa compagne Sylvia Jeanjacquot s'en est tirée avec un œil crevé.

Jacky a toujours été gentil avec moi. Il avait beaucoup d'humour. Quand il m'arrive de repasser devant l'entrée du *Sans-Souci* à Pigalle, je pense à lui. Quand j'habitais encore dans la capitale, c'était resté ma cantine. Je n'ai jamais eu de nouvelles de ses parents ni de sa sœur Christiane, qui est partie aux États-Unis. Pourtant, quand nous étions enfants, nous partions tous ensemble en vacances, avec mes parents. Il avait beau être un criminel, c'est une partie de ma jeunesse…

La police savait que je le connaissais. Plusieurs années plus tard, j'ai été invité à déjeuner chez Anne d'Ornano à Deauville. Anne d'Ornano avait été présidente des jeunes giscardiens. C'est elle qui avait trouvé la phrase « Giscard à la barre ». Je me suis ainsi retrouvé face à Michel Poniatowski, le garde des Sceaux de Giscard. Voici ce qu'il m'a dit :

« Vous êtes un ami de Jacques Mesrine ?

— Oui.

— Je suis au courant de toutes les lettres que vous échangiez. J'ai les photocopies de votre correspondance sur mon bureau.

— ...

— C'est moi qui ai décidé que l'on tire sur lui sans sommation. »

Que pouvais-je lui répondre ?

Alors, c'est lui qui a enchaîné :

« Voulez-vous savoir pourquoi ?

— Oui...

— Il a failli tuer quatre policiers dans le casino de Deauville, ensuite en s'enfuyant il a tiré en arrière dans tous les sens. Une balle a fait ricochet et a blessé gravement une fille de dix-huit ans. Anne d'Ornano a menacé Giscard de quitter la politique si on n'arrêtait pas les agissements de votre ami. »

Poniatowski m'a ensuite demandé si j'avais revu Jacky. Évidemment, j'ai répondu par la négative...

Chapitre 15

MON AMI BÉBEL

Jean-Paul Belmondo était dans la vie comme dans ses films. On ne peut pas en dire autant de tous les artistes. D'ailleurs, j'ai connu l'homme avant la vedette, puisque quand j'ai rencontré Jean-Paul, il n'avait encore jamais été à l'affiche du moindre film. Un peu la même chose que pour Johnny, dont j'avais fait la connaissance avant qu'il n'ait enregistré un seul disque.

Quand j'ai connu Belmondo à la fin des années 1950, on était une bande. On allait au *Select*, au *Flore*. C'est une époque où tout le monde se cherchait. On sortait énormément. Pour ainsi dire, on passait notre vie dehors.

Son père était sculpteur, et on sentait que Jean-Paul avait eu une éducation d'artiste. Il était attiré par la rue, les copains et les voitures de sport. Mais surtout, c'était un artiste jusqu'au bout des ongles. Il avait des copains de tous les styles : acteurs, sculpteurs, peintres…

Surtout, il aimait rire. Bébel riait pour un rien. Une mouche qui passe, il pouvait y trouver un côté comique.

Belmondo avait tout d'un prince russe.

La première fois que j'ai vu Jean-Paul Belmondo, c'était au *Deauville*, un café des Champs-Élysées où se rendaient tous les acteurs et metteurs en scène des années 1950. C'était l'endroit idéal pour les jeunes comédiens qui cherchaient à se faire un nom. Les comédiens y venaient tous avec leur duffelcoat, leur écharpe écossaise et leurs mocassins anglais, comme le commandait la mode à cette époque.

Il y en avait toute une flopée. On pouvait y voir Annie Girardot, Daniel Gélin, Robert Hossein, Marina Vlady, Philippe Lemaire…

C'était un bistrot tout à fait ordinaire. Mais pour le cinéma, une vraie pépinière ! Les producteurs et les impresarios y passaient tous.

Au milieu de tous ces jeunes comédiens, j'avais repéré un type différent des autres, avec sa veste en cuir et son côté dégingandé, bien que chic. Il était copain avec mon ami Roger Dumas. Un jour, il s'assied à notre table. À l'époque, je ne buvais encore que du Coca, mais lui tournait au vin blanc. Je l'entends encore commander au serveur « un petit ballon de sancerre ». Comme le voulait la mode dans les années 1950, Jean-Paul ne quittait pas son porte-documents. Ça allait avec le reste de l'accoutrement. Il en a sorti les photos d'un film qu'il venait de tourner, mais qui avait été stoppé faute de budget. Belmondo n'était encore qu'un débutant inconnu qui cherchait à percer dans le milieu. Au Conservatoire, il avait été applaudi par ses camarades de promotion mais rejeté par ses professeurs, qui ne croyaient pas en lui. À côté de nous, il y avait Mario David, avec qui il était copain. Belmondo n'était pas un solitaire. Il aimait être en bande. Il venait chaque soir au *Deauville*, vers cinq ou six heures de l'après-midi. Au *Deauville*, c'était une sorte de grande famille. C'est aussi là qu'il a rencontré son grand copain Charles Gérard, qu'il n'a jamais quitté.

Là-bas, certains ne venaient que pour draguer les comédiennes. Belmondo avait remarqué Pascale Petit, qui elle non plus, n'était pas encore connue. Il la trouvait vachement jolie ! Il m'avait dit :

« Dis donc, ça fait trois fois que je la vois en quinze jours, il va bien falloir que je lui adresse la parole !

— Jean-Paul, j'ai remarqué que dès que tu tournes la tête, elle te regarde aussi. Je crois que tu as un ticket avec elle ! »

C'est comme ça qu'on parlait à l'époque !

Ce jour-là, Jacques Charrier nous rejoint à la table. Je lui présente Roger Dumas et Jean-Paul Belmondo. Charrier nous offre une tournée. Je reprends un Coca et Belmondo reprend son sancerre. Et Daniel Cauchy nous rejoint à son tour. Il commençait à se faire un nom dans des rôles de petits voyous. Je revois encore le jeune Belmondo s'adresser à lui :

« Vous jouez au cinéma tout ce que j'aimerais jouer ! »

Cela a fait rire Cauchy, mais il l'a pris au sérieux :

« En ce moment, je suis sur trois films en même temps, je vais avoir du mal à faire les trois. Si tu veux, je te branche sur l'un des films, ça peut fonctionner. Je trouve que tu as bien la gueule de l'emploi. »

Ils ont échangé leurs numéros de téléphone. Belmondo a passé le casting et a été choisi, pour jouer un voyou qui s'habille en femme. C'était un petit rôle, dans un petit film de Gilles Grangier.

Ensuite, Robert Hossein a « adopté » Belmondo et l'a fait jouer au théâtre, dans une pièce qui s'appelait *Responsabilité limitée*, au théâtre des Noctambules. Roger Dumas y tenait aussi un rôle, alors j'allais les voir tous les soirs. Ensuite, on se retrouvait dans un petit restaurant : *L'Échaudé*. Dans cette même rue de Seine, un comédien un peu raté avait monté la *Galerie 55*, où il faisait jouer tous ses amis à partir de 22 h 30, jusqu'à 2 heures du matin. Avant les sketches, j'ouvrais le bal avec trois chansons, dont *Les boutons dorés*.

Un peu plus tard, Jacques Charrier s'est débrouillé pour dénicher à Jean-Paul un contrat dans *Les Tricheurs*, de Marcel Carné. Son premier vrai rôle.

Il crevait déjà l'écran.

Il jouait le rôle d'un type qui venait mettre le bazar dans une surprise-partie. Charrier tenait le premier rôle et Pascale Petit était la vedette féminine – cette fameuse brune qu'il admirait au Deauville. Ils s'étaient évidemment reconnus.

À la *Galerie 55*, je me souviens du sketch de Guy Bedos et Jean-Pierre Marielle, qui jouaient deux tennismen qui s'engueulaient sur un court. C'était aussi une pépinière. J'y voyais Macha Méril, Claude Brasseur, Henri Virlogeux, Pierre Doris, Pierre Dac, Francis Blanche, puis Colette Renard qui arrivait du théâtre Gramont où elle jouait *Irma la Douce*.

Non loin de là, il y avait un cabaret qui s'appelait *L'Échelle de Jacob*, où se produisaient de jeunes chanteurs comme Jacques Brel ou Léo Ferré. J'y avais aussi rencontré un petit jeune qui voulait percer dans la chanson : Bernard Tapie. Je lui avais écrit des chansons. Moi je ne pouvais pas y chanter car j'étais sous contrat avec la *Galerie 55*.

En seconde partie de nuit, les mondes du cinéma et de la chanson se retrouvaient à *L'Échaudé*. On y discutait jusqu'à 5 ou 6 heures du matin.

Il se passait toujours des choses hilarantes. Un exemple : une nuit, Léo Ferré est entré vers 3 heures du matin. Comme toujours, Ferré était flanqué de ses deux guenons, avec qui il vivait. Cela ne plaisait pas au patron du restaurant, mais comment expliquer ça à Léo Ferré ? J'étais attablé avec

Claude Brasseur, Roger Dumas et Jean-Paul Belmondo. On mangeait une soupe à l'oignon. À l'époque, ça ne coûtait pas cher et ça nourrissait. On l'a regardé s'installer avec les singes, juste à côté d'une table occupée par un couple d'Américains. La femme portait une perruque blonde. Tout à coup, l'une des deux guenons – qui s'appelait Pépée – attrape la perruque de l'Américaine et s'échappe dans la rue en courant, déchirant et dévorant les faux cheveux.

Avec Claude, Roger et Jean-Paul, nous sommes sortis dans la rue profiter du spectacle. On pissait dans notre froc de rire ! Les deux Américains hurlaient de colère, ils appelaient la police, tandis que Ferré les insultait.

« Ma perruque !

— Police ! Police !

— Bande de cons ces Ricains ! Foutez la paix à Pépée ou je vous mets mon poing dans la gueule ! »

Belmondo riait autant qu'il tentait de les séparer. Je n'oublierai jamais cette soirée surréaliste.

Jean-Paul était toujours aux premières loges quand ce genre de « coup » arrivait.

Il aimait faire rire les gens. Par exemple, il déclamait le *Cid* en s'amusant à imiter la voix de Michel Simon ! Toute la salle hurlait de rire. Il aimait le burlesque. Quand Sami Frey faisait pleurer le public, Belmondo le faisait rire.

Je savais que Jean-Paul deviendrait un grand acteur. Cela ne pouvait pas être autrement.

Un soir, il est arrivé à *L'Échaudé* tout sourire :

« Je suis très content, je vais tourner un film avec une Américaine qui a joué dans le *Jeanne d'Arc* d'Otto Preminger : elle s'appelle Jean Seberg. Le metteur en scène est Godard, pionnier de la Nouvelle Vague. »

Vous avez évidemment compris qu'il s'agissait de *À bout de souffle*, le film qui va lancer sa carrière en France et dans le monde entier.

Dans ce film, Belmondo était le même que dans sa vie. Il n'a pas eu à se forcer.

Comme Delon, Belmondo était un acteur qui plaisait aux filles. Mais il avait un style bien particulier. Je le trouvais plus proche de Marlon Brando. Avec sa dégaine, sa décontraction, son visage… ce n'était pas le beau garçon stéréotypé que les gens avaient l'habitude de voir. Belmondo tranchait avec, par exemple, un Jean Marais. Mais cela ne l'empêchait pas de décrocher des rôles de jeune premier.

Avec le succès, Jean-Paul n'a pas changé, même si évidemment, on le voyait beaucoup moins. Il était sans arrêt en tournage. Il n'avait plus le temps de venir au *Deauville*, ni à la *Galerie 55*, ni à l'*Échaudé*. L'oiseau rare s'était envolé ! Et il a fait la carrière qu'on lui connaît. Je l'ai retrouvé ensuite par hasard au *Club Saint-Germain*, qu'Eddie Barclay avait relancé. C'était une cave en dessous du *Bilboquet* qui était réservée aux amateurs de jazz. J'y croisais Juliette Gréco et Jeanne Moreau. Sur scène, j'écoutais de grands musiciens comme Raymond Foll – un grand pianiste, le fameux « Moustache » qui jouait de la batterie, Miles Davis (il avait prolongé son séjour à Paris car tombé amoureux de Juliette Gréco !), Louis Armstrong, Barney Willem. Ce dernier – excellent saxophoniste – sortait avec une danseuse. Et cette danseuse était amie avec la fameuse Élodie Constantin, qui va devenir la première femme de Jean-Paul Belmondo.

Mon ami Jean-Paul, qui ne traînait plus dans les cabarets, a ainsi commencé à fréquenter ce club de jazz pour admirer Élodie. La première fois, je ne m'attendais pas à le voir débarquer dans cette petite cave. C'était à l'époque du tournage de *Moderato Cantabile*, un film franco-italien adapté du roman éponyme de Marguerite Duras.

« Oh ! Jean-Paul, que fais-tu ici ? Comment vas-tu ?

— Je suis fatigué, ils m'emmerdent avec l'Italie. À chaque fois que je rentre, je pense que c'est fini, mais il faut sans arrêt y retourner pour enregistrer de nouvelles scènes. »

C'était la vie d'un comédien demandé de toutes parts. Cela ne l'empêchait pas de rester au *Club St-Germain* jusqu'au lever du jour. Avec Élodie et Jean-Paul, on attendait l'ouverture du *Flore*, juste à côté, pour y prendre le petit déjeuner à sept heures du matin. Jean-Paul était très amoureux d'elle.

Dans ce club, je croisais aussi Alain Delon, lequel était tombé amoureux de Jeanne Moreau. Et Alain a fauché la belle actrice à Jean-Luc Richard, son mari ! C'était pendant le tournage de *Faibles femmes*, un film de Michel Boisrond, en 1959. Comme il était très beau, chaque client se retournait sur son passage. Son charme fonctionnait à tous les coups. J'y voyais aussi Serge Gainsbourg et Jean-Pierre Cassel. Ce dernier dansait le *bebop* avec Régine, qui n'était pas encore célèbre.

Ensuite, je suis parti en tournée avec Johnny, j'ai rencontré Chantal, j'ai abandonné le cabaret, etc. Ce qui m'a un peu éloigné de Paris, et donc, de Jean-Paul Belmondo.

Dans les années 70-80, je l'ai retrouvé chez Castel, où je me rendais souvent. Jean-Paul avait coutume de s'y arrêter après le dîner, pour prendre un dernier verre. À chaque fois, on trinquait en se rappelant toutes les conneries qu'on avait faites. Il avait divorcé d'Élodie, une fille que j'aimais beaucoup. Cela me provoquait un sentiment étrange de le voir sans sa femme. Je ne lui disais pas, mais je trouvais qu'il manquait une partie de lui, sans Élodie Constantin à ses côtés. Je n'osais pas lui en parler. Belmondo était souvent seul – ou flanqué de Charles Gérard, son meilleur ami. Pierre Vernier, Charles Gérard, Rémy Julienne…

Le 8 août 2001, Jean-Paul a été victime d'un accident vasculaire cérébral en Corse. J'ai aussitôt pris de ses nouvelles par l'intermédiaire de Charles Gérard. Cela a été une épreuve terrible pour le pauvre Jean-Paul, qui essayait de réapprendre à parler. Heureusement que ses copains du

Conservatoire ne l'ont pas lâché. Ils l'entouraient en permanence. Jean-Paul avait un moral d'acier. Il souffrait de se voir handicapé mais il avait ce tel sourire, cette telle joie de vivre, qu'il ne le montrait pas. Au fur et à mesure des dîners que nous organisions avec la bande de copains, on oubliait son handicap. Il aimait manger de la choucroute à la *Maison de l'Alsace*. On allait chez Bofinger à la Bastille. On retournait dans les clubs de jazz pour boire un verre. Il avait une telle force en lui. Il se bagarrait contre tout. Il était resté le bon vivant que j'avais connu dans les années 1950. Jean-Paul le Magnifique ! Pourtant, il a connu des moments éprouvants dans sa vie. Il a perdu sa fille, asphyxiée à quarante ans dans sa cuisine à cause d'une fuite de gaz. Cela fait partie des peines de sa vie qu'il cachait publiquement.

Au début de sa rééducation et pendant plus d'une dizaine d'années, il parvenait quand même à parler, à bien s'exprimer. À la fin, il était exténué. La dernière fois que je l'ai vraiment vu, c'était pour son quatre-vingt-sixième anniversaire. Marcel Campion, le roi des forains, avait organisé une fête en proposant à Belmondo d'inviter tous les gens qu'il avait envie d'avoir autour de lui. Jean-Paul m'avait inscrit sur la liste. Tous ses copains étaient là. Charles Gérard et Rémy Julienne étaient encore en vie. Pas Johnny. Charles était toujours celui que Belmondo voulait voir assis à côté de lui. À un moment, Charles vient me voir :

« Jean-Paul m'a dit de te dire qu'il serait très content que tu t'installes au piano pour chanter la chanson sur les orphelins qu'il aimait tellement à l'époque de la *Galerie 55*. »

Je me suis aussitôt exécuté et j'ai interprété *Les boutons dorés*, mon premier succès. Vous ne pouvez pas imaginer l'ambiance. Toute la salle hurlait !

À l'issue de la chanson, je suis allé embrasser Jean-Paul. Des larmes coulaient sur ses joues. Quelle émotion… ça m'a beaucoup marqué. Il m'a fait asseoir à côté de lui et on s'est mis à discuter. Je lui rappelais le nom des filles que l'on avait connues ensemble à l'époque où on était cavaleurs. Qu'est-ce qu'il riait ! À gorge déployée. Il se demandait comment je pouvais avoir mémorisé tous ces prénoms. Ça l'amusait beaucoup.

Ensuite, je l'ai rencontré deux ou trois fois au restaurant *Les Deux Magots*, où il déjeunait avec son fidèle secrétaire. Mais lors de sa dernière année de vie, Belmondo n'était déjà plus avec nous.

Je l'avais parfois au téléphone. Je lui parlais, mais il avait beaucoup de mal à répondre. Il soufflait « oui, Jean-Jacques, oui oui ». Rien de plus. Cela me bouleversait de l'entendre ainsi. J'ai préféré conserver l'image de lui lors du formidable souvenir de son anniversaire.

À l'annonce de son décès, j'ai ressenti une peine immense. C'est comme un livre qui se referme. Belmondo, c'est une partie de ma jeunesse. Et puis c'est quand même grâce à lui que j'ai retrouvé Chantal, en sortant de l'avant-première de *L'Homme de Rio* !

Ce Belmondo a toujours été sur ma route.

Je pense à lui très souvent.

Il était un garçon qui savait vivre. Son père l'adorait. Sa mère l'adorait. On devinait qu'il avait été marqué par une très belle éducation. Son père était un grand sculpteur. Jean-Paul l'admirait énormément.

Je me rappelle avoir été frappé par une chose, quand Jean-Paul jouait au théâtre. Ses anciennes petites amies venaient toutes assister à ses pièces, et ressortaient à chaque fois en larmes. Quel acteur ! Dans le rôle de *Kean*, il était formidable. Pourtant, c'était très difficile à jouer et il passait derrière Pierre Brasseur. Mais plutôt que d'imiter Brasseur, il a fait du Belmondo.

N'est pas Belmondo qui veut. C'était un héros. Très sensible, très intelligent, très fidèle en amitié. Lui, quand il te donnait son amitié, c'était à la vie à la mort. Jean-Paul était un ami et un artiste irremplaçables.

Regardez les films qu'il a tournés. Avec son génie, Belmondo pouvait sauver un navet ! Le cinéma français peut le remercier. Combien de films qui n'auraient pas marché sans lui et qui sont finalement devenus des succès ? Nombre de producteurs lui doivent beaucoup. C'était un peu la même chose avec Jean Gabin, mais aussi avec Johnny Hallyday dans la musique. Je pourrais vous citer un nombre incalculable de chansons qui n'auraient jamais été des tubes si Johnny n'en avait pas été l'interprète. Il faut bien reconnaître que certaines de ses chansons ne sont pas terribles, tant au point de vue des paroles que de la mélodie. Mais dès qu'il mettait la main sur ces chansons, Johnny transformait ça en merveilles.

Hallyday et Belmondo étaient amis. Toutefois, avant de vraiment se connaître, ils ne s'aimaient pas. J'ai assisté à une scène très violente au *New Jimmy's*, chez Régine. C'était au début des années 1960, quand Bébel et Johnny ont tous deux accédé au rang de vedettes. Ils se sont engueulés et sont carrément sortis dans la rue pour se battre. Est-ce que c'était pour une histoire de filles ? Je n'ai jamais compris la raison de cette algarade. Aucun des deux ne me l'a confiée. Ils buvaient un coup et se sont soudainement engueulés. Avec la musique, je n'entendais rien à ce qu'ils se reprochaient l'un et l'autre. Je les ai suivis à l'extérieur. Juste devant l'entrée de la boîte, ils ont échangé des coups de poing. La veste de costume de Johnny était entièrement déchirée. Ses joues étaient griffées, en sang. Belmondo tapait dur ! Il était surexcité.

Sacha Distel était là aussi, et je lui ai évité la raclée de sa vie :

« Je vais les séparer, me dit-il.

— T'es pas fou ! Qu'est-ce que tu vas prendre ! Reste tranquille ou tu vas prendre une praline dans la gueule. »

À l'époque, Sacha faisait des galas et des émissions télévisées, le fameux *Sacha Show* pour lequel j'écrivais des sketches avec Jean Yanne. Avoir un nez cassé ou un cocard aurait fait très mauvais genre. Heureusement, il est revenu à la raison, comprenant que personne ne pouvait séparer Belmondo et Hallyday, et certainement pas lui. L'esclandre a duré un bon quart d'heure. Ils sont rentrés dans un sale état. Belmondo avait griffé Johnny, dont les joues saignaient, avec un œil à moitié au beurre noir. Johnny avait malgré tout bien tapé car Jean-Paul avait la chemise arrachée.

Johnny était très embêté de la situation et m'en avait glissé un mot.

« Tu te rends compte, je me fais casser la gueule par Belmondo alors que je l'admire. Je me rue au cinéma à chacun de ses films ! Ça la fout mal… »

Huit jours après, ils se sont revus au *New Jimmy's* et se sont réconciliés.

« Faisons la paix, on va fêter ça ! » hurlaient-ils en chœur.

Leur histoire avait mal commencé mais ils sont devenus copains à vie. Jean-Paul a pris l'habitude d'emmener Johnny assister à des galas de boxe. Et ils dînaient dans la foulée à la *Maison de l'Alsace*, se régalant de choucroute et de bière fraîche.

Leur ressemblance n'était pas physique, mais dans leur façon de vivre ils avaient quelque chose en commun.

Chapitre 16

BARBARA

Je la considère comme ma grande sœur. Je l'ai rencontrée au cabaret *L'Écluse*. Au début, on ne s'entendait pas très bien. On s'est même engueulés.

Un jour, elle m'a téléphoné pour me proposer de chanter à la *Tête de Lard*. Elle venait de rompre avec Serge Reggiani. Elle avait donc besoin d'un artiste pour chanter avant elle en première partie. Ce spectacle a été un franc succès. Pour elle, évidemment, mais aussi pour moi.

Au Canada, on a écrit des chansons ensemble, j'écrivais la musique et elle les paroles.

Le petit zinzin, *C'est trop tard* pour Marlene Dietrich, *Hop là*. Je me souviens de ce morceau. Au moment d'aller dîner, j'ai refermé le clavier du piano et j'ai dit : « Barbara, je n'en peux plus, hop là on va dîner ! » Elle a saisi ça au vol comme un papillon : La chanson s'est appelée *Hop là.*

Elle m'a beaucoup appris.

À mieux construire un refrain ou un couplet. À faire une chanson un peu plus courte que la normale.

Elle m'a donné beaucoup de trucs comme ça.

Dans *Hop là* elle dit « je suis une petite sœur d'amour ».

C'est ma petite sœur d'amour.

Barbara était une femme unique qui savait tout.

La vie est bizarre. Là où j'habite, près de Châteauroux, il y a un village qui s'appelle Châtillon-sur-Indre. Pendant la guerre, le train qui reliait Châtillon à Châteauroux a été mitraillé par les nazis. Une femme a aidé une famille à sortir du train en pleine campagne : une maman avec des enfants, juifs russes. Il s'agissait de Barbara avec sa sœur, son frère et sa mère. Cette femme qui les a fait descendre du train est aujourd'hui encore en vie. Elle a sauvé la vie de Barbara. Sans cette femme merveilleuse, Barbara aurait été mitraillée en gare de Châtillon. Tous les gens restés dans le train sont morts. Aucun survivant !

Toute sa vie, Barbara est revenue voir cette femme incognito, au château de Bois-Renault.

J'ai appris cette histoire par la petite-fille de la dame. Barbara est venue la voir très peu de temps avant de mourir. Barbara a écrit ses premières chansons au piano du château de Bois-Renault. Cette dame lui avait acheté sa première tenue de scène, noire.

Depardieu était de là-bas aussi, ce qui explique peut-être la passion que Barbara a éprouvée pour lui. Ils ont joué ensemble au Zénith. Depardieu est un formidable interprète de Barbara. On aurait dit Balzac ! C'était complet chaque soir, ce n'est pas pour rien.

Barbara ne m'a jamais parlé de cette histoire. Les souvenirs d'enfance qu'elle m'a racontés, c'était dans la région du lac d'Annecy.

Au retour du Canada, je travaillais pour les Carpentier, j'ai encore travaillé un peu avec Barbara mais moins qu'auparavant car elle tournait au cinéma avec Brialy. Je pensais malgré tout que le vrai mariage d'amour de Barbara était la chanson, pas le cinéma.

Avec Barbara, on dînait souvent ensemble à la *Cafetière*, à Saint-Germain-des-Prés.

On allait en week-end ensemble près d'Honfleur, dans le manoir de Françoise Sagan. Une nuit, Sagan avait voulu se suicider. Barbara lui avait pris le revolver des mains.

Françoise Sagan voulait se mettre à chanter. Elle demandait à Barbara de lui apprendre.

Barbara avait commencé comme choriste dans la musique classique. Puis elle a rencontré Léo Noël qui l'a lancée au cabaret *L'Écluse*.

On a aussi passé de beaux week-ends à Bruxelles ensemble. Elle avait une passion pour Maurice Béjart. Ensemble, on dînait avec lui jusqu'au petit matin.

Brel a été important pour Barbara. Alors qu'elle chantait dans une boîte belge à la con avec une sorte de souteneur, Brel l'a ramenée de Bruxelles à Paris chez Philips. C'est l'époque où Jacques chantait la *Valse à mille temps*. Il croyait beaucoup en Barbara.

Elle a écrit *Dis, quand reviendras-tu* pour Bobino.

Puis *Ma plus belle histoire d'amour c'est vous*, pour remercier le public.

Barbara m'a toujours donné des nouvelles.

Insomniaque comme moi, elle m'appelait la nuit pendant des heures, on refaisait le monde.

Cela ne dérangeait pas Chantal car nous faisions chambre à part, sinon la pauvre n'aurait jamais dormi de sa vie. Chaque nuit, j'écrivais des chansons, je jouais du piano et je parlais au téléphone.

Barbara me racontait tout de sa vie privée, elle tombait amoureuse tout le temps.

Un livreur lui apportait un canapé ? Elle le courtisait !

Elle ne vivait que d'amourettes. Barbara était un phénomène.

Au Canada, elle me répétait :

« Ah, si tu n'avais pas été marié avec deux enfants, qu'est-ce que j'aurais aimé vivre avec toi, on aurait eu des enfants !

— Tu parles, tu m'aurais largué avec un coup de pied aux fesses !

— Non, non, le monde est mal fait, s'envolait-elle dans un éclat de rire. Évidemment, j'aime beaucoup Chantal, je ne lui ferais pas de mal pour un empire, mais qu'est-ce que j'aurais aimé être ta femme ! »

Sincèrement, vous me voyez marié à Barbara ? Deux timbrés ensemble ! Deux insomniaques… Je vous rappelle ce que m'avait dit Johnny : « Je ne crois plus aux mariages d'artistes. »

Cela me rappelle que j'avais présenté Barbara à Johnny. Il l'aimait beaucoup, il connaissait tout son répertoire. Un soir où nous dînions ensemble après quelques verres, il a demandé en riant à Barbara de lui chanter son succès, « Le nègre noir ». Barbara, surprise, a mis du temps à comprendre qu'il s'agissait de *L'aigle noir* : « Je crois qu'il est temps d'aller te coucher, Johnny ! » Il avait bien fêté sa rencontre avec la longue dame brune.

Chapitre 17

ET BARDOT A INVENTÉ BARDOT

J'ai rencontré Brigitte Bardot grâce à Jacques Charrier, un copain de Saint-Germain-des-Prés avec qui je faisais du théâtre. Jacques avait été engagé par Marguerite Jamois pour jouer au théâtre Montparnasse dans *Le Journal d'Anne Frank*, en 1958. Il jouait le rôle du petit ami d'Anne Frank – interprétée par Pascale Audret, la sœur d'Hugues Aufray. Celle-ci était aussi jolie que bonne comédienne. À l'époque, je chantais mais je voulais aussi être comédien. Jacques Charrier m'a ainsi proposé d'être auditionné pour devenir sa doublure. Chaque soir, je me trouvais sur place pour être prêt à le remplacer en cas de nécessité.

La pièce a été un triomphe. Jacques Charrier n'a pas eu besoin que je le remplace une seule fois. Après chaque représentation, nous allions dîner dans un restaurant de la rue de la Gaîté, les *îles Marquises*. J'étais un habitué car c'était le restaurant préféré de Brel, qui me racontait toujours qu'il irait finir sa vie aux îles Marquises. Je pensais qu'il plaisantait, mais il a fini par le faire, en achetant le voilier *L'Ascoy*. Il y a vécu ses derniers jours et est enterré au petit cimetière, là où repose Gauguin.

Après ce succès, Jacques a été engagé par Marcel Carné (réalisateur des *Enfants du Paradis*) pour jouer dans *Les Tricheurs*, puis par Christian-Jaque dans *Babette s'en va-t-en guerre*. Et c'est sur ce plateau que Jacques rencontre Brigitte Bardot. Coup de foudre ! Ils se marient, mais Jacques doit partir au service militaire. Le pauvre est tombé en dépression, et tout le monde a dit qu'il se faisait passer pour fou afin d'éviter le service. Ça tombait au début de la guerre d'Algérie, donc les Français étaient scandalisés, pensant qu'il avait été réformé parce qu'il était le mari de Brigitte Bardot. Sauf qu'il était réellement malade. Je l'ai vu de mes yeux. Sa dépression était facilement explicable : s'il partait au service militaire, il savait que Brigitte risquait de rencontrer un autre homme et de lui échapper. Alors il s'est tranché les veines et a été hospitalisé au Val-de-Grâce. Il y est resté trois mois. On allait le voir avec les copains.

Quand Charrier est sorti de l'hôpital, ils ont emménagé ensemble rue Paul-Doumer et ont eu Nicolas, leur fils. Cela a compliqué leur relation, car Jacques reprochait à sa femme de ne pas s'en occuper. Brigitte lui avait dit qu'elle n'était pas faite pour les enfants. Évidemment, elle aimait son fils. Mais elle ne s'en occupait pas comme une mère. Vous savez, il est très dur d'être Brigitte Bardot et de gérer un enfant toute la journée. C'est même quasiment impossible.

Brigitte a ensuite tourné le film *La Vérité* avec Georges-Henri Clouzot. Sur le tournage, elle a rencontré Sami Frey, dont elle est tombée amoureuse. Mais elle n'a pas osé le dire à Jacques Charrier, son compagnon. Je l'avais deviné mais je n'osais pas le dire à Jacques, car il était vraiment très amoureux de Brigitte. Et il était très attaché à son fils, Nicolas. Mais ça ne pouvait pas durer… Un jour, Charrier conduit place de la Concorde et rencontre Sami Frey… qui était au volant de la Triumph blanche de Brigitte Bardot, avec l'actrice à ses côtés. Debout sur ses freins, Charrier leur barre la route, descend de sa voiture et met son poing dans la gueule de Sami Frey. Ils se sont battus comme des chiffonniers. Le soir même, Charrier faisait ses valises.

Je connaissais bien Sami Frey car j'avais été au cours Simon avec lui. Je l'aimais beaucoup et je comprenais les sentiments de Brigitte. Il avait un charme fou. Ainsi, j'ai continué à fréquenter Bardot.

Je voyais aussi Nicolas, son fils, lors de week-ends à Montfort-l'Amaury avec Jacques, qui y avait loué une maison. Ils venaient aussi en vacances dans ma maison sur l'île de Ré. Le pauvre gamin débutait mal sa vie, sans voir sa maman, prise par sa carrière. Brigitte souffrait beaucoup de toutes les critiques qu'elle lisait dans les journaux. Mais elle ne voulait pas retirer la garde de Nicolas à Jacques car elle avait compris qu'il avait reporté son amour pour elle sur leur enfant. Sans son fils, Charrier se serait foutu en l'air.

Brigitte avait un réel grand talent. Elle avait deviné qu'une grande actrice devait être naturelle face aux caméras. Elle le faisait à merveille. Regardez tous les films de Bardot : bien sûr, vous verrez des mauvais films. Mais vous ne verrez jamais une Bardot mauvaise. Jamais ! Elle jouait toujours juste. Elle a inventé le style de jouer en faisant la moue. Avec ce petit sourire plein d'intelligence. C'est une fille à part. Incomparable. Je ne dirais pas qu'elle est la plus grande actrice française, mais qu'elle a toujours été à part des autres. Elle n'a jamais cherché à ressembler à quiconque. Elle a inventé le style Bardot, dès son rôle dans *Et Dieu créa la femme*, avec Trintignant (dont elle était, déjà, tombée amoureuse !). Il y a toujours eu un homme dans sa vie. Et il y en a eu beaucoup ! Trintignant, Charrier, Sami Frey… et ensuite, Bob Zagury. À l'époque, il m'arrivait de dormir chez mon pianiste, Raymond Le Sénéchal. Dans son grand appartement, il logeait aussi Bob Zagury, un producteur.

Et Zagury a vécu une longue histoire d'amour avec Brigitte, juste avant qu'elle ne se marie avec Gunter Sachs.

Malgré ces changements d'hommes, je suis toujours resté ami avec Brigitte. Je vous livre ici un fait étonnant : à chaque fois qu'elle tombait amoureuse d'un homme, le hasard faisait que je le connaissais très bien ! C'était très étrange. Elle m'avait posé la question : « Comment se fait-il que tu connaisses tous les hommes que je rencontre ? » Je m'étais même dit qu'elle allait croire que je le faisais exprès.

Brigitte s'entendait très bien avec Johnny. Tous ensemble, nous avons été aux sports d'hiver à Méribel. Comment n'auraient-ils pas pu s'entendre ? Ils étaient les mêmes. Deux immenses vedettes. Mais c'était tout sauf le couple idéal, car ce n'est pas Brigitte Bardot qui se serait occupée de Johnny. Avec elle, les mecs devaient se mettre au pas. C'est pour cette raison que Johnny l'amusait, c'était réciproque.

J'aimais beaucoup aller à la Madrague. À Saint-Tropez, j'allais en vacances chez Gilles Dreyfus, qui était l'avocat de Brigitte. Sa maison était juste à côté. Le soir, elle nous faisait signe de la rejoindre à la Madrague et nous cuisinait des omelettes à la tomate. On dînait sur la plage, avec le chanteur de flamenco Manitas de Plata qui jouait autour d'un feu de bois. Certains soirs, Eddie Barclay nous rejoignait. Elle adorait chanter et danser. Brigitte aimait écouter mes histoires de chansons. Je lui parlais de Trenet.

Brigitte est une femme très intelligente. On ne pouvait jamais la forcer à faire quelque chose qu'elle n'avait pas envie de faire. Elle a refusé beaucoup de films : parce que les acteurs ne lui plaisaient pas, ou qu'elle n'avait pas d'atomes crochus avec le metteur en scène. Elle déroutait beaucoup de gens par ses choix. Elle aimait tourner avec de jeunes réalisateurs. En revanche, elle a snobé l'Amérique qui lui faisait des offres mirobolantes. Elle a refusé Hollywood car elle ne voulait pas s'éloigner de la Madrague et de ses animaux. Je me rappelle en avoir discuté avec elle : « Tu vois, Jean-Jacques, Hollywood et les États-Unis ne sont pas sur mon chemin. Et il ne faut jamais essayer d'aller à un endroit qui n'est pas sur son chemin. Sinon, on s'y casse les dents et on le regrette amèrement. » Elle me faisait rire. Elle était très logique. Et dire qu'elle envoyait promener les producteurs américains les uns après les autres alors que tant d'actrices françaises rêvaient d'un coup de fil en provenance des États-Unis. C'est aussi grâce à ça qu'elle est restée Brigitte Bardot. Elle a fait passer son personnage avant sa carrière.

Brigitte a fait des choses incroyables, notamment avec sa voix – fantastique ! Quand elle est tombée amoureuse de Gainsbourg, personne ne s'attendait à ce qu'elle chante aussi bien. Pas même Serge ! Malheureusement, Gunter Sachs l'a menacée de divorce si elle continuait à chanter avec Gainsbourg, au moment de *Je t'aime… moi non plus.*

Ce que j'aime aussi chez Brigitte : certes, elle a vécu avec beaucoup d'hommes. Mais contrairement à certaines femmes qui critiquent et vilipendent leurs anciens amants, elle n'a jamais tapé sur eux. Au contraire, elle les invitait à déjeuner, transformant l'amour en amitié. Vadim, son premier mari, est devenu son ami. Je me souviens l'avoir vue en larmes lors de son enterrement.

Brigitte est une amoureuse de la vie. Dans sa jeunesse, elle a été frustrée car elle vivait dans un milieu très bourgeois, avec des principes qui ne lui plaisaient pas.

Elle avait un côté sauvageonne.

Son mythe est toujours là. Pour moi, c'est la plus grande star du cinéma français. Elle est inimitable. Il n'y aura jamais une seconde Bardot.

Et même dans la chanson. En préparant mon livre, je me suis amusé à relever sa discographie. Je ne me rappelais même pas qu'elle avait chanté tout ça ! Sa façon de chanter est très jolie. Elle n'a pas une voix de chanteuse. Brigitte a toujours chanté comme elle parle. Là aussi, elle a inventé un style.

Dans la mode, aussi, elle a lancé un style, avec ses petites robes bleu ciel et blanc à carreaux. Les filles ne s'habillaient plus qu'avec ça ! À sa grande époque, tout ce qu'elle touchait se transformait en folie. Il lui suffisait de porter des escarpins ou un serre-tête pour que tout le monde se les arrache.

En outre, Brigitte est très fidèle en amitié. Avec Chantal, l'année dernière, nous avons été les parrains d'une vente aux enchères à Drouot pour sa fondation. Malade, la pauvre Brigitte était restée à Saint-Tropez mais suivait les ventes par téléphone.

De droite ou communiste, elle se fiche des opinions politiques de ses amis. Elle aime les hommes avec un bon fond. Je ne l'ai jamais vue faire de procès aux gens. Elle pouvait tomber amoureuse d'un milliardaire comme se lier d'amitié avec un type qui vivait dans une voiture. En revanche, elle détestait les truqueurs, les arnaqueurs. Et Dieu sait s'il y en a qui ont traîné autour d'elle ! Elle s'en rendait compte aussitôt. Et bien sûr, elle abhorrait ceux qui maltraitaient les animaux. Elle trouvait ça indigne. À chaque fois qu'elle est malheureuse dans sa vie, Brigitte se compare à un animal. Elle a été tellement belle, avec cette intelligence naturelle, qu'elle a parfois été écorchée.

Elle m'avait raconté sa rencontre avec Pablo Picasso. Il tenait absolument à la voir. Ils ont déjeuné ensemble à La Californie, sa maison près de Cannes, où il a peint son visage à sa manière.

Son plus joli film, selon moi, c'est *En cas de malheur*, avec Jean Gabin. Gabin avait peur d'elle. Il ne voulait pas faire le film. « Je suis trop vieux, j'aurais l'air d'un vieux con face à Bardot. » Brigitte l'adorait, mais avait peur aussi. Et finalement, quel chef-d'œuvre ! Ce couple inattendu Gabin-Bardot fait pleurer tellement c'est beau. Ils ne jouaient pas, c'était naturel. Ils laissaient transparaître à l'écran leurs véritables sentiments.

C'était du pur Bardot. Comme aucune autre actrice ne peut le faire. À chaque fois que je la vois à l'écran, je ne peux m'empêcher d'être touché.

Chapitre 18

MON P'TIT CHARLES

Je travaille comme coursier aux éditions Raoul Breton. Un jour, je vois sortir de son bureau « la Marquise », la femme de Raoul Breton. Suivie d'un petit bonhomme coiffé en brosse, avec des santiags si hautes que je me demandais comment il pouvait tenir debout, tout de noir vêtu. Raoul Breton arrive et me demande si les courses se sont bien passées. J'avais dû porter les petits formats des derniers titres des artistes des éditions Raoul Breton.

Raoul Breton tenait à me présenter le « petit » Charles Aznavour dont il disait que c'était un « grand monsieur » et prédisait qu'on parlerait de lui à travers le monde entier. Un cabaret au Canada, le *Veau d'or*, voulait l'engager pour un an. En France, les gens voulaient Bécaud, pas

Aznavour, qui lui écrivait des paroles pour ses chansons et attendait que ce soit son tour. Perdant espoir, il voulait quitter le pays pour tenter sa chance outre-Atlantique. Raoul Breton y croyait dur comme fer et disait : « J'ai beaucoup de mal avec Charles Aznavour, mais j'y crois tellement. Et je vais te dire pourquoi. » Il avait appris de Lou Levy, son grand ami à New York, proche de Louis Armstrong, que la carrière de cet immense artiste avait peiné à décoller. « Charles Aznavour compose et écrit des choses formidables, les gens sont un peu étonnés par son physique, et il n'arrive pas à accrocher avec sa voix. Mais le public américain a fini par aimer Louis Armstrong, dont il ne voulait entendre que la trompette au début, et pas la voix. Pour Aznavour, ce sera pareil, le public finira par aimer sa voix. »

À la demande de Raoul Breton, j'accompagnais Charles dans la cave du *Vieux-Colombier*, pour le soutenir et l'applaudir. Après j'allais à la Bastille, aux concerts Pacra et je faisais « la claque », je lançais les applaudissements dans la salle. Parfois les gens suivaient, mais d'autres fois, impossible.

Une fois à Montmartre, au cabaret *Chez ma Cousine*, où il chantait *Plus bleu que le bleu de tes yeux* qu'il avait composée pour Édith Piaf – les gens le regardaient comme une bête curieuse – et où j'applaudissais, un mec m'attrape par le col : « Trou du cul, tu commences à me faire chier, t'arrêtes pas d'applaudir, on l'a déjà vu celui-là, il nous casse les couilles. » Aznavour avait assisté à la scène. Il me dit : « Tu vois, quand je dis à Raoul que je dois partir au Canada. » « Mais non, attends, il suffira d'une chanson et tout va se déclencher. »

Je l'accompagnais aussi chez Patachou. Qui m'avait mis en garde contre mes encouragements tonitruants, qui pouvaient finalement se retourner contre lui !

Et puis un jour, il devait être quatre heures de l'après-midi, je repasse chez Raoul Breton pour prendre des petits formats à livrer chez l'éditeur Labbé, rue du Croissant, près de là où j'avais été élevé par ma grand-mère. Là, Charles m'entraîne dans le cours de l'édition, une grande pièce avec un piano, peinte en bleu ciel, avec tous les petits formats dans des casiers : *La Mer*, *L'Hymne à l'amour*... où les artistes répétaient les succès des éditions Raoul Breton.

« Écoute, je vais te chanter une chanson. Je l'ai présentée hier à Édith Piaf, qui m'a dit qu'elle était très belle, et que je devrais la chanter. Elle m'a dit : "Tu dis à la fin de ta chanson : "Mais les orgues se sont tus, et Dieu a disparu, car tu n'es pas venu." Je ne peux pas chanter ça. Mais toi, tu peux, c'est crédible. Moi je ne suis pas une cocue, c'est toujours moi qui ai quitté les mecs, je ne peux pas chanter l'histoire d'une fille dont le mec ne vient pas au mariage." Il était moins une pour qu'elle me foute une baffe. »

Et là, il me chante son premier succès chanté par lui, *Sur ma vie*. Il me chante la chanson. Je lui dis qu'il faut qu'il enregistre cette chanson. Raoul Breton lui avait trouvé une petite maison de disques, Ducretet Thomson. Je lui conseille de faire un rythme du même style que les Platters, très américain. C'est Jo Moutet qui lui a écrit l'arrangement. Il arrive, avec Raoul Breton. Charles lui chante cette chanson et lui parle du rythme de *Only You*. Jo se met au piano et essaie le rythme, avec la voix de Charles. À la fin, Raoul Breton dit : « C'est une très bonne idée, hein Jo ? Mais il ne faut pas faire un arrangement qui risquerait de couvrir sa voix. »

Ils font le disque, dans les studios de Pathé Marconi près des Champs-Élysées, derrière le *Fouquet's*. J'avais accompagné Charles, il y avait un orchestre d'une trentaine de musiciens. J'étais dans la cabine à côté de Raoul Breton. Je lui ai dit : « Marquis, voilà la chanson qui va le faire gagner. Avec cette chanson, ça va aller tout seul. » Il avait les larmes aux yeux. Il attendait que l'arrangement se termine pour faire chanter tout de suite Charles, tant qu'il était lancé. Il a payé l'ingénieur du son pour qu'il reste plus longtemps. Raoul lui dit : « Jean-Jacques et moi pensons que tu vas démarrer grâce à cette chanson. C'est fini, tu es sauvé maintenant. »

Le disque sort, Raoul Breton en commande pour les envoyer dans les radios. À l'époque il y avait Radio Luxembourg, Europe N° 1 qui venait de se lancer et dont Raoul Breton était actionnaire. Il savait donc que la chanson de Charles Aznavour serait jouée sans problème. Mais de toute façon, la chanson était formidable.

On revient aux éditions vers sept heures. Ils fument leur Gitane quotidienne ensemble. Il dit à Charles :

« Je suis très content, déjà parce qu'avec cette chanson, tu ne pars plus au Canada. Et parce que là, je vais appeler Coquatrix. »

« Bruno ? C'est Raoul Breton.

— Oh, Raoul, ça me fait plaisir de t'entendre. »

On entendait la conversation sur le haut-parleur.

« Dis-moi, est-ce que je peux te demander un vrai service ?

— Oui, tu le sais bien.

— Il faut que tu me trouves une place de vedette américaine. Trouve-moi une place pour mon petit Charles.

— Demande-moi tout ce que tu voudras, mais ça je ne peux pas.

— Comment ça ? Quand un programme ne fonctionne pas, tu sais bien m'appeler.

— Si je fais ça, il va me vider la salle ! »

Aznavour, qui entendait tout, reparle de partir au Canada !

« Bon, laisse-moi te rappeler dans un quart d'heure.

— Très bien, on va dîner au *Petit Riche*, rejoins-nous.

Au bout de cinq minutes, le téléphone sonne :

« Raoul, dans trois semaines, je programme la rentrée de Roger Pierre et Jean-Marc Thibault. Je peux encore modifier mon programme, il ne fera pas de tort aux humoristes, je peux lui donner la vedette américaine. Je vous rejoins au restaurant. »

Raoul Breton dit à Charles : « Là je pense que tu peux être content. Tu as une chanson extraordinaire, et dans trois semaines tu seras au spectacle des deux grandes vedettes du moment. »

Me voilà parti au *Petit Riche* avec eux. On s'assoit, on commande du bordeaux, qu'on nous met à décanter en carafe, et des rognons de veau, en lamelles, sauce moutarde. Coquatrix nous rejoint. Il est très gentil avec Charles. Qui faisait comme s'il n'avait pas entendu la conversation précédente, sur les conseils de Raoul Breton.

« Charles, je suis content, vous allez vous disputer la vedette avec Roger Pierre et Jean-Marc Thibault ! » en mimant, en frottant ses deux index l'un contre l'autre, une bataille serrée pour gagner le cœur du public.

Cela nous avait fait tellement rire avec Charles, que plus tard, la seule évocation de ce geste nous faisait éclater de rire.

« Avec qui je parle contrat ? demande Coquatrix.

— Avec moi, Bruno, dit Raoul Breton. Je t'invite à déjeuner demain au *Cintra* près de l'Olympia. »

Arrive la première tant attendue. Raoul Breton voulait assister à la répétition pour vérifier que les musiciens ne couvrent pas la voix Charles. On avait prévu de dîner à côté.

La vedette américaine, en général c'est entre cinq et six chansons, et une septième si c'est un grand succès.

Première chanson : Charles tremblait comme une feuille. Réaction du public : mitigée. Raoul Breton m'explique que c'est bon signe, c'est qu'il va exploser après.

Charles a chanté ses chansons qu'il avait faites avec Bécaud, sur les conseils de Raoul Breton. *La Ville*, magnifique, était un peu comme une chanson de comédie musicale. Et il la chantait magnifiquement bien. Au moment où il l'a terminée, il a commencé à accrocher très fort le public. Effectivement, il se surpasse et est très très applaudi. Il remercie le public, on comprend qu'il va chanter la dernière chanson. Il dit :

« J'ai écrit une chanson pour la grande Édith Piaf, mais les paroles disaient que l'homme qu'elle attendait le jour du mariage à l'église ne vient pas. Elle m'a conseillé de la chanter moi-même, en me disant que je n'avais jamais fait une aussi belle chanson pour moi. Elle m'a dit : "Quant à moi, je ne pourrai pas la chanter car c'est toujours moi qui ai quitté les hommes, jamais un homme ne m'a quittée, je ne suis pas une cocue." »

Les gens rient un peu. Et là il se met à chanter :

Sur ma vie, je t'ai juré un jour,
de t'aimer jusqu'au dernier jour de mes jours,
et ce même mot, devait très bientôt
nous unir devant Dieu et les hommes
...

Heureux je t'attendais,
Mais les orgues se sont tus
Et Dieu a disparu, car tu n'es pas venue

Les applaudissements éclatèrent depuis tous les coins de la salle, des *bravos !* fusèrent de toute part. Raoul Breton y alla de sa larme, moi j'étais heureux pour Charles, car ce soir-là le petit Charles venait d'imposer, enfin, le grand Charles Aznavour. Deux ans après, il était en vedette à l'Alhambra Maurice-Chevalier, avec la queue dans la rue, les places s'arrachant au marché noir.

Et en 1998, c'est Johnny qui a repris *Sur ma vie* en clôture de son premier spectacle au Stade de France.

J'ai continué à voir Charles jusqu'à la fin de sa vie. Il avait racheté les éditions Breton. Il avait fait construire une maison près des Baux-de-Provence.

Je me souviens d'un poème que m'avait fait lire Jacques Mareuil, que j'avais rencontré sur l'île de Ré, à l'époque où ce petit paradis sauvage n'était pas encore envahi. Il y racontait une amourette de vacances qui avait pour décor un bois de l'île de Ré. J'avais tout de suite pensé à Charles. Lors d'un dîner, je lui ai montré ces lignes et en une heure, il a mis le poème en chanson. Il s'agissait de sa chanson *Trousse chemise.*

Raoul Breton avait beaucoup de classe, il s'occupait de ses artistes avec bienveillance et attention.

Chapitre 19

MOULOUDJI, MON AMI

Marcel Mouloudji habitait avec sa femme dans un immeuble haussmannien dont les fenêtres donnaient sur la rue Chaptal et le musée de la Vie romantique, qui avait abrité autrefois Frédéric Chopin et George Sand. Il y avait en face de l'immeuble de Mouloudji un petit café-restaurant du nom de *L'Annexe*, où je le rejoignais ainsi que Jacques Prévert. Cet endroit était le rendez-vous de tous les auteurs-compositeurs des années 1950 et après le déjeuner, je venais chercher Mouloudji qui m'avait donné rendez-vous pour partir à pied jusqu'au *Café de Flore* à Saint-Germain-des-Prés. Ce dernier aimait marcher dans Paris et me disait qu'il en profitait et que cela était sa gymnastique. Je le revois encore, avec son blouson de cuir, son éternel pantalon noir, ses chaussures noires toujours bien cirées, avec son pull noir et son col blanc, ce qui lui donnait un côté archange venu d'un autre monde. Ses cheveux noirs bouclés qui tombaient sur son profil de médaille, visiblement plaisaient à toutes les femmes, auxquelles il souriait car Mouloudji, en dehors de son immense talent artistique était en même temps un redoutable séducteur. Lorsque nous arrivions devant le *Café de Flore*, Mouloudji connaissait tous les artistes habitués du célèbre établissement, de Roger Blin à Jean-Louis Barrault, en passant par Boris Vian, Jean-Paul Sartre et Simone de Beauvoir, qui en pinçait pour l'homme du *P'tit Coquelicot*. Puis nous allions nous asseoir au premier étage, qui était le repaire des jolis mannequins de l'époque. Il y en avait une, rouquine avec des taches de rousseur, balancée comme le bonheur, dont le visage ressemblait à un Botticelli vivant. Elle s'appelait Evy Dickinson et était une des fées préférées de Mademoiselle Chanel. Après s'être assis à côté d'elle, Mouloudji la dévorait des yeux en lui posant quelques questions dans le genre :

« Comment faites-vous pour être aussi jolie ? Pour avoir un teint d'une telle fraîcheur ? Décidément, vous êtes une vraie punition pour les autres filles. »

Elle éclatait de rire en nous montrant ses dents magnifiques qui me faisaient penser, tellement elles étaient belles, qu'elles étaient peut-être fausses. Cela faisait rire Mouloudji, qui répondait : « Jean-Jacques tu n'es pas sérieux, excusez-le, mademoiselle, elle ne peut pas avoir des fausses dents à son âge ! »

Bien sûr, je blaguais car le sourire de Mouloudji était tellement magique, que je saisissais les occasions qui risquaient de le faire rire. Ce que j'arrivais à faire fréquemment. Evy se leva pour embrasser un jeune marin qui venait de faire son entrée avec son bonnet et son pompon, tenant la main de l'actrice Jeanne Moreau, qui le regardait amoureusement, tellement ce visage d'adolescent était impressionnant. Mouloudji connaissait bien Jeanne Moreau pour avoir tourné dans un film avec elle, il lui dit qu'il la trouvait encore plus jolie qu'avant et que le monde était mal fait, tellement il aurait aimé l'avoir comme compagne. Jeanne rit aux éclats, en lui disant qu'elle aussi, pendant le tournage du fameux film, l'avait beaucoup aimé. Le garçon vint nous servir du thé car Mouloudji, quelque temps avant, avait décidé de ne plus boire d'alcool. Jeanne Moreau et le jeune Alain Delon avaient décidé d'aller faire quelques courses sur le boulevard Saint-Germain, et s'en furent comme les deux amoureux de Peynet. Puis, s'adressant à Evy Dickinson, Mouloudji lui demanda où elle avait prévu de dîner ce soir-là. Elle lui répondit qu'elle n'avait rien prévu de spécial étant donné que le lendemain matin, elle devait s'envoler pour Milan, où elle participait au grand défilé pour la maison Chanel. Mouloudji proposa alors que nous allions tous les trois dîner à la terrasse du restaurant *Le Petit Saint-Benoît*, la cantine de Marguerite Duras qui habitait juste en bas et qui en pinçait elle aussi pour Mouloudji.

« Comment allez-vous, mon cher ami ? lui lança Marguerite.

— Très bien, madame Duras, j'ai lu votre dernier livre qui m'a beaucoup plu, celui où vous parlez si bien de votre adolescence en Indochine, *L'Amant*. »

Le maître d'hôtel nous avait fait asseoir à une bonne table de la terrasse, lorsque Mouloudji m'a demandé de téléphoner à sa femme Lola, me glissant son numéro sur un bout de la nappe en papier qu'il venait d'arracher sur le côté de la table. Dans la cabine téléphonique du restaurant, prenant la voix de Mouloudji, j'improvisai un petit dialogue, me faisant passer pour lui auprès de Lola, qui à la fin de la conversation m'a dit : « Ne rentre pas trop tard, car je connais Roger Blin, il va encore te faire rentrer à plus d'heure. » Puis je raccrochai. Je revins m'asseoir près d'eux et dis à Mouloudji que le coup de fil à Lola avait très bien fonctionné. Le dîner terminé, nous avons décidé d'aller écouter du jazz au *Club Saint-Germain* qui se trouvait rue Saint-Benoît. Le patron de l'époque était Jean-Claude Merle, que je connaissais bien pour fréquenter moi-même ce temple du jazz où les premiers musiciens de jazz moderne venaient se mesurer les uns aux autres.

Dès notre arrivée nous avons aperçu Juliette Gréco et Françoise Sagan qui tendaient des coupes de champagne à Miles Davis. Celui-ci jouait comme un dieu pour les beaux yeux de Juliette. Nous nous sommes assis pas loin d'elle, du bout de ses doigts elle envoya un baiser à Mouloudji.

Quant à moi, je suis reparti pour Saint-Mandé rejoindre la chambre de bonne de mes parents, où j'avais élu domicile.

Quelques années plus tard, je serais la vedette américaine de Mouloudji à Bobino rue de la Gaîté à Montparnasse.

Chapitre 20

JE CROIS QUE DIEU EXISTE

Car sans sa bienveillance, je n'aurais sans doute jamais rencontré Marcel Dassault qui était un personnage hors de tout ce que l'on pourrait imaginer. Même le grand producteur hollywoodien Howard Hughes qui produisait les films les plus importants de son époque et qui construisait des avions n'arrivait pas à la cheville de Marcel Dassault. Il était à la fois très simple et en même temps très ambitieux pour ses affaires. Il aurait sans doute été un formidable président de la République française. Il était, sous ses allures de petit homme timide, un grand génie qui savait exactement comment s'y prendre pour devenir le plus grand des avionneurs français. Il avait réalisé l'aéroport de Châteauroux puis celui de Beauvais, celui de Rochefort-sur-Mer, et bien d'autres. Il avait aussi fait ériger d'énormes ateliers de construction à Toulouse, qui était le berceau de la construction aéronautique. Rien ne lui faisait peur. Il aimait l'ordre et avait sa façon à lui de voir les choses en grand, ce qui déroutait souvent ses proches.

Pour vous donner une idée, il vous donnait rendez-vous à 7 heures du matin à son bureau des Champs-Élysées, puis il rentrait déjeuner chez lui vers 13 heures. Il réservait ses après-midis pour aller voir ses ingénieurs en bord de Seine dans ses bureaux et ateliers non loin de Suresnes. Il ne mélangeait pas tout et savait toujours à qui il avait affaire. Sa logique était d'imposer ses propres goûts et il ne se laissait influencer par personne. Il avait monté son journal *Jour de France* qui parfois battait les records de ventes de *Paris Match*. Il avait aussi inventé la première hélice en bois. Il avait fait construire les premiers hangars d'aviation à l'aéroport du Bourget afin d'y organiser un jour des salons pour y exposer ses avions. Il m'avait expliqué qu'à quatre-vingt-quatorze ans il n'avait pas le temps de s'ennuyer. Son personnel ne se mettait jamais en grève, car il le rémunérait le double de ses concurrents. Et lorsque quelque chose se dressait devant lui comme un obstacle, il le contournait avec une maîtrise désarmante pour ceux qui ne voulaient pas le suivre. Oui, Marcel Dassault était un génie d'intelligence. Un fonceur. Un homme qui appartenait à l'avenir. Le passé ne l'intéressait pas.

La première fois que j'avais entendu parler de lui, j'avais cinq ans et nous étions encore en temps de guerre. J'habitais près de Saint-Aignan-sur-Cher, dans le presbytère de ma grand-mère, lorsqu'il avait fait construire une maison au bord du Cher avec un petit port et une entrée imposante au bord de la route qui menait à Montrichard, tout près du château de Chenonceau. Sur le porche bien structuré de sa maison, il avait fait inscrire « Le Clos Dassault », sur un fronton crépi en vieux rouge.

Un jour il dût fuir sa maison de Saint-Aignan pour échapper à la Gestapo qui le recherchait et avait ordre de l'arrêter. Il avait fui, caché sous une couverture dans la B14 de Monsieur Rigaudy, alors chauffagiste à Saint-Aignan. Il avait rejoint un petit hôtel à Limoges, puis le lendemain il était allé se cacher dans une ferme entre Périgueux et Bergerac. Son moral commençait à en prendre un coup car il se demandait où tout cela allait se terminer. Dénoncé par des voisins, les Allemands avaient eu raison de lui et l'avaient déféré au centre de Dachau. Il voulait se laisser mourir et commençait à souffrir terriblement d'une perforation à l'estomac. Lorsqu'un homme de la providence française lui a d'abord offert et enfilé son pull-over car Marcel grelottait de froid. Cet homme s'appelait Marcel Paul. Il était le bras droit de Maurice Thorez et était un membre important du parti communiste français : « Je vais m'occuper de vous Monsieur Dassault. Faites-moi confiance. Les Boches ne nous garderont pas longtemps. » Et Marcel Dassault s'est laissé guider. Un soir, alors qu'ils mangeaient une soupe l'un près de l'autre dans le camp, Marcel Paul lui a glissé à l'oreille qu'il fallait qu'il aille aux toilettes où il trouverait un sac de sport, avec à l'intérieur un uniforme allemand : « Vous allez le mettre, et vous mettrez vos affaires de prisonnier dans le sac que vous allez ramener avec vous et que j'irai cacher dans un placard très proche de là où nous sommes. Je vais faire pareil que vous et nous irons nous asseoir près de la porte de la sortie tout en faisant semblant d'être en conversation comme si nous parlions allemand.

À un moment un officier de la Wehrmacht entrera dans le réfectoire et nous fera signe de sortir dans la cour, de le suivre jusqu'à l'arrière d'un camion recouvert d'une bâche dans lequel nous prendrons place sur des caisses de munitions. Puis le camion partira sur une route de campagne qui rejoindra une nationale en direction de Nancy, où il y aura un arrêt pour relever le conducteur et prendre une ration. Le camion repartira en direction de Metz puis nous débarquera derrière la gare où une Citroën recouverte de camouflage nous amènera en principe jusqu'à Paris derrière la gare du Nord. Là, une autre voiture nous acheminera dans mes bureaux de la place du Colonel-Fabien où nous trouverons du réconfort et de quoi se restaurer un peu, puis je vous ferai ramener chez vous, là où vous le désirerez. Avant de quitter mon bureau, je vous remettrai des vêtements civils de manière à ce que vous passiez inaperçu. Et notre évasion sera, je l'espère, arrivée au bout de ses peines. Courage Marcel Dassault ! » Et là, Marcel Dassault, avec des sanglots dans la voix, dit à Marcel Paul : « Vous m'avez sauvé la vie et je ne vous oublierai jamais. Maintenant que nous sommes devenus amis, je commence à reprendre confiance en moi et vous pouvez me demander tout ce que vous voulez, je serai toujours là pour vous. » Puis, s'étant fait déposer dans un petit appartement près du Trocadéro, Marcel Dassault alla retrouver sa femme et ses deux enfants Claude et Serge. Ils changèrent souvent d'asile, jusqu'au moment où l'Armistice fut signé. À la Libération, la famille Dassault revint à Saint-Aignan-sur-Cher. Il retrouva son ami et avocat Paul Boncour. Faisant agrandir et assainir sa maison, Marcel Dassault commença à refaire parler de lui, au cœur des grandes affaires de l'État français qui avait bien besoin de lui pour faire redémarrer la France.

Marcel Paul n'oublia pas la promesse faite par Marcel Dassault. Un jour, au cours d'une visite, il lui expliqua que les finances de *L'Humanité* étaient à zéro et qu'il ne savait plus comment payer les manutentionnaires du journal, il cherchait une solution pour que le pire n'arrive pas. Marcel Dassault lui répondit : « Je suis un homme qui tient ses promesses mon cher Marcel Paul, je vous fais confiance. » Il sortit son carnet de chèques et lui dit : « Marquez vous-même la somme dont vous avez besoin et tenez-moi toujours au courant, cela me fait très plaisir de vous aider à mon tour. » Et chaque année, Marcel Dassault resta fidèle à sa promesse.

Le temps passa jusqu'au jour où ma mère reçut un coup de fil à Saint-Mandé de la part du secrétariat de Marcel Dassault, pour lui demander le téléphone où Monsieur Dassault pouvait me joindre. Ma mère me communiqua aussitôt le numéro de son bureau où je l'ai évidemment appelé. C'est alors que sa secrétaire Madame Carré m'a fait part de son intention de me fixer un rendez-vous à son bureau des Champs-Élysées pour me parler d'une musique de film. Celle-ci m'a fixé le lundi matin suivant. Je n'en croyais pas mes oreilles, ni mes yeux, de me retrouver à 7 heures du matin devant le plus grand avionneur français vêtu d'un costume beige clair et me regardant derrière ses lunettes légendaires cerclées de noir. Il portait à sa boutonnière la rosette de la Légion d'honneur et m'a dit de m'asseoir : « Comment allez-vous mon cher Jean-Jacques Debout ? Voulez-vous du thé, du café, des croissants ? Je m'excuse de vous avoir fait convoquer si tôt, mais quittant mon bureau des Champs-Élysées tous les jours vers midi je n'y reviens le lendemain qu'à 6 heures du matin.

Comment va votre petite Chantal ? Elle doit être bien fatiguée avec tout ce travail qu'elle assume pour ses spectacles et ses prestations à la télévision. Je l'admire beaucoup, savez-vous ? Et je suis toujours heureux de la voir chanter ses jolies chansons qui font du bien aux enfants ainsi qu'à leurs parents qui sont restés eux aussi de grands enfants. Je voudrais offrir à Chantal la couverture de mon magazine *Jour de France,* celui qui doit sortir huit jours avant les fêtes de Noël. Je vous mettrai en rapport avec Monsieur Rank, qui est mon rédacteur en chef et qui se chargera du reportage, vous verrez que cela fera plaisir à toutes les familles qui comme moi apprécient votre femme qui a l'air de sortir d'un conte de Charles Perrault. Mon fils Claude, qui n'aime que les opérettes, ne manque jamais un passage à la télévision de notre petite Chantal. Qu'en dites-vous mon cher Jean-Jacques Debout ? »

Je lui ai répondu que cela me faisait très plaisir et que dès ce soir j'allais pouvoir annoncer cette bonne nouvelle. « À propos, j'ai oublié de vous dire que je vais envoyer un gros chèque aux petits chanteurs à la Croix de bois, par l'intermédiaire du remplaçant de mon expert-comptable Monsieur Dewatter, qui m'avait détourné plus de cinq milliards de francs. Il a été arrêté près de Genève par la police. Ils l'ont mis en prison et je l'ai vu en photographie sur la couverture de *France Soir*, cela m'a fait de la peine de le voir ainsi, pas rasé, sans cravate, avec une veste qui ressemblait à une veste de pyjama, non vraiment cela ne m'a pas fait plaisir de le voir ainsi. » Je trouvais que Marcel Dassault parlait de cet homme avec compassion et tristesse, et lui ai demandé ce qu'il comptait faire : « Bah », hésitant et hochant la tête, « je ne sais pas encore, je vais essayer de le faire sortir de prison, ce pauvre homme doit manquer à sa femme et puis vous savez c'est un excellent comptable et je ne comprends pas ce qui lui a pris de me faire un coup pareil. Mais je vais tâcher d'arranger cela… Ce pauvre Dewatter. » Dassault me parlait de Dewatter comme s'il lui avait donné raison.

« Ce n'est pas une affaire qui m'amuse, il faudrait quand même que je le raisonne, mais de toute façon, je ne pourrai plus lui faire confiance, cet homme vient de commettre l'irréparable qui met un terme à notre collaboration. Et pour en venir à vous, me dit-il, voilà ce que je vous propose : j'ai un nouvel avion qui va sortir dans deux mois, et j'ai pensé à vous pour composer la musique qui accompagnera le film de présentation. Mais à condition que vous alliez en faire l'enregistrement à Vienne, parce que c'est là-bas qu'il y a les meilleurs violons. Vous savez, j'y vais une fois par an, avec ma femme, car au Casino, près du Grand Hôtel où nous descendons et au bord de la grande piste de danse où ma femme aime danser la valse avec son professeur, moi je bois une bonne tasse de thé en écoutant ces magnifiques violons, voilà pourquoi je souhaiterais entendre les mêmes pour la présentation de mon petit avion. Qu'en pensez-vous Monsieur Debout ?

— Monsieur Dassault, je pense que vous avez une excellente idée, mais pour dix minutes de musique, cela va vous coûter bien cher alors que ceux de l'Opéra de Paris jouent aussi bien et sont sur place.

— Je vous comprends, mais ce n'est pas la même chose. Car je voulais dire à ma femme : "Tu vois, les violons que l'on entend dans la présentation de l'avion, ont été enregistrés à Vienne", afin de lui rappeler tous les bons souvenirs que nous avons passés là-bas. »

Puis il m'a dit :

« Si vous le voulez, je peux mettre un avion à votre disposition pour vous y rendre.

— Oui, mais à condition que vous veniez avec nous Monsieur Dassault. »

Dassault m'a répondu : « Mais vous êtes fou ! Je ne monte jamais dans un avion en vol. Car ce n'est pas encore au point, ces trucs-là ! »

Les bras m'en tombaient. Et je me pinçais pour ne pas rire de ce qu'il venait de me dire.

Je suis allé à Vienne sans lui, avec l'avion régulier d'Air France, et lui ai rapporté au bout de quatre jours la musique souhaitée avec les violons de Vienne qui avaient été très contents d'avoir joué dix minutes pour une somme importante, je crois qu'ils n'avaient jamais vu ça de leur vie. Marcel Dassault était heureux et il s'était empressé de faire entendre à sa femme cet enregistrement qu'elle adorait et ne cessait d'écouter en boucle m'avait-il dit.

Je me souviens aussi de cette confidence : un jour, Jacques Chirac est venu trouver son parrain Marcel Dassault.

« Quel bon vent vous amène ?

— Monsieur Dassault, les gens du RPR ne comprennent pas pourquoi vous mettez très souvent François Mitterrand en couverture de *Jour de France.* »

Et Marcel lui a répondu : « Que voulez-vous mon cher Jacques, je ne peux quand même pas me brouiller avec mon meilleur représentant de commerce », et il a ajouté : « Et dites bien à nos amis du RPR que je n'ai besoin de personne pour savoir comment il faut gérer mes affaires. »

Un autre jour, Marcel Dassault me convoque comme d'habitude à 7 heures du matin dans son bureau des Champs-Élysées. Je me retrouve une nouvelle fois devant lui et il m'annonce que dans quelques minutes, l'acteur Jean-Pierre Aumont va arriver. C'est alors que sa secrétaire Madame Carré vient lui annoncer que l'acteur est là.

« Qu'il entre ! » dit Monsieur Dassault.

Et Jean-Pierre Aumont fait son entrée. Dassault s'exclame fortement :

« Alors, Jean Pierre Aumont, on veut faire du cinématographe, je suis heureux de vous voir en bonne forme, approchez-vous ! »

L'acteur s'approche du bureau.

« Approchez-vous, approchez-vous plus près de mon bureau, levez la tête. »

Marcel Dassault allume un énorme projecteur de cinéma et le braque dans le visage de Jean-Pierre Aumont : « Ouvrez la bouche. »

Dassault se penche puis lui dit :

« Mais vous avez les dents jaunes. Ce n'est pas grave je vais vous envoyer chez mon dentiste personnel et ne vous inquiétez pas, c'est moi qui paierai l'addition.

— Je fume la pipe depuis la dernière guerre et j'ai toujours eu les dents un peu jaunes, mais cela ne m'a pas empêché de faire une carrière non seulement en France, mais aussi aux États-Unis. C'est la première fois que quelqu'un s'inquiète pour mes dents, je pense que ce n'est pas un vrai problème, mais je vous remercie quand même, cher Monsieur Dassault. »

Puis Marcel Dassault éteint son projecteur, lui demande de s'asseoir et lui annonce la bonne nouvelle :

« Cher Jean-Pierre Aumont, vous connaissez l'admiration que j'ai pour vous, depuis bien longtemps, puisque nous sommes tous les deux compagnons de la Libération, souvenez-vous quand nous nous étions retrouvés au côté du Maréchal Leclerc à la Libération de Paris.

— Oh oui, je m'en souviens car je faisais partie de la 2e DB française et j'avais pour Leclerc une admiration sans borne, c'était un homme unique et courageux qui était respecté de ses soldats.

— Vous avez raison Jean-Pierre Aumont, mais je voudrais vous proposer de tenir le rôle du Premier ministre dans mon prochain film qui va s'appeler *Le voyage en bateau.* Tenez-vous bien, le Premier ministre que vous incarnerez trompe sa femme avec un joli petit mannequin. Il rentre de plus en plus tard chez lui et ce soir-là, sa femme commence à avoir des doutes. Elle lui sert une soupe qui le fait éternuer et la moitié de son assiette gicle dans sa figure. C'est alors que, croyant attraper son mouchoir dans sa poche, il sort une petite culotte de femme pour éponger son visage. La femme du Premier ministre s'exclame : "J'avais raison, il ne manquait plus que cela, c'est la cerise sur le gâteau !" »

C'est alors que Dassault se met à rire derrière ses lunettes et, s'adressant à l'acteur :

« Que pensez-vous de cela, mon cher Jean-Pierre ? »

D'un air embarrassé, Jean-Pierre Aumont répondit :

« Malheureusement, je ne pense pas pouvoir tourner votre film, car je viens de signer deux années de tournée théâtrale avec Madame Jacqueline Maillant.

— Ce n'est pas grave, je peux vous mettre un avion à disposition !

— Oh, je vous remercie, Monsieur Dassault, mais je pense que je serai trop fatigué pour faire les deux en même temps. »

Visiblement, Jean-Pierre Aumont n'avait pas très envie de tourner le film. Puis, il prend congé de Monsieur Dassault en lui assurant que son agent, Madame Cloukowski, allait se mettre en rapport avec lui.

« Dites-lui bien que je peux vous payer en liquide, car pour un agent de cinéma, c'est très important. À bientôt, cher Monsieur Aumont. »

Quant à moi, je n'avais jamais assisté à une scène aussi drôle. Monsieur Dassault me dit : « Je crois qu'il n'est pas emballé par ma proposition, qu'en pensez-vous mon cher Jean-Jacques ? »

L'idée me vient alors de lui proposer Henri Garcin, que je connaissais bien. Depuis le terrible accident de tournage où Patricia Viterbo, la fiancée de Johnny, s'était noyée dans la Seine, il n'avait pas trop le moral. J'ajoute que depuis le drame, ce pauvre Henri n'a pas eu de chance d'un point de vue professionnel.

« Alors pourquoi voulez-vous que je l'engage, puisque vous me dites qu'il n'a pas de chance ! »

Soudain, il me demande de descendre avec lui dans le grand salon du rez-de-chaussée où l'attend Monsieur Susreld de la Gaumont :

« Bonjour Monsieur Dassault, comment allez-vous ? Voyez-vous, j'ai réuni une cinquantaine de comédiens, comme vous me l'avez demandé, pour *Le voyage en bateau.* »

C'est alors que Dassault, s'adressant à moi, dit :

« Cher Jean-Jacques, allez les voir un par un et vous me direz plus tard ce que vous pensez de leur photogénie. Moi, je pars avec ma femme à Gréoux commencer ma cure. »

Puis, regardant tous les comédiens qui semblaient un peu affolés, il leur dit :

« Je vous engage tous pour *Le voyage en bateau,* à très bientôt. »

S'adressant à Robert Susreld, il continue :

« Je compte sur vous pour leur faire signer un bon contrat, je vous appellerai de mon hôtel à Gréoux, merci d'avance et faites mes amitiés à Monsieur Alain Poiret. » Ce dernier était le patron de la Gaumont.

Puis, d'un petit coup de chapeau, Marcel Dassault s'engouffra à l'arrière de sa Rolls Royce aux côtés de sa femme qui l'attendait depuis un bon moment pour prendre la route.

J'ai composé la musique et écrit la chanson enregistrée par Michèle Torr *Le Voyage en bateau.* Le film est sorti en exclusivité au cinéma *Le Paris* sur les Champs-Élysées, appartenant à Marcel Dassault. Ce dernier a été blessé de se rendre compte que son film ne marchait pas, alors il a décidé de faire démolir *Le Paris,* prétextant que les gens préféraient regarder la télévision plutôt que d'aller au cinéma. Alain Poiret, de la Gaumont, m'avait prié d'intervenir auprès de lui pour le dissuader du pire. Hélas, le lundi suivant, à 8 heures du matin, les tractopelles faisaient leur entrée devant le célèbre cinéma qui fut démoli pour devenir des bureaux de location. Ainsi se termina *Le voyage en bateau,* qui malheureusement n'était pas arrivé à bon port.

Chapitre 21

HISTOIRE D'UN TUBE : CAPITAINE FLAM

« *Capitaine Flam tu n'es pas*
De notre Voie lactée
Mais tu as traversé
Cent mille millions d'années »
Jean-Jacques Debout, 1978

Grâce à *Capitaine Flam*, la science-fiction n'a plus de secret pour moi. Comme n'importe quel sujet peut me passionner, j'ai prêté une oreille attentive à la proposition du producteur de Goldorak. Bien m'en a pris… c'est devenu un tube ! Bruno Huchez venait de racheter les droits de *Captain Future*, une série de fiction japonaise.

« J'ai une série de 59 épisodes, mais la musique n'est pas du tout pour les oreilles françaises », me dit-il. « C'est trop japonais ! »

Je n'aimais pas le nom, alors j'ai proposé de l'appeler plutôt Capitaine Flam.

Effectivement, la musique japonaise était impossible à écouter pour nous. C'était vraiment très manga.

Une fois encore, je n'avais pas plus de trois jours pour inventer ce générique. J'ai lu avec attention l'histoire, j'ai visionné les deux premiers épisodes puis je suis entré en studio un dimanche matin. Le soir même, la chanson devait être écrite, enregistrée et mixée ! En effet, dès le lendemain matin, le générique devait être monté avec un premier épisode diffusé le mercredi.

On a loué le studio de la Grande Armée au palais des Congrès. J'y suis arrivé à 9 heures du matin avec quelques musiciens. C'étaient les débuts des synthétiseurs. Peu de musiciens en jouaient à cette époque-là et l'un des meilleurs était Joël Fagerman. Je l'avais convoqué pour mon *Capitaine Flam*.

J'avais engagé trois choristes, dont Richard Simon pour interpréter le morceau à ma place, car je ne me voyais pas chanter cette chevauchée.

Je me suis assis au piano dans le studio et à force de répéter « Capitaine Flam, Capitaine Flam », la mélodie est venue.

Une anecdote hilarante, que je vous conseille de lire en réécoutant l'enregistrement studio de *Capitaine Flam*. Richard Simon était incapable de chanter sans son chien. Un peu comme Michel Drucker à la télévision... Il était donc toujours flanqué de son chien rouquin, qui était vraiment très gentil. J'ai proposé à Richard de garder son chien dans la cabine pendant qu'il enregistrait ses voix, mais il a refusé, arguant qu'il avait besoin de l'avoir à ses côtés. Le chien devait rester à ses pieds. Mais pendant qu'il chantait, le chien faisait des bonds pour l'embrasser et cognait son museau dans le micro ! Bon... On entendait des « boum ! », « boum ! », « boum ! ». Découvrant ces perturbations sonores, j'ai demandé à l'ingénieur du son de ne rien toucher car une idée m'était venue. On allait faire doubler au synthétiseur les coups de museau du chien. Ce sont les espèces de coups de revolver que vous entendez dans la chanson !

Pour les paroles, j'avais appelé mon copain Roger Dumas pour m'aider à aller plus vite. Roger était capable d'écrire très rapidement.

Le soir, on avait terminé.

En huit jours, on a vendu deux millions de disques ! Quel succès monumental ! C'est longtemps resté un grand hit mais j'ai remarqué qu'on ne l'entend plus. C'est dommage. La carrière de mon *Capitaine Flam* est assez étrange. Je l'ai déjà entendu en version jazz par de très bons orchestres. Un trompettiste le joue en Angleterre, et une harmoniciste en a fait un tabac avec aux États-Unis. J'aimerais reprendre ce morceau dans mon prochain album, interprété par une grande chorale de quarante enfants. Je vous garantis que ce sera magnifique, à vous en donner des frissons.

Chapitre 22

COMMENT ON ÉCRIT UNE CHANSON

Écrire une chanson, c'est très facile. Je ne considère pas cela comme un métier. Il y en a qui en font leur métier, on appelle ça des paroliers. Ils travaillent avec des dictionnaires de rimes. Parfois ils font ça avec talent, d'autres fois, c'est moins probant.

Il y a les paroliers, et les poètes.

Je compare les poètes à un beau papillon, qui par un bel après-midi de printemps commence à butiner dans un jardin. Le poète est comme ce beau papillon, il va dans les endroits qui l'inspirent, va se poser sur les fleurs, là où il se sent bien, comme dans la vie. En général il prend son envol quand il est inspiré, comme Charles Trenet, Georges Brassens, Jacques Brel, Charles Aznavour, Barbara, Serge Gainsbourg... Ce sont bien sûr ces artistes-là qui me touchent le plus.

On dit que l'appétit vient en mangeant, comme la création liée à l'écriture des poètes troubadours. Ceux-ci ne sont malheureusement pas si nombreux, car ils se distinguent parmi les autres par leur propre style inventif. Ce qui ne veut pas dire que les paroliers écrivent des banalités, car ils ont aussi leur propre style, tels un Pierre Delanoë, ou un Jean Dréjac qui a écrit *L'homme à la moto* pour Édith Piaf. Elle lui avait demandé : « Fais-moi une chanson qui raconte l'histoire d'un type qui se tue à moto... » Je pense aussi à Jacques Plante qui a écrit les paroles de *La Bohème,* chantée et composée par Charles Aznavour.

Barbara était une poétesse. Quand je travaillais avec elle, je m'imaginais travailler avec Colette, que j'avais connue quand j'avais quatre ans, car c'était une amie de ma grand-mère écrivaine. La pauvre était mariée avec Willy, qui lui prenait son argent.

Jean Nohain était le fils d'un auteur de théâtre très célèbre qui s'appelait Franc Nohain, qui écrivait des pièces de boulevard et avait un succès fou. Mireille jouait dans un opéra-comique, elle incarnait le rôle de Mozart. Elle était toute jeune, elle avait dix-huit ans. Le frère de Raoul Breton, qui débutait, était directeur du théâtre. Il lui a envoyé cette petite musicienne. Raoul lui a présenté Jean Nohain dans sa petite maison d'édition toute neuve. Ils ont commencé à écrire des chansons ensemble. À l'époque c'était la mode de faire chanter deux hommes ensemble, des duettistes. Comme Pills et Tabet.

Charles Trenet me disait tout le temps que s'il n'avait pas eu la chance d'écouter Mireille et Jean Nohain, il n'aurait peut-être jamais écrit de chanson. Brassens disait la même chose. Ils venaient d'écrire *Ce petit chemin, qui sent la noisette*... Ensuite ils ont écrit beaucoup de chansons ensemble, notamment pour Pills et Tabet, qui sont devenus deux immenses vedettes. Et cela a lancé la carrière de Mireille.

Jean Nohain est devenu un grand producteur, il avait une émission qui s'appelait *36 Chandelles*. Ils ont écrit aussi *Puisque vous partez en voyage*..., que Mireille chantait avec Jean Sablon, ensuite reprise par Jacques Dutronc et Françoise Hardy. La vraie chanson française, telle que je l'aime, commence avec Mireille et Jean Nohain. Trenet, Brassens et Barbara ont eu envie d'écrire grâce à eux. Ils sont la vraie première source d'inspiration de la chanson française, de bon goût et de modernisme. Une œuvre magnifique. Le spectacle au *Petit Montparnasse* qui retraçait la vie de Mireille était tellement formidable que j'y allais tous les soirs.

Les auteurs-compositeurs écrivent les paroles et les musiques en même temps, comme Charles Aznavour, Léo

Ferré, Jacques Brel, et bien sûr Édith Piaf dont *La Vie en rose* a fait le tour du monde, écrite alors qu'elle était folle amoureuse de Marcel Cerdan. Quand elle a appris qu'il ne viendrait pas la voir chanter à New York pour la première fois, son avion s'étant écrasé, elle a écrit *L'Hymne à l'amour.*

Si un jour la vie t'arrache à moi, si tu meurs,
que tu sois loin de moi…
Peu m'importe si tu m'aimes car moi je mourrai aussi…

Raoul Breton était monté la voir dans sa petite chambre de l'hôtel *Waldorf Astoria* où elle avait fait installer un piano, car le soir elle débutait au music-hall *Le Versailles* – le plus grand de New York à l'époque. Il lui avait mis un verre de whisky dans la main, un autre dans les mains de Marguerite Mono (la pianiste) et leur a dit :

« Marcel ne viendra pas ce soir, car il est mort dans la catastrophe aérienne de l'avion Paris-New York. Écrivez vite une chanson en hommage pour lui.

— Vas-y, Marguerite, donne-moi une note, pour que je puisse démarrer », dit Édith Piaf.

Et voilà comment est né *L'hymne à l'amour* qui fait partie du plus grand patrimoine de la chanson française. Elle l'a même enregistré en anglais, et j'avoue que je préfère encore cette version-là. Piaf avait une voix qui allait très bien avec les tonalités de la langue anglaise, qui est la langue la mieux adaptée à la chanson.

La langue française n'est pas la meilleure langue pour écrire une chanson. Georges Brassens a réussi des miracles avec notre langue. Tout rime, tout chante naturellement. Comme Trenet, Brel, Barbara et tous les grands. Mais la langue française n'est pas facile pour chanter.

Parmi les auteurs-compositeurs, j'écoute évidemment la nouvelle génération.

Stromae, voilà un artiste qui a un talent fou, qui est inspiré. Sa chanson sur le suicide est extrêmement bien écrite. Comme Grand Corps Malade, c'est un vrai auteur. Il écrit des paroles formidables. Vianney aussi a du talent.

Les plus belles chansons s'écrivent toujours dans l'émotion et dans l'instant. C'est quand un événement se produit dans la vie de l'auteur que naît le chef-d'œuvre. C'est toujours comme ça. C'est comme ça que Barbara a écrit *Ma plus belle histoire d'amour c'est vous*. De même, elle est allée chanter en Allemagne, c'est ainsi qu'elle a écrit la chanson bouleversante *Göttingen*.

Il n'y a pas de règle. Si l'auteur se trouve au bon moment avec le compositeur, la chanson vient naturellement.

Dans un avion qui le ramenait de Monte-Carlo, après la nuit de la Croix-Rouge organisée par Grace Kelly, Gilbert Bécaud est tombé amoureux d'Elga Andersen, une comédienne très mignonne qu'il ne connaissait pas. Il a atterri à Orly, et habitait au Chesnay (78). Il vivait dans un chalet dans lequel se trouvait son piano, ce qui lui permettait d'écrire ses chansons paisiblement. Il avait donné rendez-vous à Pierre Delanoë.

« Pierre, je suis tombé amoureux d'une fille dans l'avion. Faisons une chanson ! »

Bécaud tape sur son piano, un peu comme le rythme du *Boléro* de Ravel.

« Et maintenant que j'ai rencontré cette fille, que vais-je faire ? questionne Bécaud en buvant une gorgée d'excellent whisky.

— Avec ce que tu viens de dire, la chanson est faite ! » répond Delanoë.

Et c'est devenu un chef-d'œuvre. La chanson a fait le tour du monde. Sinatra et Judy Garland l'ont enregistrée.

Vous voyez à quel point une chanson ne tient à rien, à une simple rencontre. On ne peut pas le savoir à l'avance. Comment Bécaud pouvait-il imaginer, dans l'avion, qu'il écrirait trois heures plus tard une chanson qui plairait dans le monde entier ? Si on savait tout ça à l'avance, ce serait trop facile.

Jean-Loup Dabadie écrivait des paroles avec une force poétique. C'était un auteur de qualité. C'est l'auteur de chansons par excellence. Pour Reggiani, Julien Clerc et Michel Polnareff…

À sa façon, Guy Béart, en écrivant la chanson du film *L'eau vive* s'est imposé en tant qu'auteur-compositeur-interprète d'une manière très intelligente et fut l'auteur-compositeur également pour la sublime Juliette Greco de : *Il n'y a plus d'après à Saint-Germain-des-Prés.*

Parlons à présent de celui qui a révolutionné ce métier : Serge Gainsbourg. Un petit génie. Il est responsable du grand virage de la chanson française. Il est l'archange de la chanson moderne. Auparavant, il écrivait pourtant des chansons plus classiques comme la *Javanaise.* Gainsbourg, c'est à la fois Verlaine et Rimbaud. C'est le Baudelaire moderne. On sent qu'il a aimé tous ces poètes. Gainsbourg, c'est le pavé de Paris, le jargon parisien, mais tout en maniant la langue française avec un talent fou. Encore une fois, notre langue n'est pas aisée. Après le *Poinçonneur des Lilas*, Gainsbourg a changé de style, avec par exemple *Je t'aime moi non plus.* Il a branché les guitares, a abandonné son orchestrateur, est parti travailler à Londres avec les musiciens de Mick Jagger. Mais ce qui prouve son génie, c'est que toutes ses chansons sont dans le cœur des gens, tous styles confondus. Encore aujourd'hui rue de Verneuil, des filles chantent ses chansons devant sa maison, lui laissent des petits mots avec des cœurs, et vont lui porter des paquets de Gitanes sur sa tombe au cimetière Montparnasse. Gainsbourg est idolâtré.

Boris Vian a aussi apporté à son époque un modernisme dans la chanson. *Le Déserteur, La java des bombes atomiques.* C'est lui qui a offert son succès à Mouloudji.

Jean-Jacques Goldman est un auteur-compositeur avec un style bien à lui, qui fait partie de ceux qui ont marqué leur époque. Je dois nommer aussi Michel Berger, qui a écrit de très belles chansons, paroles et musiques, ou parfois seulement la musique, comme dans *Starmania*, où les paroles étaient du talentueux Canadien Luc Plamondon.

Jacques Brel est comme un très grand peintre hollandais. Il a été élevé par les poèmes d'Arthur Rimbaud.

L'un des plus grands de la mélodie, c'est Charles Trenet. *La Mer* a révolutionné la chanson dans le monde entier en trois mois. C'est rarement arrivé. Elle a été jouée plus de 2 000 fois par jour à une époque.

Elle tient le haut du pavé de la chanson française avec *Comme d'habitude* écrite par Gilles Thibaut, composée par Jacques Revaux et cosignée par Claude François car il avait ajouté la montée dans les aigus.

On ne sait jamais à l'avance combien de temps va durer une chanson. Deux minutes, trois minutes, cinq minutes. D'autres qui n'en finissent pas. Il n'y a pas de règles ! Tout dépend si elle est magique ou non. Elle doit effleurer la sensibilité du public, sinon c'est un bide.

Certaines chansons n'ont pas eu de succès à leur naissance et revivent tout d'un coup sans qu'on comprenne pourquoi.

Il faut toujours s'attendre à tout.

J'ai écrit *Comme un garçon* car il manquait un titre à Sylvie Vartan. Elle partait pour Londres le soir même. Elle m'a demandé de venir avec elle dans l'avion et d'écrire une chanson avant son rendez-vous avec l'orchestrateur Arthur Greenslade à l'hôtel *Hilton* de Londres.

J'habitais Nogent-sur-Marne. Devant le château de Vincennes, alors que je roulais dans mon Austin Cooper, une fille allongée sur sa moto m'arrache le rétroviseur. Je croyais que c'était un garçon ! Quand elle s'est arrêtée au feu rouge j'ai vu que c'était une fille, je me suis dit : « La voilà la chanson, comme un garçon, j'ai un blouson, etc. » Dans l'avion j'ai composé ma musique, j'ai appelé mon copain Roger Dumas car je savais qu'il travaillait très vite.

« Tu as deux heures pour écrire les paroles ! »

On avait atterri à Birmingham car l'aéroport de Londres était fermé.

À l'arrivée, Sylvie m'a donné un peu de monnaie anglaise et je me revois appeler Roger Dumas d'une cabine téléphonique rouge pour relever les paroles et les donner à Greenslade à minuit au *Hilton*.

Et c'est cette chanson qui a été le succès de l'album !

Le morceau a été repris dans le monde entier, chanté par Nancy Sinatra, repris encore aujourd'hui par Clara Luciani. Quand vous pensez que tout a commencé par une fille à moto devant le château de Vincennes. Le succès d'une chanson, c'est une question de chance.

Ces époques-là étaient très riches pour la chanson française. Est-ce que c'est pareil aujourd'hui ? Je ne pense pas. La grande époque c'est 1950-1970/80. Il y a certes des talents, mais ce n'est pas la même richesse. Il ne faut toutefois pas être pessimiste.

Un jour, un jeune poète peut se lever et tout bouleverser, comme en leur temps Trenet ou Gainsbourg. Je n'ai pas encore vu cet artiste-là. Je l'attends.

Stromae a énormément de talent et je le trouve sur une bonne voie.

Je vais essayer de vous dresser la liste de quelques artistes d'aujourd'hui que j'aime écouter, la liste est difficile à établir mais je vais essayer d'y arriver et que ceux que je vais oublier me pardonnent.

J'ai toujours aimé entendre chanter France Gall. Son charme est incroyable et sa jolie voix toujours bien rythmée m'enchante. Je l'avais rencontrée à ses tout débuts, dans la grande maison du compositeur André Popp à Maisons-Laffitte où elle était venue dîner avec ses parents. Son père écrivait des très bons textes de chansons pour sa fille, et plus tard pour Charles Aznavour il écrivit les paroles de *La Mamma.* Je me souviens que lorsque j'étais à Montréal avec Barbara, je l'avais rencontrée dans le hall de l'hôtel LaSalle. Elle venait d'arriver de Paris pour une série de télévisions. Ce soir-là j'avais rendez-vous avec Robert Charlebois dans une boîte de nuit qui faisait aussi restaurant et qui s'appelait La Poubelle. Je l'avais invitée à venir avec moi et nous avons passé une soirée canadienne très agréable. Cet endroit avait une scène et un petit orchestre. Robert Charlebois, vers la fin du repas, voulait chanter avec elle. Au début cela lui faisait peur. La boîte était pleine à craquer. Et à mon grand étonnement elle a chanté comme si elle avait toujours chanté *Lindberg* avec lui. En réalité elle était une enfant de la balle et s'adaptait à tout. La salle lui avait fait une *standing ovation* et lorsqu'elle est revenue s'asseoir à la table elle avait les larmes aux yeux tellement elle était émue de ce qui venait de lui arriver. Le lendemain, Georges Moustaki, qui était aussi de passage à Montréal avec sa jolie fille du nom de Pia, nous avait emmenés écouter avec la « longue dame brune », Ravi Shankar au théâtre de la Place des Arts qui était bourré de jeunes gens tous habillés en blanc comme lui, avec des lampes électriques qu'ils faisaient danser au-dessus de leurs têtes. C'était féérique et très émouvant d'assister à ce concert exceptionnel. Depuis la disparition de Georges, sa fille Pia lui a consacré un petit musée qui est très très intéressant. Pia est une personne attachante qui a hérité du même charme que son papa.

Juliette Armanet, j'ai acheté tous ses albums, c'est une merveille.

Zaz, que j'adore depuis ses débuts est une vraie de vraie.

Cali dont la présence me fascine et sa belle âme qui sait caresser nos oreilles avec un immense bonheur. Il vient de loin, de ces montagnes qui regardent l'Espagne, que j'aime tellement.

Julien Doré est un cas unique. Il retombe toujours sur ses pieds. Il peut dérouter mais c'est un artiste habité, et il ne me laisse pas indifférent et tient de ce génie de Gustave Doré.

Bénabar est un original, un pur descendant de Trenet et de Johnny. Il est vraiment fait pour le music-hall.

Et puis le génie de Véronique Sanson est inépuisable. J'ai toujours l'impression, lorsque je l'écoute, qu'elle s'adresse à Michel Berger comme une immense histoire d'amour qui s'est transformée en une mystérieuse légende.

Mélody Gardot est une charmeuse de serpents. Elle peut tout chanter. Son timbre de voix aimante tous les animaux de la forêt. Elle me va droit au cœur.

Je vous dirai aussi qu'il n'y a pas un jour sans que j'écoute Ella Fitzgerald et Louis Armstrong, que j'ai eu la chance de bien connaître.

Judy Garland, dont je ne me suis jamais lassé.

Frank Sinatra, indémodable.

Nat King Cole, l'éternel amoureux.

Sammy Davis Jr, l'incorrigible danseur et chanteur et grand frère de Michael Jackson.

Elvis Presley dans *Love me tender* reste à lui tout seul le plus grand chanteur de charme des USA.

Chapitre 23

« MON PETIT GARÇON, SI TU VEUX ÊTRE HEUREUX PLUS TARD, NE FAIS JAMAIS DE POLITIQUE »

La politique, je la suis sans la suivre.

Ma grand-mère maternelle m'avait dit un jour : « Mon petit garçon, si tu veux tenter d'être heureux plus tard, ne fais jamais de politique. » Elle me disait cela le soir, dans son appartement au 11 rue du Croissant, avant de prendre son service à *L'Humanité*. Elle était chef d'imprimerie de *L'Huma*, mais elle ne faisait pas de politique. Comme elle s'entendait bien avec tout le monde, personne ne l'embêtait avec ça. Elle avait commencé à travailler dès l'âge de quatorze ans dans un journal à Angers et elle était devenue une référence dans ce métier de l'imprimerie. Elle avait malheureusement perdu sa deuxième fille avant d'avoir ma mère et son mari à la Guerre de 14-18.

Rue du Croissant, c'est là où Jean Jaurès avait été assassiné. Ma mère, âgée de six ans, avait été témoin du meurtre. Le 31 juillet 1914 elle attendait comme tous les matins sa petite copine d'école en buvant un chocolat chaud dans la première salle du café *Le Croissant.* Un homme vêtu de noir entra devant elle, suivi de près par un homme avec une casquette. Il déposa son chapeau haut-de-forme sur un portemanteau, puis son écharpe, lorsque tout à coup une détonation fit tomber l'homme en noir dans une énorme mare de sang. La propriétaire du café, qui venait d'accourir, reconnut Jean Jaurès qui venait d'être tué par un tueur du nom de Vilain. Ma mère était la seule témoin ! La police fut prévenue aussitôt, les agents entrèrent dans le café et interrogèrent ma mère tout l'après-midi pour recueillir des renseignements sur l'assassinat qui avait eu lieu devant elle. La police l'a tellement questionnée qu'elle a piqué une crise de nerfs. Elle s'est échappée en courant et mon grand-père l'a retrouvée derrière, là où se trouve aujourd'hui le cinéma le Rex. Elle a encore été convoquée cinq ou six fois à la suite de cet attentat, dont elle s'est souvenue jusqu'à la fin de sa vie.

C'est ce fait divers qui a déclenché mon intérêt pour la politique. Comme cette histoire avait traumatisé ma mère, elle nous la racontait sans arrêt. Je vais même vous dire une chose : elle est morte à l'âge de 104 ans. Huit jours avant son décès, je suis allé la voir dans la maison de retraite où elle résidait près de Saint-Germain-en-Laye. Pour voir si elle avait toujours sa tête, je lui ai demandé de me raconter l'assassinat de Jean Jaurès. Elle m'a tout raconté comme si cela venait de se passer ! C'est dire si ça l'avait marquée...

J'adorais ma grand-mère et j'ai donc grandi au milieu des communistes. J'observais l'imprimerie, les grands camions qui livraient les rouleaux de papier, les tapis roulants... Cela ressemblait au décor du film *Les temps modernes* de Charlie Chaplin. Petit garçon, tout cela m'intriguait. Par les grandes portes de l'imprimerie, je regardais tout ce manège.

À neuf ans, je ne comprenais pas grand-chose à la politique. J'entendais parler du Maréchal Pétain puisque je suis né en 1940. Moi, j'aimais bien le Général de Gaulle. Mon père était son opticien. Je l'avais vu quelques fois à la Libération et il m'avait offert un petit drapeau en papier avec la Croix de Lorraine. Je l'ai toujours chez moi, posé sur mon piano. Pour moi, il était le libérateur de la France.

J'avais de l'admiration pour tous ces communistes que je voyais à *L'Humanité* et qui étaient très gentils avec moi. Je trouvais qu'ils avaient le sens de la fête. Beaucoup d'artistes étaient communistes à cette époque, comme Simone Signoret, Juliette Gréco et Yves Montand. La plupart des artistes qui écrivaient de belles chansons étaient de gauche. C'était avant que l'on comprenne que Staline était un véritable tyran et qu'on entende parler des goulags. Yves Montand a découvert l'envers du décor lorsqu'il est allé chanter en URSS.

Un jour, mon père m'avait engueulé car il avait peur que je sois devenu communiste, à force de traîner à *L'Humanité*. Il s'était fâché en disant à ma mère « Tu te rends compte que tu as mis au monde un communiste ! » en tapant de toutes ses forces sur un paquet de biscottes qui a terminé en charpie. Je lui avais simplement répondu que je me sentais bien avec eux. Quand on est jeune, on est influençable. Et c'est vrai qu'à l'âge de douze ans, je me sentais plus proche des gens de gauche que des gens de droite. Pour dire la vérité, les types de droite m'emmerdaient un peu. Je ne savais pas quoi leur dire. Je n'allais pas chanter *La Marseillaise* avec eux du matin au soir.

En grandissant, j'ai été très déçu par des artistes qui prétendaient être de gauche, qui avaient leur carte du Parti communiste dans la poche mais qui vivaient comme de gros bourgeois de droite. Certains cachaient même de l'argent dans des comptes en Suisse pour tromper les impôts. Quand j'ai découvert ça, j'ai été complètement dégoûté. C'est comme un curé qu'on admire, dont on apprend plus tard qu'il ne pensait pas un mot de ses sermons. Cela m'est arrivé au collège de Juilly, même si certains curés étaient aussi formidables.

Je sais que Maurice Chevalier et Édith Piaf ne voulaient jamais parler de politique. Moi, j'aime en parler et en débattre, mais cela n'a jamais été le moteur de ma vie. Ce qui m'anime, ce sont les artistes, les bons écrivains, les bons musiciens, les bons comédiens… Très honnêtement, je ne suis pas passionné de politique. Je la suis de ma fenêtre. Ma politique à moi, c'est la poésie, la musique et les ballets. Mais s'il y a une chose que je n'aime pas, ce sont les frontières. L'art est dans le monde entier. Ma politique, c'est de défendre les artistes du monde entier et de combattre le racisme. Je hais le racisme. Malheureusement, il y en aura toujours à cause des conflits. Et ces conflits partent toujours de dirigeants qui mettent des choses effrayantes dans la tête des gens. Et il y a toujours des gens pour les croire et pour les suivre.

Je n'attache pas un grand intérêt au résultat des élections car j'ai souvent été déçu par les responsables politiques par le passé. La vie m'a appris qu'il valait mieux se renseigner sur la vérité des choses.

Pour bien connaître l'avenir d'un pays dans lequel on vit, il faut maîtriser son passé. On ne peut pas diriger un pays en passant un coup de chiffon sur ce qui s'est passé auparavant. Moi, j'ai une passion sans borne pour Victor Hugo. Je sais qu'aujourd'hui, il passerait pour un écrivain de gauche. Déjà, à l'époque, Napoléon III l'avait envoyé en exil à Guernesey. Et pendant cet exil, il n'a jamais aussi bien écrit de sa vie.

Je n'aimais pas beaucoup François Mitterrand, mais lui me parlait comme s'il m'avait toujours connu. Il était gentil avec moi mais je me méfiais de lui. Plus jeune, il était sorti avec l'une de mes amies. Elle m'avait raconté qu'il lui en avait fait voir. En revanche, j'aimais beaucoup Danielle Mitterrand, qui était instruite. Son mari l'était aussi, mais il s'était très mal conduit lors de la passation de pouvoir avec Giscard. Je n'ai pas du tout aimé. Je trouvais qu'il avait manqué d'élégance.

Un jour, en bas de chez moi rue des Saints-Pères, au pub *Le Twickenham*, je me suis assis comme d'habitude pour manger un club sandwich lorsque François Mitterrand vint s'asseoir dans le box juste à côté du mien, accompagné d'une très jolie jeune femme qui n'était autre qu'Anne Pingeot. Je venais d'entendre à la radio qu'il avait signé le matin même un accord avec Georges Marchais et Robert Fabre pour la réunification de la gauche. En m'apercevant, il me salue et comme je connaissais bien sa belle-sœur Christine Gouze-Rénal, j'en profite pour lui demander de ses nouvelles. Il me répond qu'elle va très bien, ainsi que Roger Hanin qui était un ami de longue date. À ce moment, il me dit qu'il avait choisi comme emblème de sa nouvelle campagne une rose rouge. « N'est-ce pas une bonne idée ? » me dit-il. Je lui réponds : « Vous pourrez toujours ramer, vous ne serez jamais élu président de la République. » Et il me dit : « Ça c'est vous qui le dites, j'ai bien peur que vous soyez déçu dans pas longtemps, j'en prends bonne note. » Et quatre mois plus tard, il était élu président de la République.

Il m'en a voulu pendant son premier septennat, puis un jour, lorsqu'il a invité à l'Élysée Charles Trenet à l'occasion de son anniversaire, à qui il remettait les insignes d'Officier de l'Ordre national du Mérite, j'ai reçu une invitation officielle où il avait marqué un petit mot de sa main : « Cher Jean-Jacques, venez pour cette remise importante de la Légion d'honneur à notre ami Charles Trenet, cela me ferait très plaisir de vous revoir. Je n'ai pas oublié et compte sur vous. Amitiés. François Mitterrand. » Je m'y suis rendu, et devant Charles Trenet et Jack Lang, il m'a serré la main avec son sourire légendaire, puis s'adressant à Charles il a dit : « Je serre la main à mon voyant préféré. » Ça avait fait rire Charles qui connaissait l'histoire.

Avec Chantal, nous avons soutenu Valéry Giscard d'Estaing. Nous l'avons connu au ski, à Courchevel. J'aimais beaucoup faire du ski. À chaque fois que j'y allais, je tombais sur lui. On prenait ensemble les remontées mécaniques, et il m'invitait dans son chalet. C'était une famille très bien élevée. Ils nous recevaient très simplement. Les Français n'ont pas bien compris Giscard. Et moi je n'ai jamais compris pourquoi Mitterrand avait invité, alors qu'il venait d'être élu président de la République française, Monsieur Paul Touvier qui n'avait rien d'un socialiste, et encore moins d'un être humain crédible.

Et la France a commencé à décliner sous Mitterrand. Ce choix a coûté cher à notre pays. Tout ce qui se passe aujourd'hui est la conséquence des décisions prises lors du double mandat de Mitterrand. Le Général de Gaulle nous avait pourtant prévenus dans l'avant-dernier tome de ses *Mémoires* : « Si la France venait à tomber dans les bras d'un François Mitterrand, cela ne m'étonnerait pas qu'elle ne s'en remette pas si facilement. » Et les Français ont quand même voté Mitterrand. Pour les bobos de gauche, c'était branché… Il les a très bien utilisés avec la rose qu'il leur tendait. Vous vous doutez bien que c'était du cinéma. Regardez ce qu'il a fait… Mitterrand faisait croire qu'il était de gauche mais ne vivait pas du tout comme un homme de gauche. Il prenait l'avion du gouvernement pour passer des week-ends en Égypte dans des suites luxueuses. Il dégustait des ortolans avec Moubarak. Vous avez vu beaucoup d'hommes de gauche vivre de cette manière ? En ce qui concerne les artistes de variété, c'est sous ses deux mandats que les producteurs de TV ont eu le droit de ne plus leur donner de cachet pour venir chanter.

En revanche, j'aimais beaucoup le Président Pompidou. Son anthologie sur la poésie est formidable. Il aimait les bons écrivains et avait une vraie vision pour la France. Il a été un grand Président. Pour la culture, il était le meilleur, et de loin. Grâce à la création du centre Pompidou, de nombreux peintres ont été révélés au grand public.

Comme Nicolas de Staël. Auparavant, il n'y avait pas foule dans leurs salles des ventes.

Un autre qui a été bon pour la culture : Jack Lang. Je dois bien le reconnaître. Lang a fait de très belles choses comme la pyramide du Louvre. Avant son édification, ce musée était sinistre. On aurait dit une cave ! Avec la *Joconde*, certes, mais une cave. Lang était très malin, même si les zéniths qu'il a construits résonnent comme des cathédrales dont le son est ingérable. Ces salles n'en sont pas moins populaires, cela a permis à beaucoup de jeunes artistes d'exister devant un public qui se prêtait à ces concerts pour venir chanter et danser avec leurs idoles. Même Johnny me le disait. Avant chaque spectacle, il était obligé de rééquiper de bas en haut les zéniths ainsi que Bercy avec des cathédrales de sonorisation souvent plus chères que la salle.

J'ai aussi bien connu Jacques Chirac. Il est venu à tous mes spectacles avec Bernadette et leurs enfants, il m'invitait à ses anniversaires, nous étions voisins rue du Bac. Il passait souvent chez nous boire un verre le soir lorsqu'il voyait de la lumière, avant de se rendre à l'Assemblée pour voter. Un jour, il nous a invités pendant deux jours dans sa résidence de Bitty en Corrèze, il souhaitait que Chantal inaugure le château de Sédières, restauré par la fondation Claude Pompidou pour les enfants handicapés dont s'occupait Bernadette Chirac. Lors de notre séjour chez lui, il nous a fait visiter son jardin potager. Son jardinier et gardien était un communiste pur et dur et il l'adorait. À un moment, il lui tape sur l'épaule : « Je vous présente mon ami Jean-Jacques Debout, il a beaucoup de talent, il écrit tous les spectacles et chansons de sa femme qui est venue avec lui car demain avec Bernadette nous allons inaugurer le château de Sédières. »

Le jardinier me dit avec son accent : « Je suis aussi un très grand chasseur et quand j'entends votre femme chanter "*Ce matin un lapin a tué un chasseur*", j'ai le sentiment qu'elle nous aime pas beaucoup, je ne pourrais pas l'inviter à aller à la chasse ! »

Ce qui a fait rire Jacques Chirac qui me dit : « C'est un communiste pur et dur mais il sait bien que je l'aime beaucoup, il est aussi notre gardien et avec Bernadette lorsque nous sommes à Paris, nous sommes heureux de savoir que l'on peut compter sur lui. » Il me confia que grâce à lui, il savait tout ce que pensaient les communistes.

Après le gala, il m'a invité à faire une partie de billard, celui-ci était situé dans une petite grange à côté du château, et il a gagné largement, il savait bien jouer.

« Vous voyez Jean-Jacques, ce billard m'a été offert par Georges Pompidou. »

Il avait été son chef de cabinet. Pompidou lui-même avait souhaité lui offrir son billard quand il avait appris qu'il était malade. Chantal et moi, nous gardons en mémoire le souvenir de Bernadette et de Jacques et de ce séjour rempli de charme dans leur résidence de Corrèze, dont on ressentait qu'ils l'avaient aménagée avec amour.

Chapitre 24

QUELLE DRÔLE D'ÉPOQUE

Comme je suis né au début de la Seconde Guerre mondiale, je me souviens des Allemands qui circulaient dans les campagnes à bord de leurs camions. On les voyait s'entraîner. Nous avions fui les bombardements et nous écoutions de Gaulle – qui nous parlait depuis Londres – pour savoir quand nous pourrions regagner la capitale.

Je ne me doutais pas qu'un jour j'allais le rencontrer grâce à mon père qui était devenu son opticien. Il m'avait offert, à la fin du défilé de la Libération de Paris, tout près de l'Obélisque de la place de la Concorde, un petit drapeau français en papier avec au milieu une croix de Loraine. Je l'ai toujours gardé près de moi et l'ai installé sur mon piano sur lequel je travaille tous les jours. Ce petit drapeau est mon porte-bonheur et me rappelle toutes ces années passées où le Général avait pour moi l'image d'un grand homme qui veillait sur la France et les Français.

L'humour de De Gaulle était grandiose. Il le maniait avec une logique qui n'appartenait qu'à lui. Son humour ne plaisait pas toujours à tout le monde, mais l'homme de l'appel du 18 juin reste irremplaçable dans ce domaine. J'avais eu la chance de rencontrer au château de Montgeoffroy, chez mon fidèle ami Arnold de Contades, Olivier Guichard, qui avait été son chef de cabinet à l'Élysée. Olivier Guichard avait bien connu mon père, et au cours de quelques dîners à Montgeoffroy nous évoquions ensemble les phrases de De Gaulle lancées pour les uns et pour les autres.

Le 22 novembre 1963, De Gaulle recevait le roi du Maroc Hassan II dans son bureau de l'Élysée. Olivier Guichard reçoit alors un Télex de la maison blanche, après l'avoir parcouru il prit la décision immédiate d'appuyer sur le bouton rouge qui prévenait le Général qu'une nouvelle importante venait de tomber et que cela ne pouvait pas attendre. De Gaulle a immédiatement répondu, et autorisé Olivier Guichard à entrer dans son bureau. En saluant de la tête le roi Hassan II qui s'entretenait avec le Général qui venait de se redresser derrière son bureau : « Alors Monsieur Guichard, quelle nouvelle avez-vous à nous annoncer ? » Guichard :

« Oh mon Général, c'est une triste nouvelle. » Il brandit le Télex pour le lire : « Prévenir d'urgence Général de Gaulle. Stop. Se mettre en rapport avec la Maison Blanche. Stop. Le président John Fitzgerald Kennedy vient d'être assassiné, lors d'une visite officielle dans l'avenue principale de Dallas, par un tireur d'élite caché en haut d'un immeuble. Stop. Prévenir Général de Gaulle. Stop. » Puis, le Général se redressant une deuxième fois derrière son bureau et s'adressant au roi du Maroc, lui a déclaré : « Voyez-vous mon cher Hassan II, tout cela ne m'étonne qu'à moitié, car que peut-on penser d'un peuple qui se passionne pour Mickey ! » Puis dans un silence de mort, Olivier Guichard se retira pour se mettre en rapport avec la Maison Blanche.

Un autre jour, le Général avait encore fait très fort à propos du Général Jacques Chaban-Delmas qu'il venait de recevoir dans son bureau de l'Élysée. Ce dernier était venu le solliciter pour lui dire qu'il était prêt pour prendre la suite de Michel Debré comme Premier Ministre. « Mon Général, je fais partie de ces hommes qui ont été taillés dans du bon bois. » « Eh bien, répondit De Gaulle, lorsque j'aurai besoin d'un Général en bois, je ne manquerai pas de vous faire appel Chaban ! » Ce dernier quitta l'Élysée, comprenant que son vœu était sans appel.

Ce n'était pas la première fois que De Gaulle s'en prenait à Chaban. Lors du célèbre défilé qui devait réunir tous les militaires français pour célébrer la Libération de Paris, soudain De Gaulle aperçoit le général Jacques Chaban-Delmas qui était entouré de plusieurs militaires importants. De Gaulle s'approche de Chaban puis découvre sous les deux étoiles de son képi une troisième étoile qu'il n'avait jamais vue. Pointant son doigt sur la troisième étoile et s'adressant à Chaban et aux autres militaires : « Alors Chaban, durant cette dernière guerre, on a appris à coudre ! »

L'homme du 18 juin était incorrigible et ne manquait jamais de faire un bon mot, même quand il s'agissait de sa propre vie. Sous une pluie battante, il était arrivé accompagné de sa femme Yvonne pour l'enterrement de son enfant préféré, Anne de Gaulle, atteinte de trisomie 21. Yvonne s'effondre de douleur à la vue du cercueil de sa fille qui commençait à descendre dans le caveau familial de Colombey. Le Général, la rattrapant par ses deux épaules et la serrant contre lui, soudain d'une voix grave lui dit : « Yvonne, Yvonne, ne pleurez plus, regardez, Anne est redevenue comme tout le monde. » Olivier Guichard n'en croyait pas ses oreilles d'entendre ces phrases de réconfort pour le dernier voyage de sa fille bien-aimée.

Je me souviens aussi d'avoir dîné dans l'appartement de Régine qui se trouvait au-dessus du New Jimmy's à Montparnasse, avec André Malraux, l'ex-ministre de la Culture du Général et sa femme d'alors Louise de Vilmorin. Nous avons bien sûr parlé de De Gaulle écrivain de ses propres mémoires, qui aujourd'hui attirent la curiosité des jeunes lecteurs.

Le président était en réalité un homme de lettres, c'est ce qu'André Malraux et Georges Pompidou disaient de lui. Sûrement serait-il choqué qu'aujourd'hui, à force de vouloir réformer la langue française comme une noix que l'on casse dans tous les sens, on dénature notre belle langue de Molière. Avant, quand une femme écrivait des livres, on disait d'elle qu'elle était écrivain. Du reste, c'est ce que je dis toujours et je vous encourage à en faire autant. Comment disent-ils, maintenant ? Une autrice. Quelle horreur ! Cela sonne à l'oreille d'une façon très ordinaire et j'ai le sentiment que cela ne grandit pas la fonction. C'est absurde et ridicule. Colette était une amie de ma grand-mère. C'était un grand écrivain. Ne dit-on pas de Johnny Hallyday qu'il est une vedette ? J'abhorre cette manie de vouloir tout féminiser, ou tout simplifier, ou tout changer, au profit de je ne sais quoi, parce que quelqu'un a voulu laisser son nom dans l'Histoire en découvrant qu'il serait formidable d'appeler un grand écrivain une autrice.

Pourquoi pas autrice de l'air ?

Voilà un mot que je n'emploierai jamais car il sonne à mes oreilles comme un mot ordinaire qui ne met pas du tout une femme écrivain en valeur. Je ne me vois pas dire à Madame Hélène Carrère d'Encausse, Première femme secrétaire perpétuelle de l'Académie française : « Bonjour

Madame, cette année êtes-vous satisfaite de vos nouveaux droits d'autrice ! » Qui peut me dire que le mot « autrice » est poétique ? Déjà, quand certains ont voulu dire « écrivaine », cela ne me plaisait pas trop. Mais cela restait mieux que cet abominable nouveau mot. Et si vous me prenez pour un vieux con démodé, je m'en moque pas mal.

Heureusement, comme j'aime la vie par-dessus tout, je me réfugie chez les artistes. Les livres me sauvent. Même les bouquins, on a essayé de les foutre en l'air. Soi-disant que les gens devaient lire des romans sur une tablette. Sauf que les lecteurs ne sont pas stupides. Je veux bien lire un message sur un écran. Mais un livre est un objet qui se tient à la main, il est habité normalement par l'âme de l'auteur, alors qu'une tablette est un rêve sans âme.

C'est comme un bel album. J'ai envie de le tenir à la main, d'observer la pochette, de consulter le livret afin de découvrir le nom des musiciens qui accompagnent l'artiste. Mais regardez les voitures neuves depuis quelques années. Ils construisent des véhicules sans lecteur CD ! Pour un petit trajet agréable, c'était si simple d'emporter cinq ou six albums pour les écouter tranquillement. Même un enfant pouvait prendre son propre CD dans son sac et le donner à ses parents. Même ça, on ne peut plus le faire ! Alors les concessionnaires expliquent qu'il faut un fil avec une clef USB au bout, mais on n'est quand même pas des serrures. Non mais ! On n'est pas des robots. Ce n'est pas en supprimant les lecteurs CD que les fabricants d'automobiles vont faire fortune. Qu'ont-ils gagné dans cette histoire ? Rien ! Ils ont simplement gagné le fait d'ennuyer tout le monde… Moi le premier, j'ai acheté récemment une nouvelle voiture. Je me suis rendu chez Citroën, à la maison mère de Châteauroux. Je cherchais une belle occasion en très bon état. C'était surréaliste.

« Bonjour monsieur Debout. Nous avons une belle voiture presque neuve qui est rentrée ce matin. Elle n'a pas roulé plus de 6 000 kilomètres donc c'est exactement ce qui vous convient. Couleur noire, très jolie.

— Est-ce qu'elle a un lecteur CD ?

— Ah non, monsieur, désormais on met des clefs USB.

— Eh bien vous allez garder votre voiture. Moi, je n'ai pas de clef USB, et je n'ai aucune idée de la manière dont cela fonctionne. Vous savez, je suis très démodé. Je fais partie des gens qui aiment encore contempler le paysage en écoutant de belles chansons. Avec votre clef USB, je ne saurais pas faire ça. De même que si j'avais eu la chance d'être un grand peintre comme Claude Monet par exemple, il ne me serait jamais venu à l'idée de m'arrêter et de sortir mon chevalet pour peindre une ribambelle d'éoliennes.

— Oh… Mais vous vous rendez compte, monsieur, si tout le monde réagissait comme vous, on ne vendrait plus rien de moderne.

— Si la modernité sert à nous punir en nous privant des choses qu'on aime, ce n'est pas drôle. »

J'ai volontairement manqué le train du passage à la haute technologie. J'aime la technologie quand elle rend service au peuple. Construire des avions moins polluants, je suis pour.

J'ai un côté un peu écolo. Beaucoup de choses me font peur aujourd'hui. Des tas de produits dangereux sont utilisés. On vit une époque où l'on ne sait pas ce qu'on mange. Beaucoup de gens tombent dans le panneau d'étiquettes mensongères. Quand on lit « maison fondée en 1903 », on subodore que le produit sera bon grâce à l'expérience de l'entreprise concernée. Et après, on apprend que le lait provient d'une vache qui bouffe de l'herbe arrosée de pesticides. Je ne vous apprends rien. Mais tout cela me fait peur.

On est arrivés à la fin d'une époque qu'on a aimée. Et on ne revivra plus ce temps-là. C'est impossible. Vous comme moi, nous n'avons pas d'autre choix que de nous y habituer. Heureusement, on peut encore trouver des moments agréables. En ce qui me concerne, j'utilise un vieux téléphone à clapet pour passer des coups de fil. Mais je n'envoie pas de SMS et je n'ai pas Internet dessus. D'ailleurs, je n'échange pas avec mes amis ou mes relations professionnelles par e-mail. Chantal sait faire tout ça, mais moi je ne connais pas le fonctionnement de toutes ces choses et cela ne m'intéresse pas.

Et comme me disait souvent Charles Trenet : « se fâcher c'est crétin, pardonner c'est chrétien. » Je pense qu'il avait raison.

***

Pour ces dernières lignes, je pense à mes parents. Ma mère que j'adorais, et mon père né avec le siècle comme il aimait à le dire, en 1900 pile. Il me parlait des plages du nord de la France, Berck, celle de son enfance, d'Arras, où il avait appris l'optique, puis du collège Mongazon qui se trouvait à Angers. Et puis un jour, il fut appelé par les services du Général de Gaulle pour qui il fallait faire l'impossible pour lui rendre une vue meilleure, le Général étant touché par une cataracte grandissante. Il lui avait fait cinq paires de lunettes. Le Général lui avait demandé de quoi étaient faites ces lunettes. Mon père osait à peine lui dire que les verres étaient allemands, mais que les montures étaient françaises. Alors hochant la tête, le Général lui avait répondu : « Cher Monsieur Debout, avec ces deux choses-là, il faudra bien trouver un terrain d'entente ! » De Gaulle avait un humour qu'il maîtrisait avec un talent redoutable.

J'étais conscient que j'avais fait beaucoup de peine à mon père en ne devenant pas opticien, mais j'aimais tellement la musique et les chansons que de toute façon je n'aurais pas été un bon opticien. Et comme nous disait le maître René Simon à son cours du lundi soir : « N'oubliez pas qu'il n'y a pas pire malhonnêteté que de faire un métier que l'on ne connaît pas. À lundi prochain mes enfants. »

J'aimerais écrire ceci en guise de mot de la fin : pourquoi faire compliqué quand on peut faire simple ?

Et j'ajouterais : c'est si gentil d'être simple, et c'est si simple d'être gentil.

Enfin, je vous livre ici ce conseil en vous proposant de le méditer : n'oubliez pas que le dernier pantalon n'a pas besoin de poches.

FIN

Jean-Jacques Debout

REMERCIEMENTS

J'ai une pensée bienveillante pour Thibaut Geffrotin, qui a été l'un de mes meilleurs alliés.

Un grand merci à Laure Drocourt qui a recueilli d'une façon précise et studieuse cette couleur des fantômes.

Merci à Emmanuel Laureau, mon éditeur, sans l'obstination duquel cet ouvrage n'aurait sans doute jamais vu le jour.

Sans oublier Maître Emmanuel Ludot, mon avocat, qui depuis sa cathédrale de Reims, m'a permis de retrouver les fantômes de toute une vie.

Un grand merci à Thierry Capdeville et à François Troller pour leurs encouragements.

Merci aux Éditions Raoul Breton et à Gérard D'Avoust, ainsi qu'à Georges El Assidi.

Merci à Fabien Lecœuvre de m'avoir ouvert sa photothèque.

Ainsi qu'à Pia Moustaki pour sa très émouvante photographie avec Georges, Barbara et moi-même, faite au cours d'un enregistrement au studio de la Gaîté, près de Bobino à Paris.

Imprimé en France par CPI
en décembre 2022

Dépôt légal : octobre 2022
N° d'impression : 173162

Talent Éditions est engagé dans le développement durable afin de limiter l'empreinte carbone de la fabrication de ses livres. Soucieux de l'impact environnemental de notre métier, nos ouvrages sont imprimés en France sur du papier certifié issu de plantations gérées de manière éco-responsable. Les livres non-commercialisables sont recyclés et réutilisés pour la fabrication d'autres produits cartonnés.